JN305861

刑事稼業 強行逮捕

南 英男

祥伝社文庫

目次

殺意の交差点

1

隙《すき》だらけだった。

その気になれば、いつでも攻《せ》め込める。派手な投げ技《わざ》で乱取《らんど》りの相手を倒せる自信はあった。

しかし、加門昌也《かもんまさや》は急《せ》かなかった。

練習相手の出方を待つことにした。部下の向井雅志《むかいまさし》は大きく息を弾《はず》ませている。肩が上下し、いかにも苦しげだ。

紅潮した顔は汗ばんでいる。柔道衣《ぎ》の前襟《まええり》ははだけ、黒帯も緩《ゆる》んでいた。

向井は三十四歳で、体軀《たいく》が逞《たくま》しい。上背《うわぜい》もある。

警視庁本庁舎の高層階にある武道場だ。

六月下旬のある午後だった。間もなく四時になる。

加門は一時間ほど前から、向井巡査部長を相手に柔道の稽古《けいこ》に励《はげ》んでいた。ここ数日、珍しく職務は閑《ひま》だった。そこで、ひと汗かく気になったわけだ。

加門は柔道三段だった。剣道は二段の腕前である。

四十二歳ながら、ほとんど贅肉《ぜいにく》は付いていない。身長は百八十センチ近かった。男臭い顔立ちだが、目は優しい。

向井はなかなか仕掛けてこなかった。

加門は、歩《あゆ》み足で数歩前に出た。

ごく自然な摺《す》り足だ。誘いだった。案の定《じょう》、向井が勢いよく踏み込んできた。右組みの体勢だ。

二人は組み合った。

息と息がぶつかった。右組みと左組みの喧嘩四つだった。

加門は八方崩《はっぽうくず》しで向井を揺さぶり、大内刈《おおうちが》りから体落《たいお》としに繋《つな》いだ。いわゆる連絡技は、きれいに極《き》まった。

向井が宙を舞った。

畳が高く鳴った。部下の横受け身は完璧《かんぺき》だった。文句のつけようがない。

「これぐらいにしておくか」

加門は黒帯を締め直し、立礼《りつれい》の姿勢をとった。

向井が跳《は》ね起き、手早く居住《いず》まいを正した。二人は向かい合って、礼を交わした。

「係長《ハンチヨウ》、少しは手加減してくださいよ。わたしは、まだ二段なんですから」

「いまの向井はなかなか手強《てごわ》いよ。いい汗をかかせてもらった。ありがとう」

「こちらこそ……」

「汗を流そう」

加門はシャワールームに足を向けた。向井が従《つ》いてくる。

更衣室の横にシャワールームがある。二人は頭からシャワーを浴びた。さっぱりとした。

加門は刑事部捜査一課強行犯《きようこうはん》捜査殺人犯捜査第五係の係長である。十二人の部下を率《ひき》いるチームのリーダーだ。

チームは通称、加門班である。そんなことで係長の加門は、部下たちにハンチョウと呼ばれていた。

職階はまだ警部補だが、敏腕刑事として知られている。独身だった。下北沢《しもきたざわ》の賃貸マンションで独り暮らしをしているが、もっぱら外食で済ませていた。

捜査一課は大所帯で、およそ四百五十人も課員がいる。刑事部屋はだだっ広《ぴろ》い。

殺人事件の捜査に携《たずさ》わっている殺人犯捜査班は、第一係から第十二係まである。

向井は頼りになる部下のひとりだった。アメリカンフットボールで鍛《きた》えた体はごっついが、性格は温厚そのものだ。結婚したのは二年半以上も前である。だが、まだ子供はいない。

加門たちは更衣室で着替えをすると、エレベーターで六階に下《くだ》った。

同じフロアに刑事部長室、組織犯罪対策部第四課などがある。組織犯罪対策部第四課は二〇〇三年の組織改編まで、捜査四課と呼ばれていた。

暴力団絡《がら》みの荒っぽい事件を扱っているからか、強面揃《こわもてぞろ》いだ。記者クラブの面々は、やくざと間違えられる捜査員はひとりや二人ではない。

捜査一課の刑事部屋に足を踏み入れたとき、加門は課長の勝又誉《かつまたほまれ》警視に大声で呼ばれた。加門は目顔《めがお》でうなずいた。

勝又は五十二歳で、ノンキャリアの出世頭である。といっても、エリートではない。

捜査一課は花形セクションだが、出世コースからは外れている。

エリートコースは警備部と公安部だ。どちらの課も昔から、課長のポストには若手の警察官僚《キャリア》が就いている。

国家公務員総合職試験（旧I種）合格者は行政官としては有能だ。それだから、スピード出世するのだろう。

　しかし、加門は五百数十人の有資格者《キャリア》が警察機構を支配している現実には危《あや》ういものを感じていた。ノンキャリアの現場捜査員の中にも、優秀な人材はたくさんいる。

　そうした人物を重要なポストに就かせるべきではないのか。官僚たちが警察を私物化したら、ノンキャリア組のモチベーションは下がる一方だろう。そうなれば、治安は悪くなる。

「臨場《りんじょう》指令ですね？」

　加門は課長席の前に立った。

「そうだ。三十分ほど前に人気ニュースキャスターの椎名潤《しいなじゅん》、五十三歳が渋谷《しぶや》区代官山《だいかんやま》町の自宅マンション浴室で硫化水素《りゅうかすいそ》自殺を遂《と》げたという入電があったんだが、検視官は他殺の疑いがあると言ってきたんだよ」

「あのニュースキャスターが死んだのか」

「そうなんだ。わたしも驚いたよ」

　勝又が口を結んだ。

　新聞記者出身の椎名は八年前から、関東《かんとう》テレビの『ニュースオムニバス』のメインキャスターを務《つと》めていた。二時間番組だ。土・日を除いて、毎夜九時から放映されている。

　椎名は知性豊かで、語り口はあくまでもソフトだった。決して感情的にはならなかった。

だが、批判精神は旺盛だった。あらゆる権威や権力に臆《おく》することなく、社会の矛盾《むじゅん》を鋭く衝《つ》く。社会的弱者には常に温かな眼差《まなざ》しを注いでいた。

一部のマスコミは椎名を偽善者と斬って捨てたが、一般視聴者には熱く支持されていた。番組は高視聴率を保《たも》っていたにちがいない。

「椎名潤は硬骨漢だったから、敵も多かったんでしょうね」

加門は先に短い沈黙を破った。

「そうなんだろうな。椎名宅に最初に駆けつけたのは、渋谷署地域課の制服警官たちだったんだ。マンションの居住者《きょじゅうしゃ》から、ニュースキャスターの自宅で異臭がするという通報があったらしいんだよ。彼らが浴室を覗《のぞ》くと、トイレ用洗剤と入浴剤の容器が洗い場に転がってて、浴槽の中で椎名潤が死んでたんだそうだ。てっきり硫化水素自殺と思ってたんだが、検視官は自殺に見せかけた殺人事件だろうと……」

「そう判断した根拠は何だったんですかね？」

「ニュースキャスターは、浴槽に裸で浸《つ》かってたらしいんだよ。硫化水素ガスを発生させて自殺した者は、たいてい服を着たまま湯船か洗い場のタイルで息絶えてる」

「そうでしょうね」

「椎名の顔の半分は、湯の中に沈んでたというんだ。それからね、左の肩口と右の二《に》の腕に皮下出血の痕《あと》がくっきりと浮いてたらしいんだよ」

「犯人が被害者の体を湯の中に押しつけて、窒息死させた。検視官はそう直感したんですね？」

「その通りだよ。現場には本庁機動捜査隊の面々と検視官がいる。もちろん、鑑識係や所轄の刑事たちもね。加門君、誰か部下を連れて椎名潤の自宅に行ってくれないか。殺人事件なら、渋谷署に捜査本部を設けることになるだろうからね」

「わかりました。ただちに向井と現場に向かいます」

加門は勝又課長に言って、部下を手招きした。向井が自席から離れ、大股で近づいてくる。

加門は経緯《いきさつ》をかいつまんで伝えた。向井の顔が引き締まった。

ほどなく加門たちは刑事部屋を出た。

エレベーターで地下二階の車庫に降り、オフブラックのスカイラインに乗り込む。向井が覆面パトカーを慌《あわ》ただしく発進させた。

陽《ひ》は西に傾いていたが、残照で明るい。サイレンを高く鳴らしながら、渋谷をめざす。

二十分弱で、事件現場に着いた。

人気ニュースキャスターの自宅マンションは、東急東横線《とうきゅうとうよこ》の代官山駅から六百メートルほど離れた邸宅街の一角にあった。

三階建ての超豪華マンションは、どっしりとした造りだった。各戸のバルコニーは重厚で、ゴージャスだ。建物は樹木《じゆもく》に囲まれ、落ち着いたたたずまいだった。

マンションの前には、十数台の捜査車輛《しやりよう》と鑑識車が連《つら》なっていた。

玄関付近には立入禁止と刷《す》り込まれた黄色いテープが張られ、数人の制服警官が立っている。いずれも若かった。

その手前には、報道関係者が群がっている。新聞社やテレビ局の車は夥《おびただ》しかった。野次馬の姿も目立つ。

「玄関近くまでは進めないだろう。向井、このあたりでいいよ」

「了解！」

向井がスカイラインを民家の石塀《いしべい》に寄せた。

加門は先に車を降りた。顔見知りの記者たちが目敏《めざと》く加門を見つけ、一斉《いっせい》に駆け寄ってきた。加門は黙したまま、人垣を掻《か》き分けた。

「通してください」

向井が声を張り上げ、加門を先導しはじめた。

二人は立ち番の巡査にＦＢＩ式の警察手帳を呈示《ていじ》し、黄色いテープの下を潜《くぐ》り抜けた。ほとんど同時に、不快な悪臭が鼻腔《びこう》を撲《う》った。硫化水素ガスの臭《にお》いだろう。思わず加門は息を詰めた。

趣《おもむき》のある石畳を踏んで、マンションの玄関に急ぐ。オートロック・ドアは開け放たれている。

　ホテルのようなエントランスロビーには、機動捜査隊と所轄署の捜査員たちの姿があった。機捜《きそう》のメンバーは全員、受令機のイヤホンを耳に突っ込んでいる。制服は半袖だったが、暑そうだ。

　加門は麻の黒い上着を羽織《はお》っていたが、少しも汗ばんではいなかった。向井は綿の白いジャケットを小脇に抱えている。

　椎名の自宅は、一階の右手の奥にあった。一〇五号室だ。ポーチは低い門扉《もんぴ》付きだった。

「かなり硫黄臭《いおうくさ》いですね」

　向井が顔をしかめた。

　加門は無言でうなずき、白い布手袋《ぬのてぶくろ》を両手に嵌《は》めた。すぐに向井が倣《なら》う。

　門扉も玄関ドアも開いていた。

　加門たちは玄関に入り、スリッパを履《は》いた。玄関ホールは広かった。

　中廊下は長かった。間取りは３ＬＤＫのようだが、専有面積は優《ゆう》に百五十平米《へいべい》はありそうだ。

　加門たちは浴室に直行した。

　洗い場に二人の男がいた。機捜の日下部仁《くさかべひとし》班長と検視官の梅津宗男《うめづむねお》だ。

日下部は四十代の後半で、梅津は五十代の半《なか》ばである。二人とも警部だった。

「ご苦労さまです。ちょっと見せてもらいますね」

加門は脱衣室からバスルームを覗《のぞ》いた。

八畳ほどのスペースだ。腰壁タイルは大理石だった。洗い場は黒の艶消《つやけ》しタイルで、浴槽はオフホワイトである。ジャグジー付きだった。

洗い場にトイレ用洗剤と入浴剤の容器が見える。

どちらも市販されている薬剤だ。トイレ用洗剤の容器は空だった。入浴剤は少量残っている。

浴室の換気扇は勢いよく回っていた。窓も全開状態だ。

それでも、刺激臭が抜け切っていない。むせそうだった。

数年前から硫化水素による自殺が断続的に繰り返され、今年の春先から件数が急増している。四月だけで、死者は六十人に達した。その後も毎月、幾人かの自殺者が出ている。

インターネット上の掲示板や自殺を扱ったサイトで、その種の情報をたやすく得られることが連鎖反応を招いたのだろう。

高濃度の硫化水素を数回吸い込んだだけで、脳の中枢《ちゆうすう》神経が破壊される。じきに呼吸ができなくなり、やがて死に至る。一命を取《と》り留めたとしても、重い後遺症に苦しめられる。

当事者だけではなく、家族や近隣住民が巻き込まれるケースが跡を断たない。

そのことを憂慮《ゆうりよ》した警察庁はインターネットの掲示板に書き込まれた薬剤の入手方法や混ぜ方などの情報を有害と指定し、接続事業者《プロバイダー》やサイト管理者に書き込みの削除《さくじよ》を熱心に働きかけている。しかし、ネックがあった。

公序良俗に反しているだけでは、違法行為にはならない。プロバイダー大手の『ニフティ』やネット通販大手の『アマゾンジャパン』は警察に協力的だが、有害情報提供者は薬剤の商品名を一字変えて、書き込みを続行している。いずれ法改正をする必要があるのではないか。

浴槽の湯は抜かれていた。

椎名は上体を湯船の縁《ふち》に預け、両脚《りようあし》を投げ出している。首は前に垂れた状態だ。二カ所の皮下出血の痕《あと》は割に目につく。

「椎名潤は有害ガスは吸ってないと思う」

検視官の梅津が口を開いた。

「司法解剖前に、そこまでわかるんですか」

「わかるんだ。硫化水素ガスを吸って死んだ人間は、肌全体が緑色に染まるんだよ。青みがかったグリーンにね。それから、無数の斑点《はんてん》ができる」

「そうなんですか。死体《ロク》の肌に特に変化は見られませんね」

「ああ。ただ、左の肩口と右の二の腕《に》に皮下出血が認められた」

「圧迫痕《あっぱくこん》ですか？」

「そう考えてもいいと思うね。おそらく犯人は湯船に浸かってるニュースキャスターの肩と腕に手を掛けて、湯水の中に顔を沈めたんだろう。他殺だよ、これは」

「加害者は椎名を窒息死させてから、二種類の薬剤を混ぜて有害ガスを発生させたってことでしょうね」

加門は言った。

「そうにちがいない」

「だとしたら、偽装工作がずいぶん稚《おさな》いな。司法解剖で被害者が硫化水素ガスを吸引してないことはすぐにわかってしまうのに」

「そうだね。犯人は冷静さを失ってて、そこまで考えられなかったんだろう。あるいは、司法解剖も行政解剖もされないだろうと高を括《くく》ってたのかもしれないな。硫化水素を使った自殺が続発してるんでね」

「その盲点を衝《つ》く気だったんでしょうか？」

「ひょっとしたら、そうなんだろう。とにかく、司法解剖に回すべきだね」

梅津が加門と日下部を交互に見た。二人は相前後《あいぜんご》して、小さく顎《あご》を引いた。

検視官は医師ではないが、法医学の基礎的な知識は有している。十年以上の捜査経験を持つ警察官の中から選ばれ、法医学の専門教育を受けているからだ。

遺体の解剖はもちろんのこと、採血もできない。だが、死体の硬直具合を調べたり、直腸内温度の測定は許されている。

それだけでも、おおよその死亡推定時刻は割り出せる。殺人捜査には、検視官の存在はありがたい。

ただ、検視官の数が慢性的に不足している。現在、全国でたったの三百六十人ほどしかいない。そうした事情があって、一般の捜査員が事故・事件現場で犯罪性の有無《うむ》を判断させられているわけだ。

法医学の専門家ではないから、見落としは避けられない。それで、しばしば捜査ミスを犯してしまう。検視官を増やすことが急務だろう。

「犯人は男だな」

機捜《きそう》の日下部警部が呟《つぶや》いた。断定口調だった。

「女性では被害者の頭を湯の中に沈めるのは無理だと思われたんですね？」

「そう」

「予断は禁物だと思います。アーム・レスリングの女性チャンピオンは、力自慢の男たちを十人以上も破ってるんですから」

「その彼女は例外だよ。並の女は、そんなに力がない。それに、被害者は子供じゃないんだ。頭を押さえ込まれたら、全身で暴《あば》れるはずだよ」

「ま、そうでしょうね。しかし、被害者は強力な睡眠導入剤を犯人に服《の》まされてたのかもしれません。そうだったとしたら、女性でも椎名潤を殺《や》れたでしょう」

「そういうことも考えられるがね」

「奥さんは奥の居間あたりにいるんですか？」

加門は訊《き》いた。

「いや、外出中なんだよ。横浜の元町《もとまち》に買物に出かけてるらしいんだ。いま、こっちに向かってるらしい。子供がいない夫婦だから、それぞれ人生をエンジョイしてるんだろう。羨《うらや》ましい話だ」

「旦那《だんな》の訃報《ふほう》を伝えたのは、日下部さんなんですね？」

「ああ。紀美《きみ》夫人は絶句して、しばらく泣きじゃくってた。奥さんは具体的なことは言わなかったが、最近、旦那が塞《ふさ》ぎ込みがちだと洩《も》らしてたな」

「奥さんは、夫が自分で死んだのかもしれないと思ってるんでしょうか？」

向井が会話に割り込んだ。

「そこまでは読み取れなかったが、殺されるような人間じゃないと何遍《なんべん》も言ってたよ」

「そうですか」

「死体の状況から察して他殺の線が濃厚だが、椎名はこっち関係で誰かに逆恨《さかうら》みされてたのかもしれないな」

日下部が右手の小指を突き立てた。

「女ですか」

「そう。椎名はハンサムで名も売れてたから、色目を使う女は大勢いたにちがいない。性《しょう》悪女《わるおんな》に手を出して、奥さんと別れてなんて迫《せま》られてたんじゃないのかね？」

「分別《ふんべつ》のある五十男がそんなことはしないでしょ？」

「わからないぜ。英雄色《いろ》を好むじゃないが、成功した男の多くは女好きだからな。椎名潤も、もしかしたら……」

「そうは思えませんね」

向井が不機嫌そうに言い、口を閉ざした。日下部が首を竦《すく》める。

「被害者の直腸体温はどのくらいあったんです？」

加門は検視官に問いかけた。

「十五度近くあったよ。湯は冷え切ってなかったから、体温の下がり方が遅かったんだろうな。まだ硬直もしてないから、午後二時前後に死亡したようだね」

「そうですか」

「悪いが、次の予定があるんだ。わたしは先に失礼するよ」

「ご苦労さまです」

「では……」

梅津が脱衣室に移り、ほどなく被害者宅を後《あと》にした。

加門は屈《かが》み込んで、椎名潤の皮下出血部分を仔細《しさい》に観察した。

圧迫痕は直径一・五センチほどだった。多分、左の肩の皮下出血は親指の腹で強く圧《お》されたときのものだろう。右の二の腕をよく見ると、小さな引っ掻《か》き傷もあった。犯人の爪による傷だろうか。

「遺留品の再チェックをしたいんですがね」

二人の鑑識係官が脱衣室に入ってきた。当然、検視の前に鑑識作業は行なわれていた。

加門たち三人は浴室を出て、玄関ホールにたたずんだ。

「一一〇番通報したのは、このマンションの管理会社の社員なんだ」

日下部が胸ポケットから手帳を取り出し、社名と通報者の氏名を明かした。向井が必要なことをメモする。

「居住者の主婦が一〇五号室が硫黄臭いんで、管理会社に連絡したんだ。で、担当社員の鉢山康生《はちやまこうせい》、二十九歳がマスターキーを使って、この部屋に入ったんだよ」

「そのとき、玄関ドアは施錠《せじょう》されてたんですね？」

加門は確かめた。

「鉢山は、ロックされてたと言ってた。鍵穴に傷は認められなかったが、おそらく加害者はピッキング道具を用《もち》いてロックを解除したんだろう」

「ベランダに足跡《ゲソ》は？」

「なかったよ、まったく。ベランダや窓から侵入した痕跡はうかがえなかったな」

「そうですか。室内は物色されてました？」

「いや、全然。犯行目的は物盗《と》りじゃないな。加害者の狙《ねら》いは、著名なニュースキャスターの命だね」

「機捜の地取りで、不審者の目撃証言は得られたんですか？」

「残念ながら、目撃者《モク》はいなかったんだ。犯人はエントランスロビーからではなく、一階の非常口から侵入したと思われる。アラームの配線が切断されてたんだよ。非常口の昇《しょう》降口《こうぐち》近くに設置されてる防犯カメラの録画を観《み》せてもらったんだが、怪しい人物はひとりも映ってなかった」

「カメラの死角を衝《つ》いて非常口に接近して、ピッキング道具で……」

「そう考えられるんだが、非常口のドアの鍵穴にも傷は見当たらなかったんだ。ただ、金属粉がくっついてるかどうかは未確認だがね」

「そこまで用意周到な奴なら、前科歴がありそうだな。犯歴があれば、犯行現場に自分の指紋《モン》を遺《のこ》すようなヘマはやらないでしょう」

「だろうね。わざとサイズの違う靴を履《は》くぐらいの悪知恵も働かせるにちがいない。犯人がそういう奴なら、仮に足跡があっても、絞り込みは難しそうだな」

「ええ。それでも、現場に加害者の毛髪や繊維片《せんいへん》は落ちてる可能性はあるでしょう。頭髪からDNA型鑑定ができれば……」

「ああ、割り出しは可能だろう。しかし、初動捜査でスピード解決ってわけにはいかないと思うよ。明日にでも、渋谷署に捜査本部を設けてもらったほうがよさそうだな。毎度、情けない話だがね」

日下部が苦く笑った。

機捜の捜査員たちは事件直後、ただちに犯行現場周辺で初動の聞き込みを開始する。だが、それで犯人にたどり着けることは皆無《かいむ》に等《ひと》しい。一両日中に、捜査は地元の所轄署に引き継がれる。

殺人事件など凶悪な犯罪が発生すると、所轄署に捜査本部が置かれる。

東京都の場合、警視庁捜査一課の強行犯係殺人犯捜査係の刑事が捜査本部に出張《でば》る。他《た》の道府県警本部も同様だ。所轄署に捜査本部を設けることを警察用語で、帳場が立つという。

ちなみに捜査本部の出入口に墨書《ぼくしょ》された紙が掲《かか》げられるが、それは〝戒名《かいみょう》〟と呼ばれている。語源は諸説あるが、位牌《いはい》に準《なぞら》えたという説が最も有力だ。

本庁から所轄署に設置された捜査本部に送り込まれる捜査一課員の数は、事件の規模によって異《こと》なる。

十人前後のこともあれば、当初から数十人が投入される場合もあった。それはともかく、本庁と所轄署の刑事が協力し合って、事件の捜査に当たるわけだ。

原則として、土地鑑のあるベテラン所轄署捜査員と本庁の若手刑事がコンビを組む。その逆の組み合わせも少なくない。

捜査本部事件は、一カ月を第一期と見なす。以前は三週間だった。

その間に被疑者を逮捕できないときは、捜査員の数が徐々に増やされる。難事件や連続殺人事件になると、延べ動員数が千人を超《こ》える。捜査費用は基本的には所轄署の負担だ。

「表で椎名夫人を待たせてもらおう」

加門は向井に目配せして、先に一〇五号室を出た。向井が追ってくる。

二人はアプローチにたたずんだ。戸外の異臭は幾分《いくぶん》、薄らいでいた。

加門は深呼吸し、懐《ふところ》から煙草とライターを摑《つか》み出した。

2

初動捜査資料が配られた。

加門は、すぐに目を通した。渋谷署の会議室に設置された捜査本部である。

ニュースキャスターが殺害された翌日の午後三時過ぎだった。

間もなく捜査会議がはじまる。加門は廊下側の最前席に坐っていた。後ろには、ちょうど十二人の部下が縦列《じゅうれつ》に並んでいる。

窓側には、渋谷署の刑事たちが着席していた。刑事課員が七人、生活安全課員が五人だった。
三、四十代の刑事が目立つが、五十代のベテランや二十代の若手もいた。所轄署の十二人とは、すでに面識がある。
資料には新たな情報は何も記《しる》されていない。

前日、椎名夫人が横浜から帰宅したのは午後五時過ぎだった。未亡人の紀美は若々しく、とても四十八歳には見えなかった。

夫人は浴室で変わり果てた夫を見ると、亡骸《なきがら》に抱き縋《すが》って悲鳴に似た声を放った。そのまま洗い場に尻餅《しりもち》をつき、気を失ってしまった。

数分で彼女は意識を取り戻したが、ショックでまともに口もきけなかった。機捜の日下部警部が無言で首を横に振った。

加門たちは事情聴取を諦《あきら》め、やむなく職場に戻った。渋谷署に捜査本部が置かれたのは、きょうの午後一時過ぎだ。午前中に東京都監察医務院で行なわれた司法解剖の結果、椎名潤が殺されたことが明らかになったからだ。

ニュースキャスターは湯水を多量に飲んでいたが、肺からは硫化水素ガスはまったく検出されなかった。つまり、犯人は椎名を殺害した後《あと》、二つの薬剤を混ぜ合わせて有害ガスを発生させたことになる。

加門は顔を上げた。

正面のホワイトボードの横に据《す》えられた長いテーブルには、渋谷署の署長と本庁捜査一課長が並んでいた。捜査本部長には本庁の刑事部長が就くが、必ずしも捜査本部に顔を出しているわけではない。捜査会議には出席していなかった。署長の米倉茂《よねくらしげる》警視正は副本部長になり、本庁の杉江貴規《すぎえたかのり》理事官が捜査主任になった。部下の管理官には任せておけなくなったのだろう。

米倉署長は有資格者《キャリア》で、四十五歳になったばかりだ。五十四歳の杉江警視は、捜査一課長の補佐役を務めている。十人の管理官を束ねていた。

「田部井《たべい》警部、会議を進めてくれないか」

米倉署長が渋谷署刑事課長に声をかけた。

加門の横に腰かけていた田部井幸治《こうじ》課長が立ち上がって、ホワイトボードに歩み寄った。手早く鑑識写真を貼り、前に向き直った。五十三歳の刑事課長は銀行員風で、とても警察官には見えない。

「今回、捜査副主任をやらせてもらうことになりました。よろしくお願いします。お手許に初動捜査資料がありますから、事件内容の説明は省《はぶ》かせていただきます」

田部井課長はそう前置きし、解剖所見について詳しく喋《しゃべ》った。

加門は、必要な事柄を手帳に書き留《と》めた。被害者の死因は〝溺死〟だった。死亡推定時刻は、前日の午後二時から四時の間とされた。

「鑑識の結果も出てます。被害者宅の浴室にあった二つの薬剤の容器には椎名自身のもののほかに複数の指掌紋が付着してましたが、どれも指紋データベースには登録されてませんでした」

「紀美夫人の指紋は出てないんですね？」

向井が加門の背後で問いかけた。

「ああ、出てないね。それから、被害者宅の玄関から浴室まで二十六センチの靴跡がくっきりと残ってた。男物のローファーなんだが、数万足も販売されてるということだから、犯人を割り出すことは困難だろう」

「そうですね。やはり、犯人は一階の非常口から侵入して、一〇五号室に忍び込んだんですか？」

「それは間違いないと思う。非常階段の昇降口近くで同じサイズの足跡《ゲソ》が確認されてるからね。非常扉の鍵穴の奥の部分に金属粉が付着してたんだが、それは特殊な工具から剝《は》がれ落ちたものとわかった。おそらくピッキング道具を使って、犯人はロックを外したんだろう」

「一〇五号室のドアの鍵穴にも、同じ金属粉が付着してたんですか？」

「いや、玄関ドアの鍵穴には付着してなかったそうだ」

「ということは、犯人はスペアキーの類《たぐい》を用意してたんですかね」

「そうなのかもしれない。犯人は椎名宅に事前に出入りして、鍵穴にゴム粘土か何か詰めて型《かた》を取り、自分でスペアキーを作ったんじゃないのかな」

「鍵穴にゴム粘土の滓《かす》がくっついてたんですか？」

「鑑識の報告では、そういうことは記述されてないね」

「だとしたら、犯人は被害者夫婦のどちらかからスペアキーを預かってたと考えられますね」

所轄署刑事課の巡査長が発言した。柏秀樹《かしわひでき》という名で、ちょうど三十歳だった。

「夫婦が自宅のスペアキーを預けるとしたら、身内しか考えられない」

「課長、被害者は血縁者と仲違《たが》いしてたんじゃありませんか。殺された椎名潤は声を荒らげたりしませんでしたが、思ってることをストレートに口にしてましたからね」

「そうだったな。相手が親類なら、辛辣《しんらつ》なことも言ってたのかもしれない。それでプライドを傷つけられた兄弟か、従兄弟《いとこ》が人気ニュースキャスターに腹を立てて……」

「そういう筋読みもできますが、犯罪の陰に女ありってことも考えられるでしょう？」

本庁捜査一課殺人犯捜査第五係の伍東《ごとう》真《まこと》巡査部長が口を挟んだ。

「椎名潤には、若い愛人がいたかもしれないってことか？」

「ええ、そうです。椎名は魅力のある男でしたから、女たちに言い寄られることが多かったと思うんですよ」

「そうだろうね。しかし、あれだけ顔と名前が売れてたから、軽率なことは慎《つつし》んでたんじゃないのかな」

田部井が異論を唱《とな》えた。

「ええ、スキャンダルの主になることは避けようと思ってたでしょうね。しかし、硬派のニュースキャスターといっても、聖人君子じゃありません。好みの独身女性に言い寄られたら、甘い誘惑に負けちゃうでしょ？」

「夫人は女優みたいに美しく、まだ色気もある。週刊誌のグラビアに椎名夫妻が写ってたんだが、二人は仲睦《むつ》まじげだったぞ」

「しかし、奥さんはもう四十八です。たまには若い女と椎名が浮気したくなったとしても、別に不思議じゃないでしょ？　田部井さんだって、そういうチャンスがあれば、妙な気を起こすと思いますよ」

「わたしはね、若い女性が苦手なんだ。何年か前に大学生の姪《めい》に『叔父さん、加齢臭《かれいしゅう》を何とかしたほうがいいよ』と言われてからは、できるだけ十代、二十代の女の子のそばには近づかないようにしてるんだよ」

「姪っ子さんだから、そこまで言えたんでしょうが、傷つきますよね。中高年になれば、誰だって……」

「もういいよ。わたしと違って、椎名潤はダンディーでもあったし、子供もいなかったんで、気持ちが若かったのかもしれないな。伍東君が言ったように、若い愛人とよろしくやってた可能性もありそうだな。しかし、浮気相手に自宅マンションのスペアキーを渡すなんてことは考えにくいだろう？」

「そうか、そうでしょうね」

「人気ニュースキャスターが誰かに恨まれてたとしたら、血縁者の男なんじゃないのかな」

「番組のスタッフはどうでしょう？　『ニュースオムニバス』の担当ディレクターあたりは、代官山の椎名宅に頻繁《ひんぱん》に出入りしてたんじゃないのかな。自宅はオフィスも兼ねてたわけですからね」

「そのことはわたしも聞いてるが、関東テレビの局員に椎名潤がスペアキーを渡してたとは思えないな」

「そうですかね」

伍東が口を結んだ。

田部井は鑑識の報告を伝え終えると、自分の席に戻った。すぐに本庁の杉江理事官が立ち上がった。

「さきほど署長と相談して、こちらの田部井課長に捜査副主任をお願いすることになりました。しかし、刑事課長が捜査本部にずっと詰めるわけにはいきません。それで、現場の指揮は刑事課の難波《なんば》警部補と本庁《うち》の加門君に執《と》ってもらうことになりました」

「何かあったら、わたしもこちらにすぐ駆けつける」

田部井課長が腰を浮かせ、誰にともなく言った。それから間もなく、署長、理事官、刑事課長の三人は捜査本部から出ていった。

「頑張りましょう」

難波哲史《てつふみ》が近づいてきて、加門に握手を求めてきた。刑事課強行犯係の係長は四十三歳で、小太りだった。垂れ目で凄みはないが、有能な刑事である。

加門は難波の右手を握り返し、早速、捜査員たちの割り振りに取りかかった。どの捜査本部も庶務班、捜査班、予備班、凶器班、鑑識班などで構成されている。

加門と難波の二人は、予備班の職務を引き受けることになった。

予備班というと、地味なセクションと見られがちだが、最も重要な任務をこなしている。捜査本部で聞き込み情報を集め、刑事たちに指示を与える。連行された被疑者を最初に取り調べるのも予備班のメンバーだ。

十年以上のキャリアのあるベテラン刑事の中から選ばれることが多い。ふだんは特定の任務は与えられない。

しかし、メンバーが二人しかいない場合は片方が捜査本部で情報の分析をし、作戦を練る。もうひとりは自由に捜査活動をする。

庶務班は捜査本部の設営を担《にな》う。所轄署の会議室に机、事務備品、ホワイトボードなどを運び入れ、専用の警察電話を引く。捜査員たちの食事の世話をして、泊まり込み用の寝具も調達する。

電球の交換や空調の点検も守備範囲だ。捜査費用の割り当てをして、すべての会計業務も行なう。ルーキーの刑事や生活安全課から駆り出された署員が担当することが多い。

捜査班は最も人気がある。通常は地取り、敷鑑《しきかん》、遺留品の三班に分けられている。各班とも、二人一組で捜査活動に従事する。本庁と所轄署の刑事がコンビを組む。ベテランは若手と組むことが少なくない。

加門たちはそれぞれの部下の年齢と実績を考慮しながら、捜査班のメンバーを決めた。

地取り班は事件現場周辺で、不審者や怪しい車輛の目撃証言を集める。俗に鑑取りと呼ばれている敷鑑捜査は、被害者の親族や友人から交友関係を探《さぐ》り出す聞き込みである。

遺留品班は凶器の発見に努め、指掌紋や足跡から容疑者を割り出す。時にはドブ浚《さら》いをし、伸びた雑草も刈り込まなければならない。

鑑識班は所轄署の係官が数名任命されることが普通だが、事件によっては本庁の専門官が加わる。

班分けが終了すると、難波が思案顔《しあんがお》になった。

「何か問題でもあるんですか？」

加門は問いかけた。

「ここで情報の交通整理をやるのは、ひとりでいいんじゃない？」

「そうですね」

「どっちも捜査班のサポートに回りたいと考えてると思うんだ」

「難波さんが決めてください。事件は、渋谷署管内で発生したんですから」

「そうなんだが、本庁から猟犬みたいに鼻の利くエース刑事が出張ってきてくれたわけだから、捜査本部《チョウバ》で留守番してもらうわけにはいかないよ」

「難波さんも聞き込みに出たくて、うずうずしてるんでしょ？」

「まあね」

「だったら、ジャンケンで決めましょうか。いや、待てよ。それは、ちょっと不謹慎な感じがするな」

「そうだね。警視総監賞を貰ったのは何回だったっけ？」

「さあ、何回だったかな。よく憶《おぼ》えてませんね、あまり興味がないことなんでね」

「謙虚《けんきょ》だな。スター刑事でありながら、ちっとも偉ぶらない。そういう人柄だから、誰からも慕《した》われてるんだろうね。少し見習わないとな。おたくに情報の交通整理なんかやらせたら、宝の持ち腐れだ。よし、今回はこっちが留守番をやろう」

「いいんですか？」

「適材適所でいこう。一年数カ月前、うちの柏秀樹とは事件《ヤマ》でコンビを組んだことがあったよな」

「ええ、確か美人獣医殺しの事案《じあん》でね」

「柏と組んで、いろいろ仕込んでやってほしいんだ。あいつ、筋は悪くないと思うんだよ」

「なかなか優秀だと思います」

「それじゃ、決まりだ」

　難波が柏刑事を呼び寄せ、加門とコンビを組めと指示した。

「ラッキーだな。加門さん、いろいろと教えてくださいね」

「きみに教えられることなんかない。職階は違ってても、おれたちは相棒同士だよ」

「そんなふうに言ってもらえると、自分、舞い上がっちゃいそうです。前回の女性獣医殺害事件の犯人も、加門さんが割り出したんですよね。自分はてっきり愛犬の手術ミスの件で被害者を恨んでた飼い主を怪しんでたんですが、真犯人《ホンボシ》は獣医に一方的に惚《ほ》れてたドッグトレーナーでした。あのときのアリバイ崩しは、みごとだったな」

「飛行機と新幹線をうまく乗り継いでアリバイを工作するなんて、いまや古典的なトリックだよ」

「それにしても、よく看破《かんぱ》できましたね」

「種明《たね》かしをしよう。犯人のドッグトレーナーの自宅マンションの屑《くず》入れに同じトリックを扱ってるトラベル・ミステリーのカバーが丸めて捨てられてたんだよ。それで、その本を読んでみたのさ」

「そしたら、ほとんどそっくりのトリックが使われてたんですね？」

柏が早口で言った。

「そうなんだよ。だから、別に推理力を働かせたわけじゃなかったんだ。偶然がおれに味方してくれただけさ」

「そうだったんですか。でも、加門さんが難事件を幾つも解《と》いたって話は聞いてますよ」

「どれも、まぐれだよ。それはそうと、すぐに出られるか？」

「はい」

「それなら、椎名潤の奥さんに会いに行こう。きのうは、ちゃんと事情聴取できなかったんだ」

「そうですか。うちの課長の話では、もう椎名の遺体は代官山の自宅マンションに搬送《はんそう》されてるそうですよ」

「葬儀はどこかのセレモニーホールで盛大に営まれると思ってたが、自宅で密葬をするわけか」

「普通の亡《な》くなり方じゃないんで、未亡人が夫の身内と相談して、ひっそりと密葬をやることになったみたいですよ。きょうは仮通夜《かりつや》だそうです」

「そうか。とにかく行ってみよう」

加門は柏刑事に言って、捜査本部を先に出た。二人はエレベーターで一階に降り、署の裏手にある駐車場に急いだ。

「わたしが運転します」

柏が灰色のマークXに駆け寄った。

加門は捜査車輛の助手席に腰を沈めた。ドアを閉めると、覆面パトカーが走りはじめた。

3

赤信号に阻《はば》まれた。

明治《めいじ》通りに入って間もなくだった。相棒が舌打ちして、ブレーキペダルを踏みつける。

「あんまり焦《あせ》るな」

加門は穏《おだ》やかに窘《たしな》めた。

「は、はい。サイレン、鳴らしましょうか？」

「被害者宅は近いんだから、その必要はないよ。一般車輛のドライバーだって、それぞれ忙しいにちがいない。なるべく迷惑をかけないようにしないとな」

「そうですね。われわれは、血税で食べさせてもらってるわけだからな」

「ことさら卑屈《ひくつ》になることはないが、そのことを忘れちゃいけないと思う」

「ええ、そうですね。いい勉強になりました」

「そっちも、神奈川生まれだったな。湯河原《ゆがわら》育ちだっけ？」

「そうです」

「実家には、いつ帰った？」

「正月に帰省《きせい》したきりですね」

「もっとちょくちょく親に顔を見せてやれよ」

「いつでも身内には会える距離ですんで、逆に足が向かなくなっちゃうんですよね」

柏が言い訳した。

加門は何も言えなかった。自分も鎌倉市内にある生家には、年に数度しか顔を出していない。その代わり、月に二、三回は電話をしている。

加門は、ひとりっ子だった。両親は晩婚で、どちらも七十過ぎだ。健康のことが気がかりだった。いまのところ、父母とも大病はしていない。

加門は県内の公立高校を卒業すると、都内の中堅私大の法学部に入った。そして、大学を出た春に警視庁に入ったのである。

警察学校を卒業すると、巣鴨《すがも》署の生活安全課に配属になった。その当時、生活安全課は防犯課という名称だった。数年後に神田《かんだ》署の刑事課強行犯係に異動になり、さらに複数の所轄署を渡り歩いた。本庁勤務になったのは三年八カ月前だ。

信号が青になった。

柏がマークXを走らせはじめた。

「われわれは裏切り者なんですかね。本来なら、神奈川県警の採用試験を受けるのが筋でしょう?」

「そうなんだろうが、おれたちは都内にある私大を出たわけだから、別に裏切り者じゃないと思うよ」

「そう考えれば、そうですよね。でも、湯河原に住んでる幼馴染《おさななじ》みなんかと会うと、なんとなく後ろめたくなるんですよ。加門さんは、そういう気分になりませんか?」

「後ろめたさを感じたことはないな、一度も。出身地で警察官《サツカン》をやると、何かとやりにくいんじゃないか」

「学校の恩師や先輩に交通違反なんかの揉《も》み消しを頼まれたりするかもしれないからですね？」

「そう。全国に約二十七万人の警察官がいるが、それぞれが出身地とは異なる場所で職務についたほうがいいんじゃないかな」

「なるほど、そういう考え方もありますね。それはそうと、加門さんは独身主義なんですか？」

「そうじゃないよ。結婚運がなかったから、シングルなのさ」

加門は微苦笑《びくしょう》した。言ったことは嘘ではなかった。

三十二歳のとき、加門は上司の勧めで見合いをしたことがある。相手は五つ年下で、警察庁幹部の次女だった。美しく、頭の回転も速かった。キャリアの娘でありながら、くだけた性格だった。

加門はデートを重ねるたびに、加速度的に相手に魅《み》せられた。そのうち結婚を申し込む気でいた。

だが、思いがけない展開になった。八カ月後、相手が大物国会議員の二世政治家と電撃的に婚約してしまったのだ。

加門は相手に心を弄《もてあそ》ばれたような気がして、ひどく傷ついた。

失望と幻滅は大きかった。そのときの苦い体験が心的外傷《トラウマ》になったわけでもないだろうが、それからは恋愛に慎重になった。未《いま》だに特定の恋人はいない。

「他人同士が一緒に生活をするのは、想像以上に疲れるんじゃないかな。相手のことを気遣《づか》って、自分のわがままは抑《おさ》えなきゃならないわけですからね。どんなベストカップルだって、ずっと新婚気分は持続させられない。結婚って、なんか面倒臭そうですね。一生、独身のほうがよさそうだな」

柏が呟《つぶや》き、運転に専念した。

マークXは八百メートルほど直進し、右に折れた。店舗ビルが途切《とぎ》れると、閑静な住宅街に入った。

それから間もなく、加門の上着の内ポケットで刑事用携帯電話が鳴った。発信者は難波警部補だった。ポリスモードと呼ばれる刑事用携帯電話は、五人との同時通話が可能だ。写真や動画の送受信もできる。制服警官には、P《ピー》フォンが貸与されていた。

「捜査班の誰かが早くも有力な手がかりを掴みました？」

加門は先に口を開いた。

「そうじゃないんだ。警察《サツ》回りの新聞記者《ブンヤ》さんたちの情報によると、椎名紀美は『ニュースオムニバス』の番組スタッフの弔問《ちょうもん》も断ってるらしいんだよ。いま現在は故人の両親と兄、それから未亡人の父母しか椎名宅にいないそうだ」

「ごく近しい身内だけで弔《とむら》いを済ませたいんでしょう」

「だろうね。そんなふうだから、未亡人がすんなり事情聴取に応じてくれるかどうか」

「粘《ねば》ってみます」

「ああ、そうしてくれ」

電話が切れた。加門は二つに折り畳んだポリスモードを懐に戻し、難波の話を柏刑事に伝えた。

「門前払いされるんですかね？」

「捜査には協力してくれると思うがな」

「そうですよね。紀美夫人だって、一日も早く犯人が捕まることを望んでるはずでしょうから」

柏が口を結んだ。

数分後、目的の場所に着いた。超高級マンションの前には、テレビクルーや報道記者が固まっていた。芸能レポーターたちの姿も目に留《と》まった。

柏がマンションの斜め前にマークXを停める。

加門たちは車を降り、人垣のかたわらを通り抜けた。アプローチの前には、青い制服姿のガードマンが立っていた。未亡人に雇われた警備保障会社の社員だろう。

「失礼ですが、このマンションの居住者の方でしょうか？」

「捜査本部の者です」

柏が問いかけてきた相手に警察手帳を見せた。二人のガードマンが緊張した顔つきで焦《あせ》って横に動いた。

加門たちは石畳を進み、集合インターフォンに近づいた。柏が部屋番号を押す。

ややあって、スピーカーから未亡人の声が流れてきた。

「きのうの夕方お目にかかった加門です」

「はい、憶《おぼ》えております。きのうは事情聴取に協力できなくて、ごめんなさいね。わたし、とても取り乱していましたので」

「当然のことです。少し話を聞かせてほしいんですが、よろしいですか？」

「ええ、かまいません。玄関のオートドアのロックを解除しますんで、そのまま部屋までいらしてください」

「わかりました」

加門は集合インターフォンから離れ、相棒と一緒にエントランスロビーに入った。

異臭は消えている。一〇五号室の前まで進むと、玄関から未亡人が現われた。黒いワンピース姿だった。化粧は薄い。

加門は連れを紀美に紹介した。柏が名乗ってから、未亡人に声をかけた。

「事情聴取する前に、線香を手向《たむ》けさせてもらえますか」

「椎名は無神論者でしたから、一般の弔《とむら》いはやらないんですの。亡骸《なきがら》は白百合《しらゆり》に囲まれてるだけなんです。むろん、牧師さんも僧侶もいません」

「そうですか。そういうことでしたら、せめてご遺体に手を合わさせてください」

「せっかくですが、それもご遠慮ください。密葬ですので、ごく内輪の人間だけで……」

「わかりました」

「どうぞお入りになって」

紀美が加門たちを請《しょう》じ入れた。

通されたのは、三十畳ほどのリビングルームだった。親族の姿は見当たらない。亡骸の安置されている別室にいるようだ。

加門たちは、深々とした総革張りのソファに並んで腰かけた。色はモスグリーンだった。未亡人が二人分のグレープジュースを用意し、加門と向かい合う位置に浅く坐った。

加門は解剖所見は省《はぶ》いて、現場検証の結果を詳しく語った。

「そういうことでしたら、犯人は一階の非常口から建物の中に入って、この部屋に忍び込んだんでしょうね」

「そう思われます。ご主人は、いつも午後二時ごろに入浴されてたんですか？」

「ええ、月曜日から金曜日はね。番組があるときは午後四時半に関東テレビの迎えの車が来てたんです。汐留《しおどめ》の局に入ってからは、番組のスタッフの方たちと細かい打ち合わせをして、いつもスタジオ入りしてたんですよ」

「そうですか。きのう、奥さんは機動捜査隊の者にご主人が塞ぎ込みがちだったと答えたそうですね？」

「ええ、そうだったんですよ。ですので、浴室にトイレ用洗剤と入浴剤の容器が転がってたとうかがって、一瞬、夫は自ら人生に終止符《ピリオド》を打ってしまったのではないかと思ったの」

「そうなんですか」

「だけど、そうじゃなかったのよね。椎名の左肩と右の二の腕に圧迫痕があったわけですから、解剖医の先生がおっしゃったように夫は誰かに頭を湯の中に沈められて……」

未亡人が声を湿らせた。すぐに天井を仰《あお》いで、目頭を押さえた。

「ご主人は長風呂のほうでした？」

「ええ、そうでしたね。ぬるめのお湯に浸かって、目を閉じてることが多かったと思います。リラックスした状態で、ニュース内容に即したコメントを考えてたんでしょう」

「それで、浴室に押し入ってくる犯人に気づくのが遅かったんでしょうね」

「ええ、そうなんだと思います」

「そうでないとしたら、犯人は気心の知れた人物なんだろうな」

「どういう意味なんです？　まさか妻のわたしが疑われてるんじゃないですよね？」

「あなたはきのう、横浜の元町にショッピングに出かけてた」

「ええ、そうよ。夏の帽子を午後二時半ごろに元町の『ソレイユ』ってブティックで買ったんです。レシートがお財布に入ってますんで、見せましょうか？」

「別に奥さんを怪しんでるわけじゃないんですよ。わたしが気心の知れた人物と言ったのは、椎名さんの親兄弟とか番組スタッフなんかのことなんです」

「主人はどんなに親しい者にもプライバシーを侵すような真似はさせませんでした。ですから、奥沢の実家にも部屋のスペアキーは預けてなかったんですよ。もちろん、関東テレビの番組関係者にも常に一定の距離を置いてました」

「そうですか。ご主人のご兄弟は？」

「兄がひとりいるだけです。義兄の到《いたる》は夫とは三つ違いで、財務省で働いてます」

「エリート官僚でいらっしゃるのかな？」

加門は畳みかけた。

「そういうことになると思います。義兄はキャリアですのでね」

「ご兄弟の仲は？」

「あまりよくはないですね。夫は、特権意識を持ってる人たちを鼻持ちならないと思ってましたから。義兄は学校秀才タイプなんですよ。でも、夫は権力側に擦《す》り寄るような男を軽蔑してました。ですんで、義兄とはすべての価値観が違ってたんですよ」

「そういうことなら、ご兄弟はあまり行き来はしてなかったんでしょうね？」

柏が紀美に顔を向けた。

「椎名は年に何度か世田谷の実家に顔を出してましたが、両親と同居してる義兄一家とは挨拶《あいさつ》程度しかしてなかったようですね」

「ご主人のお兄さんがこちらに見えることは？」

「ここを購入したときに一度見えただけですね。きょうが二度目です」

「そうですか。ご兄弟の間に何かトラブルはありませんでした？」

「揉め事を起こすほど夫は義兄と深くつき合ってなかったんです。多分、到さんのほうも、いいえ、義兄も弟のことを疎《うと》ましく感じてたんでしょう。主人は自分の身内にも毒舌を吐いてましたから」

「最近、ご主人は塞ぎ込みがちだったそうですが、仕事のことで何か悩みでもあったんでしょうか？」

「さあ、それはわかりません。椎名は結婚当初から、わたしに仕事のことは何も話してくれなかったんです。新聞記者時代も大変なスクープをしたときでさえ、事前には何も喋らなかったんですよ」

「シャイな方だったんでしょう」

「照れてたんじゃなくて、個人的なことを誰かに喋っても意味がないと醒《さ》めてたんだと思います」

「でも、ご夫婦じゃありませんか」

「そうなんですけど、椎名はわたしのことなんか空気のような存在だと思ってたんでしょうから、特に妻を喜ばせてやりたいとは考えてなかったんじゃないかしら？」

紀美が自嘲的に言った。

「そうじゃなかったんだと思いますよ。ご主人は、プロの新聞記者に徹してたんでしょう。どんなに大きなスクープ種《だね》でも、紙面のトップを飾るまでは社外の人間に洩らすのはまずいと考えてたんでしょう。ええ、きっとそうですよ」

「あなた、優しいのね。そう思うことにするわ」

「失礼な質問ですが、ご夫婦の仲はどうだったんでしょう？」

「二十数年の結婚生活ですから、感情が擦れ違うこともありましたよ。でも、子供に恵まれなかったから、一般的なご夫婦よりも結びつきは強かったんじゃないのかな」

「そうですか。お子さんは意図的《いとてき》にもうけなかったんですか？」

「ううん、そうじゃないの。卵巣に問題があって、女子大生のころに摘出手術を受けたんですよ。椎名にプロポーズされたとき、わたし、子を産めない体であることを告白したの」

「それでも、ご主人の気持ちは変わらなかったんですね？」

「ええ、そうなの。求婚されたときのことは、いまでも鮮明に記憶してるわ。嬉しくて、思わず椎名の首にぶら提《さ》がったりしたんですよ」

「相思相愛で結婚されたんですね」

柏が言った。羨ましげな顔つきだった。未亡人が小娘のようにはにかんだ。

「ひょっとしたら、椎名さんは今後の出演契約のことで悩まれてたんではありませんか？」

加門は柏よりも先に口を開いた。

「そういうことはないと思うわ。視聴率はよかったし、関東テレビの重役からは少なくとも後《あと》五年はメインキャスターを務めてほしいと言われてたし、来年からギャラも三千万円ほどアップしてもらえることになってたんですよ。番組スタッフとのチームワークも決して悪くなかったはずです」

「『ニュースオムニバス』は不定期ですが、〝社会悪を暴《あば》く〟と銘打ったキャンペーンを数年前から打ってますよね？」

「ええ。アンタッチャブルな題材や有力者の暗部を照射《しょうしゃ》する企画の立案者は夫なんですよ。取材内容が過激なんで、最初は局の偉い方たちは腰が引けてたみたいなの。だけど、報道局長の土屋《つちや》さんや『ニュースオムニバス』の能勢《のせ》プロデューサーが役員たちを説得してくれたんですよ」

「そうなんですか。歴代の総理大臣を裏でコントロールしてきたと噂されてる超大物のフイクサーまで取り上げたときは正直、びっくりしました。フィクサーの黒い人脈まで報じたんで、暗殺されるかもしれないと思ってたんですよ」

「わたしも、とても心配でした。でも、幸いにも椎名や番組スタッフに危害は加えられませんでした。それから、番組の提供企業もCMを打ち切ることはなかったの」

「それにしても、あの告発キャンペーンでは多くの政財界人や闇の首領《ドン》たちがめった斬りにされましたよね？」

「ええ。そういう人たちの誰かがほとぼりの冷めるのを待って、第三者に椎名を殺させたんでしょうか？」

「まるっきり考えられないことではないと思います。そのあたりのことを関東テレビの関係者から探《さぐ》り出してみます。報道局長は土屋という方ですね？」

「ええ、土屋暁《あきら》さんよ。五十七、八歳だと思います。番組のプロデューサーは能勢譲司《じょうじ》とおっしゃるの。確か五十一よ。告発キャンペーンの取材チームは報道部の中堅記者とフリージャーナリストの混成部隊だという話でした。わたし自身は、その方たちにはお目にかかったことがないんですよ」

未亡人がそう言って、加門たちに飲みものを勧めた。

柏刑事が先にゴブレットを持ち上げた。加門もグレープジュースをひと口啜《すす》った。ゴブレットをペーパーコースターの上に置いたとき、五十代半《なか》ばの男が居間に入ってきた。

黒っぽいスーツを身につけていた。目のあたりが故人とよく似ている。兄の椎名到だろう。酒気《しゅき》を帯びているようだ。

「義兄です」

未亡人が小声で告げた。加門は立ち上がって、身分を明かした。柏も名乗った。

「事情聴取ってやつだな？」

椎名到が尊大な態度で確かめた。加門は無言でうなずいた。

「真面目に捜査をしてくれよな。警察庁長官と警視総監も東大の先輩なんだからさ。被害者は、わたしの弟なんだ」

「捜査に私情は挟めません。どんな被害者でも、捜査の仕方は変わらないんですよ」

「きれいごとを言うなって。ま、いいや。坐れよ」

故人の実兄が言って、紀美のかたわらに腰かけた。加門たちもソファに坐った。

「潤は親不孝な弟だよ。こんなに早く死にやがって。これからは親父とおふくろに毎日泣かれると思うと、あいつが憎たらしくなるね」

「お義兄《にい》さん、酔ってらっしゃるの？」

未亡人が眉根《まゆね》を寄せた。

「そんな咎《とが》めるような目で見ないでくれ。生意気な奴だったが、たったひとりの弟だったんだ。弔《とむら》い酒ぐらい飲んでやらなきゃ、あいつがかわいそうじゃないか」

「でも……」

「ほっといてくれ。潤は五十過ぎても、尻《けつ》が青かったんだ。ジャーナリスト魂か何か知らないが、個人で社会悪と闘えると本気で考えてたようだから、ガキもガキだよ。日本に限らず、どの国だって、支配階級《エスタブリッシュメント》と闇の勢力は昔っから裏でしっかり繋がってるんだ。それから人間は誰も矛盾《むじゅん》だらけだし、階級意識も持ってる。だから、差別なんかなくならないんだよ」

「そうでしょうか」

「紀美さんも、だいぶ弟に感化されたようだね。人間がいる限り、あらゆる差別はなくならないよ。その理由は簡単なことさ。どいつも自分が最下位の人間と思ったら、とても生きちゃいけない。だから、どいつも学歴、職業、収入、家柄なんかでランクづけをして、自分の下にまだ誰かいると思い込みたいんだよ。それが人間の本性さ。弟は、おめでたい男だよ。言論の力を信じ込んでたから、世直しはできるはずだと大真面目に考えてた。世の中や人間のことを知らなすぎるね」

「お義兄《にい》さん、その話は後《あと》でゆっくり聞かせてもらいます」

「紀美さんも悪いんだっ」

「どこが悪かったんです？」

「潤はニュースキャスターに起用されてから、電波の力で社会を変えられるという錯覚に陥ってしまったんだよ。だから、ドン・キホーテみたいになっちゃった。告発キャンペーンと気負ったところで、民放テレビ局はCMの提供企業の広告料で経営が成り立ってるんだ。どうせ真のタブーには迫れっこなかったんだよ。なのに、弟は子供じみた正義感から告発キャンペーンを張った。中途半端なことをやって、逆恨《さかうら》みされてる奴に殺されたんじゃ、シャレにもならない」

「お義兄さん！　彼は、夫は本気で社会の歪《ひず》みを是正したいと思ってたんですよ」

「それが稚《おさな》いと言ってるんだ。女房なら、そのことに気づいて、手綱《たづな》を締めてやるべきだったんだよ」

「わたしのせいで、潤さんが殺されたというんですかっ」

「ある意味では、そうじゃないか」

「ひどい、ひどいわ」

「泣くなよ。女は涙を武器にするから、困るんだ。逃げよう、逃げてしまおう」

故人の兄はソファから立ち上がり、そそくさと居間から消えた。

「ご主人がお兄さんと仲がよくなかった理由《わけ》がよくわかりました。実に厭《いや》な男ですね」

柏刑事が紀美に声をかけた。慰めるような口調だった。

「義兄はもともとエゴイスティックな人間なんですけど、ニュースキャスターとして名声を得た弟に嫉妬してたんでしょうね。そうとでも思わないと、とても赦《ゆる》せないわ」

「そうですよね」

「でも、義兄が言ってたことは正しいのかもしれません」

「告発キャンペーンで取り上げられたアンタッチャブルな有力者がほとぼりが冷めてから、誰かにご主人を葬《ほうむ》らせた?」

加門は未亡人の顔を見据えた。

「ええ。ほかに犯人は考えられませんもの。そうじゃありません?」

「まだ捜査に取りかかったばかりですから、なんとも答えられませんね」

「とにかく、関東テレビの関係者にお会いになってくださいよ」

紀美が真剣な表情で訴えた。加門は同意し、相棒の肩を軽く叩《たた》いた。

二人は、ほぼ同時に立ち上がった。

4

呼び止められた。

超高級マンションの表玄関を出たときだった。

加門は振り返った。円筒形の白い包装箱を抱えた未亡人が駆けてくる。

「どうされました?」

柏刑事が紀美に問いかけた。

「元町で買ったのは、この帽子なんです。キャプリーヌと呼ばれてる婦人用帽子で、鍔《つば》が大きく波打ってるんです」

「なんでわざわざ帽子を……」

「きのうの午後一時から四時ごろまで、わたしが横浜にいたことを警察の方にわかっていただきたかったの。冗談だったんでしょうけど、義兄がわたしを疑うようなことを言ったんですよ」

「奥さんがご主人を殺したのではないかと言ったんですか⁉」

「ええ、そうなの。きのうの午後、わたしは間違いなく横浜にいました。帽子を買ってから山手のフレンチ・レストランでシフォンケーキを食べながら、三時半ごろまで紅茶を飲んでたんです」

未亡人がレストランの名を挙げ、包装箱の蓋《ふた》を取った。真珠色のキャプリーヌが収まっている。素材は綿ジョーゼットのようだ。

「奥さん、そこまでしていただかなくても結構です」

加門は言った。

「ええ、でも……」

「われわれは、別にあなたを怪しんでるわけではないんですから」

「ですけど、夫の兄はわたしを疑ってるような感じでしたので」

「悪い冗談だったんでしょう」

「そうだったのかもしれませんけど、このままでは気持ちがすっきりしませんし。ブティックとレストランのレシートを差し上げますから、わたしのアリバイを確認してください」

紀美がそう言い、二枚の領収証を差し出した。

ブティックのレシートには、帽子を購入した時刻まで印字されていた。フレンチ・レストランの領収証には、日付と飲食代しか記入されていない。

「多分、レストランの従業員のどなたかがわたしのことを憶《おぼ》えてくれてると思います。そのレシートは捜査資料として提供しますんで、必ずお店で確かめてくださいね」

「わかりました」

加門は二枚のレシートを上着のポケットに入れた。紀美が安堵《あんど》した表情になった。

「お取り込み中なんで遠慮したんですが、故人のご両親に少し話をうかがうことはできませんかね？」

「義父と義母は、とても事情聴取に応じられる状態ではありません。それに椎名は、両親に仕事絡《がら》みの話や交友関係のことを喋ったりはしてないでしょう。現に義父たちは、夫がなぜ殺されることになったのか、さっぱり見当がつかないと言ってましたから」

「そうですか」

「わたしの両親も来てますが、何もわからないはずです」

「そういうことでしたら、このまま引き揚げることにします」

加門は軽く頭を下げた。

そのとき、未亡人が視線を延ばした。加門は小さく振り向いた。

花束を抱えた四十代後半の女性が、アプローチの向こうから歩いてくる。チャコールグレイのスーツを着ていた。楚々《そそ》とした美人だった。

「どなたなんです？」

柏が紀美に小声で問いかけた。

「女子大のころからの親友です。水樹涼子《みずきりょうこ》という名で、ビジネス英語の翻訳の仕事をしてるの。彼女、聖美《せいび》女子大を出てから、二年ほどイギリスの大学に留学してたんですよ」

「それで、翻訳の仕事をしてるわけか」

「そうなの。帰国して一、二年は海外小説の下訳《したやく》を請け負ってたんだけど、それではたいした収入を得られないんで、英文の契約書や商品説明書の翻訳をメインの仕事にするようになったんですよ」

「そうですか。あの方、人妻なんでしょ？」

「いいえ、独身よ。でも、シングルマザーなの。留学中に妊娠して、日本で娘を産んだんです」

「その娘さんの父親は、イギリス人なんですか？」

「ううん、日本人よ。相手の方の詳しい素姓は、教えてくれなかったんですよ。留学生仲間だったとは、話してもらったけど……。でも、何か事情があって、涼子とその彼は結婚できなかったんだと思います」

「そうなのかもしれませんね。娘さんは女手ひとつで育て上げたんですか？」

「涼子は産んだ子と一緒に実家に戻ったの。昼間は、彼女の両親が孫の面倒を見てくれてたんですよ。その娘さんも、もう二十四歳になりました」

紀美がそう言い、水樹涼子に歩み寄った。二人は短い言葉を交わすと、ハグし合った。

「椎名さんがこんなことになるなんて……」

「涼子、来てくれてありがとう。密葬なんで、連絡はしなかったのよ。喪主《もしゅ》のわたしがしっかりしなければならないんだけど、放心状態なんでヘマばかりしてるの」

「わたしに手伝えることがあったら、なんでも遠慮なく言ってちょうだい」

「ええ、いろいろ助けてもらうわ。とにかく、部屋に入って」

未亡人は帽子の入った包装箱を抱え直し、友人の背に腕を回した。二人は目礼し、マンションのエントランスロビーに入った。

「椎名の兄貴は変な奴ですね。弟の妻を本気で疑ってるんだとしたら、まともじゃないですよ。坊主憎けりゃ何とか、なんだと思いますがね」

「未亡人が言ってた通りなら、悪意に満ちてるな」

「奥さんも妙ですよね。わざわざ元町で買った帽子を持ってきて、ブティックとフレンチ・レストランの領収証を加門さんに渡したんだから」

「そうだな。ことさら自分にはれっきとしたアリバイがあることを強調してる」

「ええ、そうですね」

「意地の悪い見方をすれば、奥さんも事件に関与してるのではないかと勘繰《かんぐ》りたくもなる」

「そうだとしたら、未亡人は自分のアリバイを予《あらかじ》め用意しておいて、不倫相手か誰かに椎名潤を始末させたのかもしれません」

「そういう推測もできるな。一応、未亡人のアリバイの裏付《ウラ》けを取ってみるか」

加門は刑事用携帯電話を取り出し、ブティックとフレンチ・レストランに問い合わせてみた。

どちらの店の従業員も紀美のことを憶《おぼ》えていた。彼女の言った通りだった。

「関東テレビに行ってみよう」

加門は相棒に言った。二人はアプローチを進み、マークXに足を向けた。

覆面パトカーに乗り込もうとしたとき、地取り班のコンビが近づいてきた。部下の向井と渋谷署の右近元春《うこんもとはる》刑事だった。

右近は四十歳で、高卒の叩き上げだ。実年齢よりも老けて見える。小柄だった。

「聞き込みで何かわかったか？」

加門は部下の向井に声をかけた。

「マンションの両隣と向かいの家はもちろん、周囲も一軒ずつ回ってみたんですが、きのうの午後二時から四時の間に不審者を見た住民はいませんでした」

「そうか。マンションの管理会社の担当社員の鉢山にも会ってみたか？」

「ええ。鉢山さんは一日に二回は当該《とうがい》マンションを巡回してるそうですが、怪しい人物は見かけなかったと言ってました。それから、先月分の録画も観《み》せてもらいました。しかし、収穫は得られませんでした」

「センサーの電線が切断されてたわけだが、管理会社のモニタールームに監視係はいなかったのか？」

「先々月まで、監視係がいたらしいんですが、交通事故で肩と腰の骨を折って入院しちゃったそうなんです。それで、モニタールームは無人になってしまったという話でした」

右近刑事が答えた。

「ずさんな管理をしてるな。毎月数万円の管理費をマンション居住者から取ってるんだろう？」

「ええ、月の管理費は三万八千円だそうです。しかし、エレベーター、植木の手入れ、共有部分の清掃なんかの費用で消えるとか。モニター監視はサービス業務になってるらしくて、スタッフを補充してなかったそうです」

「そうだとしても、ちょっと無責任だな」

「ええ、そうですね。遺族から何か手がかりは？」

「こっちも大きな手がかりは得られなかったよ」

加門は、聞き込みの結果を向井たち二人に手短に話した。

「そうですか。われわれは、聞き込みのエリアをもう少し拡《ひろ》げてみます」

「大変だろうが、よろしくな。こっちは、これから関東テレビに行ってみる」

「では、ここで別れましょう」

右近が向井を促《うなが》した。

二人が遠ざかると、加門は覆面パトカーの助手席に坐った。

柏がエンジンを唸《うな》らせたとき、加門の刑事用携帯電話が着信音を発した。電話をかけてきたのは、捜査本部にいる難波警部補だった。

「少し前に鑑識班から報告が上がってきたんだが、きのう被害者宅の脱衣室から採取した毛髪の中に茶色い犬の体毛が二本混じってたというんだ」

「犬の毛ですか」

「そう。長さや太さから、大型犬の体毛だろうって話だったよ。ゴールデン・レトリバーとかセントバーナードといった犬種《けんしゅ》の毛だろうって言ってた。初動の捜査資料には、被害者宅でペットが飼われてるとは書かれてないんだが、どうなんだい？」

「さっき椎名宅を辞去したんですが、部屋の中で犬が飼われてる様子はありませんでしたね」

加門は答えた。

「それなら、犬の毛は犯人の着衣から落ちたんだろう」

「そう考えるのは、ちょっと早計なんじゃないかな。椎名夫妻のどちらかが外出先で大型犬の体を撫《な》でたとき、衣服に毛がくっついたのかもしれないでしょ？」

「でも、二本だぜ」

「犬種にもよりますが、毛脚《けあし》の長い体毛はまとまって脱けたりするんですよ。子供のころ、ゴールデン・レトリバーを飼ってたから、それは間違いありません」

「そういうことなら、脱衣室にあった二本の毛が犯人の服に付着してたとは限らないわけか」

「ええ、そうですね。難波さん、鑑取り班の連中からはどんな報告が上がってます？」

「二組が椎名潤の学生時代の友人、毎朝タイムズの元同僚に当たったんだが、被害者が誰かに脅迫されてる気配はうかがえなかったらしいよ」

「椎名の女性関係は？」

「旧友や昔の記者仲間とクラブに飲みにいっても、ホステスにはほとんど関心を示さなかったらしいんだ。特定の愛人がいる様子もなかったみたいだね」

「そうですか」

「名士《セレブ》だから、スキャンダルになるような行動は慎んでたんじゃないのかな」

「あるいは、『ニュースオムニバス』のことで頭が一杯で、ほかのことに目を向ける余裕がなかったのかもしれませんね」

「二時間番組の視聴率をキープしつづけるのは、それ相当の努力がいるだろうからな」

「ええ」

「女や酒で息抜きしてる場合じゃないか」

「多分ね」

「未亡人から何か手がかりは？」

難波が訊いた。加門は経過を伝えた。

「奥さんがわざわざ買った帽子を見せて、二枚のレシートを差し出したのか。そこまでやるってことは、疚《やま》しい気持ちがあるからなんじゃないのかね？」

「柏刑事も同じようなことを言ってます」

「おたくは、どう思ったんだい？」

「少し不自然な気はしましたね。何か作為《さくい》的なものを感じましたが、彼女が第三者に夫を殺害させる動機はいまのところ、なさそうなんですよ」

「そうか」

「ただ、被害者と未亡人の夫婦仲は冷えきってたのかもしれないな。椎名潤は番組に全エネルギーを傾けてる感じで、妻には無関心になってたんじゃないだろうか。だから、家で奥さんに仕事のことを語ろうともしなかった」

「結婚して二十年以上も経《た》った夫婦なんて、たいがいそんなもんだろ？　別に愛情がなくなったわけじゃなくても、自然に会話は少なくなるんじゃないの？」

「まだ結婚したことがないんで、断定的なことは言えませんが、子供のいない夫婦は年を重ねても絆《きずな》が強いんじゃないんだろうか。なんとなくそんな気がするんですよ」

「確かに子持ちの夫婦よりは、繋がりが強いんだろうな。しかし、五十代の男は仕事のことや悩みを女房にあまり喋らないんじゃないの？　そういうことは、なんか女々《めめ》しいと感じる奴が多いと思うんだよ」

「そうなんでしょうか」

「それにしても、椎名の兄貴はおかしな男だね。兄弟が張り合う気持ちを持ってることはわかるが、冷淡すぎるよ。たとえ生意気な口を利いてたとしても、自分の弟じゃないか」

「近親だからこそ、憎悪が強くなるんでしょう。遺産を巡る骨肉の争いなんかが、いい例です」

「そうなんだけどさ、なんか哀《かな》しくなるじゃないか。それはそうと、関東テレビで何か掴めるといいな」

難波が通話を切り上げた。

加門は相棒に難波から聞いたことをそのまま語り、ポリスモードを上着の内ポケットに突っ込んだ。

柏刑事がマークXを発進させた。

関東テレビの本社に到着したのは、三十数分後だった。局の来客用駐車場に覆面パトカーを置き、加門たちは受付カウンターに急いだ。

受付嬢に来意を告げ、土屋報道局長と番組担当の能勢プロデューサーとの面会を求める。受付嬢は内線電話を使って、すぐに取り次いでくれた。

「土屋と能勢はじきに参りますので、応接ロビーでお待ちください」

「ありがとう」

加門は受付嬢に謝意を表し、ロビーの右手にある応接コーナーに足を向けた。すぐに柏が肩を並べた。

ソファセットが八卓置かれ、パーティションで仕切られている。二人はエレベーターホールに最も近いソファセットを選び、並んで腰かけた。

加門はキャビンに火を点《つ》けた。

煙草《たばこ》を喫《す》い終えたとき、二人の男が歩み寄ってきた。

土屋と能勢だった。報道局長の土屋は背広を着て、ネクタイを締めていた。

能勢のほうは、白いポロシャツの上にベージュのコットンジャケットを羽織っている。下は黒のチノクロスパンツだった。髪も長かった。

加門たちはソファから立ち上がり、警察手帳を呈示した。報道局長とプロデューサーが名刺を差し出した。

四人はソファに腰かけた。

「メインキャスターが殺されるなんて夢にも思ってませんでしたよ。椎名潤の代役はすぐには見つからないでしょう。当分、サブキャスターをメインに据《す》えることに決まりましたが、番組の数字はかなり落ちてしまうでしょうね」

土屋がぼやいた。報道局長は加門の前に坐っていた。

「残念なことですね」

「捜査当局は犯人の絞り込みに入ってるんでしょ？」

「いいえ、まだ……」

「そうなのか」

「番組で不定期ながら、三年ほど前から告発キャンペーンをやってますよね。取材対象になった政財官界人、フィクサー、闇の首領《ドン》の中に椎名キャスターを逆恨みしてた人物がいるのではないかと推測したんですが、いかがでしょう？」

加門は本題に入った。

「〝道路族〟のボスの民自党の木内大膳《きうちだいぜん》議員が収賄容疑で東京拘置所に収監中であることは、ご存じですよね？」

「ええ。東京地検特捜部が大物国会議員の逮捕に踏み切ったんでしたね、三カ月前に」

「そうです。木内代議士が全国の土木業者から裏献金を吸い上げて、その金でベトナムに進出してる日本企業の株を買い漁《あさ》ってることを暴《あば》いたのは、『ニュースオムニバス』なんですよ。山陰地方の土木会社の社長が裏献金が工面できなくて、リース会社から借りてた重機を中国に売っ払ってしまったんで、地元署に逮捕されたんです。そうだったね？」

土屋がかたわらの能勢に顔を向けた。

「そうです。番組の取材班がその事件を調べたら、木内が全国の土木業者に裏献金をたかってたことが明らかになったんですよ。それで、山陰の事件を枕に振って、大物政治家の悪事を暴露したわけです。といっても、木内の名前は伏せておきました。勇み足を踏んだら、人権問題になりますんでね」

「しかし、視聴者には裏献金を吸い上げてたのが木内代議士とわかったでしょ？」

「ええ、多分ね。その告発キャンペーンがきっかけで、東京地検特捜部は木内の周辺を捜査しはじめたんですよ。そして、収賄の証拠固めをして、大物政治家を検挙したわけです」

能勢プロデューサーが言って、前髪を搔き上げた。

「マスコミ報道によると、木内は収賄の事実を認めてませんよね？」

「ええ。しかし、地検は自信を持って木内を起訴したんです。東京地裁が一審で有罪判決を下《くだ》すことは間違いありませんよ」

「『ニュースオムニバス』宛に剃刀《かみそり》の刃や拳銃の実包が郵送されてくるようになったのは、木内が逮捕された翌々日からなんです」

土屋が口を挟んだ。一拍置いて、柏刑事が報道局長に話しかけた。

「脅迫状も同封されてたんでしょ？」

「いいえ、入ってませんでした。どの封書にも、新聞や雑誌から切り抜かれた椎名キャスターの顔写真が入ってました。要するに、キャスターに危害を加えるぞという警告だったんでしょう」

「何か椎名さんは危険な思いをされたことがあるんですか？」

「迷彩服を着た若い男に局の地下駐車場で木刀でぶっ叩かれそうになりましたが、近くに番組スタッフが何人もいましたんで、椎名キャスターは難を逃れたんです。それから五日間ほど自宅マンションの周辺を組員風の男たちがうろついてたようですが、キャスターは何もされませんでした」

「その後、厭《いや》がらせめいたことは？」

「何日か経《た》ってから、プロデューサーのわたし宛に血で認《したた》められた手紙が届きました」

今度は能勢が言った。加門は若い相棒を手で制し、斜め前のプロデューサーを見た。

「脅迫の内容を教えてください」

「はい。先日の告発キャンペーンは事実無根だったと椎名キャスターに番組の中で謝罪させて、さらに三大全国紙に全面のお詫び広告を出せ。それを無視した場合は、椎名さんのロンドン支局勤務時代の秘密をバラすぞという内容でした」

「被害者は、支局で働いてたことがあったのか。そのことは知りませんでしたよ」

「そうですか。椎名キャスターは結婚した翌年から、二年半ほど毎朝タイムズのロンドン支局に勤務してたんですよ」

「単身赴任だったのかな？」

「最初の一年間はね。二年目からは奥さんを日本から呼び寄せて、一緒に暮らしてたはずです」

「そうですか。その血で書かれた脅迫状は、椎名さんに読ませたんでしょうか？」

「ええ。キャスターは支局勤務時代に何も秘密なんかないと笑ってましたが、そのときから暗い顔をするようになりました。心配になったんで、それとなく探《さぐ》りを入れてみたんですよ。しかし、椎名さんは思い当たることはないの一点張りでしたね」

「そうですか」

「ロンドン支局に単身赴任してたとき、現地の売春婦を何度か買ってたんじゃないかな。それとも、現地妻みたいな女性がいたのかもしれませんね。その程度の秘密はあったのかもしれないな。しかし、知性派キャスターで売ってましたから、そういう過去の醜聞もイメージダウンになりますでしょ？」

「それで、被害者は思い悩んでたんだろうか」

「多分、そうなんでしょうね」

「その後、その種の脅迫状は？」

「一通届いたきりでした。でも、椎名さん宛には何か送りつけられてたのかもしれませんね」

「ここに来る前に奥さんに会ったんですが、脅迫状が自宅に届いたなんて言ってなかったな。もっとも被害者は仕事に関することは、奥さんにはほとんど話さなかったようですがね」

「キャスターは番組スタッフには、プライベートなことは何も話さなかったな。話題にするのは、いつも『ニュースオムニバス』のことばかりでした」

「番組スタッフの中で、椎名さんとぶつかった方はいました？」

「ひとりもいませんよ。スタジオスタッフも取材班も、カリスマ性のある椎名キャスターを敬愛してましたからね」

能勢が口を閉じた。

沈黙が落ちた。最初に静寂を突き破ったのは、土屋報道局長だった。

「別に確証があるわけじゃないんですが、わたしは木内議員が怪しいと思いますね。〝道路族〟の親玉が全国の土木業者から裏献金を吸い上げてることを番組の告発キャンペーンで仄《ほの》めかされたんで、側近に命じて椎名キャスターに警告を発せさせたんでしょう。しかし、われわれは脅迫に屈《くっ》しなかった。それで木内が怒って、親しくしてる広域暴力団のボスに椎名キャスターを消してくれとでも頼んだんでしょう」

「そうなんだろうか」

「大筋は間違ってないと思います」

「木内議員の周辺の人間の動きを少し探《さぐ》ってみましょう。ご多忙中、時間を割《さ》いていただいて恐縮です」

加門は言って、最初に腰を浮かせた。柏がつづき、土屋と能勢も立ち上がった。

「渋谷署に戻ろう」

加門は柏に声をかけ、出入口に向かった。

5

張り込みか。

木内大膳事務所の手前には、一台の覆面パトカーが見える。

千代田区平河町《ひらかわちょう》の裏通りだ。路上駐車しているのは、オフブラックのエルグランドだった。

「ここで車を停めてくれ」

加門は運転席の相棒に声をかけた。

柏刑事がマークXをガードレールに寄せた。ニュースキャスターが殺害されたのは、一昨日《おととい》である。午後二時過ぎだった。

加門たち二人は午前中まで捜査本部にいた。捜査班の各組の情報を持ち寄って、被疑者の割り出しを試《こころ》みた。しかし、重要参考人は絞り込めなかった。

「本庁の捜二《そうに》が木内代議士のオフィスの手前で張り込んでるようだ。前方に見えるプリウスだよ」

「捜二の知能犯係が木内の収賄に関する証拠を押さえて、事務所に家宅捜査《ガサ》をかける気なんでしょうか？」

柏が言った。

「おそらく、そうなんだろう」

「ちょっと遅かったな。そういうことになったら、木内の秘書たちは本庁の捜二に持っていかれちゃうでしょ？　われわれの事案は後回しにされそうだな」

「そっちは、ここで待機しててくれ。ちょっと様子を見てくる」

加門は車を降り、大股でプリウスに近づいた。

車内にいるのは、捜査二課の刑事ではなかった。本庁組織犯罪対策部第四課の捜査員たちだった。

助手席で紫煙をくゆらせているのは、矢吹《やぶき》渉《わたる》巡査部長だ。四十三歳で、ベテランの暴力団係刑事である。

矢吹は丸刈り頭で、体型は格闘家並だ。眼光が鋭く、凄みがある。派手な身なりを好《この》み、職場では〝闘犬〟と呼ばれていた。

矢吹は出世欲がまったくない。階級を無視して、上司に平気で逆《さか》らう。警察官僚も怒鳴《どな》りつけ、相手を罵倒《ばとう》する。

この五月上旬まで、加門は矢吹に毛嫌いされていた。数え切れないほど厭味《いやみ》を言われ、理不尽な難癖もつけられた。だが、ある事件の合同捜査で協力せざるを得なくなった。二人は反目し合いながらも、事件の首謀者を追いつめた。

それから十日後、矢吹に誘われて一緒に酒を酌《く》み交わした。加門はアウトロー刑事を見直すことになった。

矢吹には露悪趣味があったが、素顔は侠気《おとこぎ》のある心優しい人物だった。やくざ以上に柄は悪かったが、他人の悲しみや憂《うれ》いは見逃さない。だからといって、スタンドプレイめいた思い遣《や》りを示すことはなかった。逆に乱暴な方法で相手をさりげなく力づける。

加門は、一つ年上の矢吹に友情めいたものを感じはじめていた。しかし、それを口にしたことはない。友情や仲間意識は言葉ではなく、行動で表すものだろう。

エルグランドの運転席には、金森和広《かなもりかずひろ》警部補が坐っていた。三十七歳だが、階級は矢吹よりもワンランク上だった。

本来なら、矢吹は金森にそれなりの敬意を払わなければならない。しかし、はみ出し刑事は金森を顎《あご》で使っている。

加門はエルグランドの助手席側に回り込んだ。

矢吹が加門に気づき、パワーウインドーを下げた。

「よう！　妙な所で会うな」

「張り込みですか？」

「木内大膳の第一秘書の橋口利幸《はしぐちとしゆき》を待ってるんだよ。橋口の野郎はさ、関東義誠会《かんとうぎせいかい》の力を借りて、四谷《よつや》の商業ビルを超安値で買い叩きやがったんだ。四億の価値のある物件を一億一千万で無理矢理に売らせたんだよ。所有者夫婦は八十近いんで、ヤー公たちの厭がらせに耐えられなくなっちまったんだ」

「関東義誠会は首都圏で五番目に勢力を誇ってる組織ですが、武闘派やくざが多いですからね」

「そうなんだよ。橋口にまだ令状《オフダ》は出てねえんだが、立件材料はほぼ揃《そろ》ったから、とりあえず任意同行《ニンドウ》で引っ張ろうってわけよ」

「そうだったのか」

「そっちは渋谷署の捜査本部《チョウバ》に出張って、ニュースキャスター殺しの捜査をやってるんだってな。椎名潤の事件《ヤマ》に木内大膳が関わってるのかい？」

「ひょっとしたらね」

　加門は、これまでの捜査の流れを手短に話した。

「その告発キャンペーン、おれも観《み》たよ。キャスターの椎名潤は番組の中で、何遍《なんべん》も〝道路族〟のボスと目《もく》されてる大物国会議員が全国の土建屋から裏献金をせびってた疑いは濃厚だと言ってたな。そのボスが木内大膳だってことは、ほとんどの視聴者がわかってたんじゃねえの？」

「そうでしょうね」

「『ニュースオムニバス』のスクープが東京地検特捜部を動かした。で、木内は検挙《アゲ》られることになった。まだ公判中だが、一審で有罪判決が下《くだ》ったら、当然、木内は控訴《こうそ》するだろう。おそらく最高裁まで持ってくつもりでいるんだろうが、有権者の信用を失ったんだから、木内は椎名に何か仕返しをしたくなっても不思議じゃねえな」

「ええ、そうですね」

「木内大膳が関東義誠会の総長に椎名潤を始末してくれって頼んだんじゃねえのか。関東テレビに剃刀の刃と実包、それから血で認めた脅迫状を番組プロデューサーに送りつけたのは第一秘書の橋口利幸かもしれねえぜ」

「矢吹さんの読み筋通りだとしたら、どんな方法で椎名のロンドン支局時代の〝秘密〟を知ったんだろうか」

「椎名は毎朝タイムズの社会部で、エース記者として活躍してた。その後、『ニュースオムニバス』のメインキャスターに抜擢《ばってき》された。元同僚たちには、だいぶ妬《ねた》まれてたにちがいねえよ」

「でしょうね」

「だからさ、椎名の支局時代のスキャンダルをリークする奴は何人もいたんだと思うよ。過去の秘密が表沙汰になったら、椎名は降板させられるかもしれない。そう考えたんで、殺されたキャスターは沈み込んでたんだろう。おそらく木内は第一秘書の橋口が椎名の元同僚からロンドン支局時代の話を聞いて、キャスターに弱みを突きつけ、関東テレビに謝罪を求めたんだろう」

「そうなんだろうか」

「けど、『ニュースオムニバス』は脅迫者の言いなりにはならなかった。木内は虚仮《こけ》にされたと逆上して、関東義誠会の末端の組員にでも椎名を始末させたんだろうな。もちろん、木内自身が実行犯に直《じか》に殺しの依頼をしたんじゃなく、橋口を通じて関東義誠会の総長にそう頼ませた」

「木内は、総長とかなり親しいのかな？」

「総長の目方《めかた》は、木内と同じ岡山出身なんだよ。そんなことで、兄弟分みてえなつき合いをしてたんだ。木内は全国の主だった広域暴力団とつき合ってるが、目方総長とは特に親しかったんだよ」

「そういうことなら、未決囚の大物政治家が第一秘書を通じて、関東義誠会に殺しの依頼をした疑いがあるな」

「橋口が事務所に顔を出したら、とりあえず組対四課《うち》が身柄《ガラ》を押さえるよ」

矢吹が言った。

「橋口がヤー公を使って、恐喝まがいの方法で商業ビルを手に入れたのは木内が有罪になると読んでたからなんだろうか」

「そうなんだろうな。橋口はまだ五十一だ。木内が政界から追放されることになったら、身の振り方を考えなきゃならねえ。先行きの不安もあったんで、橋口は荒っぽいやり方でビルを手に入れたんだろうよ。購入資金は、木内が土建屋たちから吸い上げた裏献金をうまく抜いて工面した。総額で六十七億も裏献金が集まったんだから、橋口が退職金代わりに一億数千万円を着服することは簡単だったはずだ」

「ああ、おそらくね」

「うちの案件の取り調べが終わったら、そっちが橋口を締め上げてみろや」

「そうさせてもらうか。しかし、それじゃ、矢吹さんに甘えたことになる。木内の第二秘書から事情聴取しますよ」

「水臭いことを言うねえ。おれたちは身内じゃねえか」

「そうですよ」

金森刑事が矢吹に同調した。

「しかし、楽するのもな……」

「自分、加門さんのお役に立ちたいんです」

「おい、金森！　橋口の犯罪《ヤマ》を嗅《か》ぎつけたのは、てめえかよっ」

「いいえ、矢吹さんです」

「てめえが手柄を立てたような言い方するんじゃねえや」

「す、すみません。自分にとって、加門さんはヒーローなんで、つい全面的に協力したくなっちゃったんですよ」

「ま、いいや。おれも前回の合同捜査で加門のことを見直したから、おめえが偉そうなことを口走ったことは勘弁してやらあ」

矢吹が金森に笑顔を向けた。金森が嬉しそうに頰を緩《ゆる》めた。

「矢吹さん、いいのかな？」

「ああ、もちろんだ。妙な遠慮すんなって。一日も早く犯人《ホシ》を逮捕《パク》ることがおれたちの務《つと》めだろうが」

「そうですね。それじゃ、後ろの車の中で待たせてもらいます」

加門は矢吹に言って、マークXに戻った。

助手席に坐り、相棒に経緯《いきさつ》を詳しく話す。

「第一秘書がすんなり自供してくれるといいですね。そうしたら、事件はスピード解決です」

「そう事がスムーズに運ぶかどうかな」

「加門さんは、橋口が黙秘権を行使すると思ってるんですね？」

「そういうことじゃないんだ。木内が関東テレビの例の告発キャンペーンを苦々しく感じて、謝罪を求めたり、キャスターを威嚇《いかく》したとは思うよ。しかし、椎名潤を葬《ほうむ》る気になるだろうか」

「木内大膳は汚職の件で破滅の予感を覚えて、自暴自棄になったんじゃないのかな」

柏が呟くように言った。

「木内は海千山千《うみせんやません》なんだ。現に東京地検に検挙されても、収賄の事実は認めてない。有権者たちの信用を失いたくなくて、ぎりぎりまで木内はあがく気なんだろう」

「でしょうね」

「まだ絶望しきってない狸親父《たぬきおやじ》がキャスターを道連れにして自滅しようと考えるだろうか」

「人気キャスターを殺害した犯人は、別にいるんじゃないかってことなんですね？」

「単なる勘なんだが、そんな気がしてきたんだよ。煙草、喫《す》わせてもらうぞ」

加門は相棒に断ってから、キャビンに火を点けた。

それから、小一《こ》時間が流れた。

橋口が木内事務所に顔を出したのは、午後三時過ぎだった。矢吹がエルグランドから降り、橋口に任意同行を求めた。

橋口は少し狼狽《ろうばい》したが、エルグランドの後部坐席に矢吹と並んで腰かけた。すぐに金森が覆面パトカーを走らせはじめた。

「エルグランドに従います」

柏がマークXを発進させる。

二台の捜査車輛は七、八分で警視庁本部庁舎に着いた。矢吹たち二人が橋口をエレベーターに導いた。

「そっちは一階の食堂で一息入れろよ。おれは課長と理事官に捜査状況を報告してから、組対四課の取調室に行く。頃合を計って、柏君の携帯を鳴らすよ」

加門は相棒に言って、マークXを降りた。地下二階からエレベーターで六階に上がる。捜査一課と同じフロアに、刑事部長室、組織犯罪対策部第四課などがある。捜査一課の刑事部屋に入ると、勝又課長と杉江理事官がソファセットで向かい合っていた。

「どうした？」

勝又が先に加門に気がついた。

杉江が振り向いた。

加門は二人に会釈《えしゃく》し、杉江理事官の横に坐った。

「何か動きがあったようだね？」

勝又課長が身を乗り出した。加門は二人に経過を伝えた。

「木内大膳が告発キャンペーンのことで腹を立てて、関東義誠会に椎名潤を亡き者にさせた疑いが出てきたわけか」

杉江が言った。

「ええ、まあ。しかし、クロなのかどうか」

「状況証拠ではクロっぽいね」

「そうなんですが、木内がそこまで自暴自棄になるとは思えないんですよ。強《したた》かな政治家でしょ？」

「そうだね」

勝又が相槌《あいづち》を打った。

「木内が裏献金を土木業者たちから六十七億円も強引に集めてたことを『ニュースオムニバス』ですっぱ抜かれたのは腹立たしいでしょうが、人気キャスターを誰かに殺《や》らせたら、それこそ破滅でしょう？」

「そうだな」

「狡猾《こうかつ》に立ち回ってきた木内は、常に損得を考えてるにちがいありません。少なくとも一時の激情に駆られて、殺人教唆《きょうさ》に走ったりはしないと思うんですよ。課長は、どう思われます？」

「そうだろうな。関東テレビやキャスターに謝罪を求めることはするだろうが、殺人までは考えないだろうね」

「ええ」

「ただ、腑《ふ》に落ちない点もあるんだ。木内は要求を突っ撥《ぱ》ねられても、名誉毀損《きそん》でなぜ関東テレビや椎名潤を告訴しなかったんだろうか」

「それは、問題を大きくしたら、マスコミや世間の目が自分に集中するだろう。木内はそう考え、告訴しなかったんだと思います」

「なるほどね。そうだったのかもしれないな。そのうち告発キャンペーンの内容は詮索《せんさく》されなくなるだろうと考えてたが、東京地検特捜部の捜査の手が木内に伸びた。そういうことだったんだろうね」

「ええ」

「木内が捜査本部事件に関与してないとしたら、いったい誰が椎名潤を殺害したんだろうか」

　杉江理事官がどちらにともなく言った。すぐに勝又が加門に声をかけてきた。

「被害者は湯水を飲まされてたが、犯人に強く抵抗した形跡はなかったんだよね？」

「ええ。相手の手を摑んだりしたり、顔を引っ掻いたりしてれば、被害者の爪の間から犯人の表皮や血液が採取されたはずです。そうした物がなかったってことは、まさか自分が殺されるなんて想像もできなかった相手だったのかもしれません」

「奥さんには、完璧なアリバイがあったんだったな？」

「ええ。アリバイは成立しますし、女性が椎名潤の頭を湯の中に押し込んで、窒息死させることは無理でしょう」

「ああ、それはね。ただ、誰か夫人が男性の実行犯を雇った可能性はゼロじゃないわけだ」

「そうですね。紀美未亡人の交友関係をきょうから鑑取り班が調べることになったんですが、これまでのところは不審な男の影はありません」

「そう。毎朝タイムズ時代のかつての同僚や番組関係者とも被害者は別にトラブルは起こしてなかったんだよな？」

「ええ。ただ、椎名宛に届いた血で書かれたらしい脅迫状には、ロンドン支局時代の秘密を暴くという脅し文句が記されてたそうなんですよ。だから、昔の記者仲間が事件に関わってる可能性もありそうですね」

「そいつが被害者を殺《や》ったんだろうか」

「そうじゃないとしたら、犯人に椎名の弱みを教えたんでしょう」

「加門君、橋口に揺さぶりをかけたら、毎朝タイムズの東京本社に行ってみてくれないか」

「そうします」

加門はソファから立ち上がり、捜査一課を出た。

同じフロアにある組対第四課に急いだ。刑事部屋に入り、大沼誠吾《おおぬませいご》課長に挨拶する。課長は五十二歳で、警視だった。

「矢吹と金森は、取調室1にいるよ」

「わかりました」

加門は、刑事部屋に隣接している取調室に向かった。

軽くノックをして、取調室1に入る。矢吹は灰色のスチールデスクを挟んで、代議士秘書と向かい合っていた。橋口はうなだれている。

記録係の金森は隅の席で、ノートパソコンと向かい合っていた。ディスプレイには、文字がびっしりと打ち込まれている。

「こっちの事件《ヤマ》は完落ちだよ。今度は、そっちの番だ」

矢吹が上機嫌に言って、回転椅子から勢いよく立ち上がった。

加門は捜査一課の刑事であることを告げ、橋口と向かい合った。そして、すぐ本題に入る。

「ニュースキャスターを始末させたのは、木内代議士なのかな?」

「うちの先生はギャングじゃない。誰かに人殺しを依頼するわけないでしょ!」

「そうですか。しかし、告発キャンペーンで全国の土木業者から巨額の裏献金を吸い上げてた事実を暴かれたんで、木内先生は椎名潤に腹を立ててたんでしょ?」

「ああ、それはね。少し関東テレビと椎名を怯《おび》えさせてやれと先生に言われたんで、わたし、剃刀の刃とか拳銃弾を送りつけたんですよ。でも、それ以外には何もしてませんよ」

「動物の血か何かで、プロデューサー宛に脅迫状を送りつけた覚えもない?」

「そ、そんな気味の悪いことなんか絶対にしてませんっ」

橋口が強く否認した。嘘をついているようには見えなかった。

「椎名潤の秘密にも心当たりはないのかな」

「秘密⁉ なんのことなんです？」

「脅迫状には、椎名の毎朝タイムズのロンドン支局時代の秘密を暴露すると書かれてたんですよ」

「あっ、もしかしたら……」

「何か思い当たることがあるんですね？」

「例の告発キャンペーンが放映されて十日ぐらい経《た》ったころ、木内大膳事務所に妙な電話がかかってきたんです。電話の主はヘリウムを吸って喋ってるようで、甲高《かんだか》い声を出してました」

「男だったのかな？」

「そうです。でも、声を変えてたんで、年齢は見当がつかなかったな。その男は、椎名潤は知性派キャスターで売ってるが、ロンドン支局勤務時代に既婚者でありながら、日本人留学生を孕《はら》ませてるんだと言ったんです」

「留学生か」

加門の脳裏に、紀美の友人の水樹涼子の横顔がフラッシュのように閃《ひらめ》いた。椎名の未亡人の話によると、涼子は聖美女子大を卒業後、ロンドンに二年ほど留学していたらしい。同じ時期に被害者がロンドン支局で働いていたとしたら、二人がロンドン市内のどこかで顔を合わせた可能性がある。涼子は、椎名の妻の親友だ。当然、二人は面識があっただろう。

異国でドラマチックな再会をし、椎名は涼子に恋愛感情を懐《いだ》いたのではないか。そして、罪悪感を覚えながらも、彼は妻の親友にのめり込んでしまったのではないだろうか。

だが、涼子が妊娠したことを知って、椎名は二者択一を迫られた。あれこれ迷った末、不倫相手の留学生を棄《す》てたのかもしれない。

単なる想像にすぎないが、あながちリアリティーのない話ではない。涼子は傷心のままで帰国したのではないか。

加門はそこまで推測してみたが、素朴な疑問が生まれた。涼子がそういう目に遭《あ》っていたら、椎名の妻の紀美からも遠ざかるにちがいない。しかし、涼子はきのうの夕方、被害者宅を弔問している。的《まと》外れの推理だったようだ。

「人気キャスターには案外、隠し子がいるんじゃないのかな」

橋口が呟いた。

「おかしな電話をかけてきた正体不明の男は、そういうことを匂わせたのか？」

「いや、日本人留学生を妊娠させたと言っただけだったね。でも、浮気相手を孕ませただけじゃ、たいした弱みにならないな。椎名には、やっぱり隠し子がいたのかもしれない」

「キャスターは、その子の養育費も払わなかった。隠し子の母親がそのことに腹を立て、知り合いの男性に椎名潤の昔の秘密も教えたんだろうか」

「そうなのかもしれませんよ。電話の主は椎名の過去のスキャンダルで脅して、番組で謝罪させろと焚《た》きつけたんだ。しかし、わたしはそういう脅迫状は出してない。それから、くどいようだが、木内先生に椎名潤の口を封じろと命じられたこともないんです。その二点だけは、どうか信じてください」

「あなたの言葉を信じることにしましょう」

加門は立ち上がった。

「もういいのか？」

矢吹が言った。

「捜査本部の事案には、木内大膳は関与してないようですね」

「捜一のエース刑事がそういう心証を得たんなら、そうなんだろうよ」

「矢吹さん、からかわないでほしいな。おれはエースなんかじゃありませんって」

「いや、エースだよ。癪《しゃく》だが、そっちにはとてもかなわねえもん」

「協力に感謝します」

加門は取調室1を出ると、廊下で柏刑事の刑事用携帯電話《ポリスモード》を鳴らした。ツウコールで、電話は繋がった。

「木内と橋口はシロだと思う。毎朝タイムズ東京本社に行って、椎名のロンドン支局時代の話を聞こう。地下二階で落ち合おう」

「了解！」

柏が電話を切った。

加門は刑事用携帯電話を折り畳み、エレベーター乗り場に向かった。

6

いつになくコーヒーが苦い。

新たな容疑者は予想外の人物だった。

加門はマグカップをテーブルに置き、キャビンをくわえた。午後一時過ぎだった。

捜査本部である。昨夕、加門たちコンビは毎朝タイムズ東京本社で、かつてロンドン支局長を務めていたという論説委員に会った。

論説委員は、殺害された椎名潤が支局勤務時代に夫婦ぐるみで留学中の水樹涼子と親交を重ねていたことを証言した。また、涼子が身重の体で帰国の途《と》に就いたことも憶《おぼ》えていた。

「水樹涼子が日本で産んだ娘の香苗《かなえ》の父親は、被害者と考えてもいいだろう」

テーブルの向こうで、難波警部補が言った。

「そうでしょうね」

「正義漢面《づら》してた椎名も冷酷な奴だね。妻の紀美が子供を産めない体と知ってて、水樹涼子を妊娠させた。相手は女房の親友なんだぜ。惨《むご》いことをやるもんだ。涼子も涼子だ。よく親友の旦那と不倫できるよな？」

「被害者と水樹涼子は本気で惚《ほ》れ合ってたのかもしれませんよ。しかし、椎名の妻がどうしても離婚に応じてくれなかったんじゃないのかな？」

「そうだったとしても、涼子はシングルマザーになっちゃいけなかったんだよ。モラルに反するエゴイズムだからな。親友を裏切りつつも、平然と椎名夫妻とつき合ってたんだから、水樹涼子は相当なもんだよ。悪女だね」

「そんなふうには見えなかったがな」

加門は煙草の灰を灰皿に落とした。きのう、毎朝タイムズ東京本社を出てから、コンビは大田区久《く》が原《はら》三丁目にある水樹涼子の自宅に回った。涼子は実家で、両親と娘と一緒に暮らしていた。

ポーチの横には、犬小屋があった。

飼われていたのは、ゴールデン・レトリバーだった。体毛は茶色だ。

「被害者宅の脱衣室には、犬の体毛が二本落ちてた。おそらく水樹涼子は、実行犯の男と共に一〇五号室に入ったんだろう。そして、犯人が椎名を窒息死させるまでを見届けたんだよ」

「そうだとしたら、殺人教唆《きょうさ》の動機は？」

「椎名は香苗が自分の娘であると認知しなかっただけではなく、一円も養育費を払わなかった。そのことで涼子は、被害者を前々から恨んでたんだろう」

「難波さん、ちょっと待ってください。その推理は成り立たないでしょ？」

「えっ、どうして？」

「難波さんが言った通りだったら、水樹涼子は椎名宅に出入りする気にはならないと思うんです。しかし、涼子は密葬にもかかわらず、仮通夜に被害者宅を弔問してるんですよ。夫婦との関係が気まずくなってたら、わざわざ訪れないでしょ？」

「それもそうだな。だけどさ、脱衣室にはゴールデン・レトリバーの体毛が落ちてたんだよ。涼子んとこの飼い犬の毛と思ってもいいんじゃないのか？」

「誰かが涼子を陥《おとしい》れる目的で予《あらかじ》め涼子の自宅から犬の抜け毛を何本か拾い、脱衣室に故意に落としたのかもしれないな」

「そんなことができるのは、椎名紀美ぐらいしかいないぞ」

「そうですね。鑑取り班の報告で、未亡人が義兄と同じスポーツクラブの会員だってことがわかったんでしょ?」

「ああ、二人とも自由が丘にあるスポーツクラブに通ってるらしい。しかし、トレーニングの時間帯は別々だということだったから、クラブで二人が顔を合わせてはないはずだよ。それに紀美夫人は旦那ほどじゃなくても義兄を嫌ってたようだから、二人が共謀したなんてことは考えられないな。第一、実の兄が弟を手にかけるなんてことは……」

「ないとは言い切れないでしょ? 現実に兄弟が殺し合ってますからね」

「しかし、兄貴はエリート官僚なんだよ。いくら弟と気が合わないからって、義妹と結託《けったく》する気になるわけないさ」

「何か特別な事情があれば、常識では考えられないこともやってしまうでしょ? 人間は所詮《しょせん》、感情の動物ですからね」

「被害者の兄貴は、紀美と深い関係になってしまったんだろうか」

「考えられないことじゃないと思います。おれの前では、二人は仲が悪そうに振る舞ってましたがね。あれは芝居だったのかもしれない」

「何か根拠があるのか?」

「紀美夫人は、自分のアリバイを不自然なほどアピールしました。そのことにずっと引っかかってたんですよ」

加門は煙草の火を消した。

そのとき、警察電話が鳴った。難波が受話器を取った。

部下からの報告らしい。遣《や》り取りは短かった。

「やっぱり、水樹香苗の父親の欄には、椎名潤の名が記載されてたそうだ」

難波が告げた。水樹母子の本籍地のある港区役所に出向いた捜査員が、戸籍謄本《とうほん》で確認したのだろう。

一般人が他人の戸籍謄本や抄本《しょうほん》の写しを取り寄せることはできない。プライバシーの侵害になるからだ。しかし、警察官、検察官、弁護士などは条件付きで事件関係者の出自《しゅつじ》を調べることが認められている。

「被害者には、隠し子がいたのか。そのことがロンドン支局時代の秘密ってことなんでしょうね」

「そうにちがいないよ。香苗は父親に認知はされてるが、親らしいことは何もしてもらえなかったんだろう。水樹涼子はそのことを不憫《ふびん》に思って、椎名潤を誰か知り合いの男に殺させたんだよ。動物の血か何かで認《したた》めた脅迫状も彼女自身が番組プロデューサーに送りつけたにちがいない」

「そうなんだろうか」

「重要参考人として、水樹涼子を呼ぼう」

「難波さん、もう少し待ってください。涼子は事件にはノータッチかもしれないんです」

「しかし、動機はありそうじゃないか。任意同行を求めるべきだよ」

「きょう一日だけ待ってください。幡ケ谷《はたや》の火葬場にいるのは、未亡人、その両親、被害者の父母と兄の六人だけですね？」

「部下の報告では、水樹涼子はいないという話だったよ。あと一時間弱で骨揚《こつあ》げの時刻になるようだが、疚《やま》しさがあって、涼子は火葬場には顔を出せなかったんだろう」

「とにかく、夕方まで時間をください。水樹涼子に会ってみます」

加門は立ち上がって、大声で相棒の柏刑事を呼んだ。柏が走り寄ってきた。

二人は慌《あわ》ただしく捜査本部を出て、覆面パトカーに乗り込んだ。水樹涼子の自宅に着いたのは、三十数分後だった。

涼子はポーチで、飼い犬の体をブラッシングしていた。

「ちょっと確認したいことがあるんですよ」

加門は門扉《もんぴ》越しに涼子に話しかけた。

「お二人は警察の方でしたね？」

「ええ、そうです。わたしは加門といいます。連れは柏です」

「椎名さんの事件のことなんでしょ？」

涼子がそう言い、門扉に近づいてきた。うろたえている様子はうかがえない。

「単刀直入に質問させてもらいます。あなたはイギリスに留学中に椎名潤と恋仲になって、香苗さんを身籠ったんではありませんか？　被害者が香苗さんを自分の娘と認知してることは、もう確認済みなんですよ」

「えっ⁉」

「父親らしいことを何もしてくれなかった椎名潤の無責任さを赦《ゆる》せなくなって、知り合いの男に……」

「わたし、疑われてるんですか⁉　違うんです、違うんですよ。恩義のある椎名さんを殺害させるわけがないでしょっ」

「どういうことなんです？」

「香苗は、娘は椎名さんの子供ではありません。留学生仲間の日本人男性が父親です。その彼は、わたしが妊娠五カ月目に入って間もなくルームメイトのイタリア人留学生と口論になって、相手を果物ナイフで刺殺してしまったんです。それで、自分は五階の窓から飛び降り自殺したんですよ」

「交際していた男性の名は？」

「二神圭太《ふたがみけいた》です。わたしは香苗の父親に死なれて、途方に暮れました。中絶するには遅すぎるし、母体が危ないとドクターに言われたんです。もともとわたしはシングルでも、お腹の子は産む気でいたんです。それだから……」

「先をつづけてください」

「わたしは、椎名さんが勤めてたロンドン支局を訪ねて、何もかも打ち明けたんです。紀美のご主人は少し考えてから、自分が生まれてくる子の父親になってやると言ったんです。わたしは一瞬、自分の耳を疑いました。すると、椎名さんは真顔《まがお》で同じことを繰り返したんです。それから……」

「言いにくいことだったら、喋らなくてもいいんですよ」

加門は言った。

「いいえ、お話しします。椎名さんは自分も犯罪者の子だから、お腹にいる赤ちゃんに辛い思いをさせたくないとおっしゃったの。戸籍謄本の父親の欄が空白じゃ、子供がかわいそうだから、自分が実子として認知してあげると言ってくれたんです」

「被害者は、自分も犯罪者の子だと言ったんですね？」

「はい。彼のお母さんはご主人が出張した晩に自宅に押し入った強盗に当時二歳だった長男の到さんに刃物を突きつけられて、体を奪われてしまったらしいの。そのとき、お母さんは強盗犯の子を宿してしまったそうです」

「それが椎名潤だったのか」

「ええ。お母さんもお父さんも熱心なカトリック信者だったんで、犯罪者の子であっても、堕胎《だたい》する気はなかったようです。そうして、ご両親は潤さんを次男として出生届を出し、長男の到さんと同じように育ててくれたそうです。ところが、中一のとき、兄の到さんが血液型のことで妙なことを言ったそうなんですよ。両親と自分はA型なのに、おまえがB型なのは変だって」

「被害者は、そのことで親に自分ひとりがB型であるのはおかしいと言ったんでしょうか？」

「お父さんに確認したら、自分の血液型はB型だ。A型と思い込んでただけだと言ったそうです。でも、お父さんは明らかに狼狽《ろうばい》してたそうです。だから、椎名さんは家では二度と血液型のことは話題にしなくなったらしいんです」

「ずいぶん辛かったろうな」

「だと思います。椎名さんが中二になると、お兄さんは弟のことを〝呪《のろ》われた子〟と邪慳《じゃけん》にするようになったそうです。それで、椎名さんは自分の出生には何か秘密があると感じ、両親と自分の血液型をこっそり調べたと言ってました」

「長男の到の言った通りだったんですね？」

「ええ、そう言ってました。そんなことで、兄弟の仲はしっくりいかなくなったみたいですね」

「椎名キャスターが香苗さんの父親役を引き受けた事情はわかりました。ところで、未亡人の紀美さんは、あなた方二人の秘密を知ってるんですか？」

「いま現在も知らないと思います。紀美は子供を産めない体なんで、椎名さんが香苗の実、父を演じてくれたとはとても打ち明けることができなかったんですよ」

「そうでしょうね」

「椎名さんも紀美を傷つけたくないから、二人だけの秘密にしておこうと言ってたんで……」

「娘さんには、父親のことはどう説明してたんですか？」

柏刑事が会話に加わった。

「お父さんは香苗が生まれる数カ月前にロンドンで事故死したと話してきたんです。交際相手の親兄弟は、わたしが妊娠してることを知らなかったもんですから、別に怪しまれませんでした」

「そうですか。でも、椎名さんが『ニュースオムニバス』のメインキャスターになったとき、娘は自分の父親が椎名潤と同姓同名だと驚いてました。もちろん、別人だと強く否定しておきましたけど」

「それでも、父親の親族とつき合いがないことを娘さんは訝《いぶか》しく思ってたんじゃないのかな？」

「相手の親兄弟には結婚に反対されてたと言ったら、香苗は納得してくれました。わたしの両親には固く口止めしてありましたんで、娘が父親のことで怪しんだりはしなかったんです」

「そうですか。しかし、娘さんはもう社会人でしょ？」

「いいえ、まだ大学院生です。文化人類学者をめざしてるようですが、どうなりますか」

涼子が口を閉じた。

「水樹さん、椎名未亡人が夫とあなたの秘密に勘づいた様子はありませんでしたか？」

加門は問いかけた。

「そういうことはなかったと思うわ」

「よく思い出してください」

「あっ」

涼子が何か思い当たったようだ。

「未亡人は、あなたたち二人の秘密に勘づいてるような言動を見せたんですね？」

「は、はい。紀美には娘の父親は留学生仲間だと言ってあったんですけど、なぜか彼女は交際相手が出産前に亡くなってることを知ってたんですよ。それから謎めいた笑みを浮かべて、数カ月前に自分の夫と同姓同名の人物がいるみたいと言ったことがあるんです。もしかしたら、紀美は娘の戸籍謄本を弁護士にでも取り寄せさせて、父親の名を確認したんじゃないのかしら？」

「そうだとしたら、未亡人は親友と夫に背《そむ》かれたと思い込んで、暗い情念に取り憑《つ》かれるかもしれませんね。そして、夫の存在を疎《うと》ましく思ってる義兄の椎名到を唆《そそのか》したとも考えられるな」

「そ、そんな⁉」

「椎名夫人には、妊娠能力がない。そのことで彼女が負い目を感じてたとしたら、心を許した友と旦那に女心を傷つけられたことになります。場合によっては、殺意も生まれるでしょうね」

「それなら、紀美はわたしか娘の命を狙うと思うんですよ」

「いずれ、あなたたち母娘も葬《ほうむ》る気でいるのかもしれません。その前に未亡人は、義兄に旦那を始末させたんではないだろうか。斎場でそのことを確かめてみますよ」

加門は涼子に言って、相棒に目配せした。

二人は急いで覆面パトカーに乗り込んだ。幡ヶ谷の火葬場に着いたのは、数十分後だった。加門たちは駐車場から火葬棟に回った。

ちょうどそのとき、骨箱を抱えた紀美が姿を見せた。喪服姿だった。

未亡人は加門たち二人の姿に気がつくと、真後ろの義兄を見た。絶望的な表情だった。

紀美が骨箱を持ったまま、その場にうずくまった。ほとんど同時に、椎名到が身を翻《ひるがえ》した。逃げる気らしい。

「未亡人の身柄を確保してくれ」

加門は相棒に言って、被害者の実兄を追った。

椎名到は出入口とは逆方向に走っていた。黒のフォーマルスーツ姿だった。

加門は全速力で駆けた。髪が逆立《さかだ》った。

ほどなく椎名は逃げ場を失った。いったん振り返って、焦《あせ》って塀《へい》をよじ登りはじめた。

加門はエリート官僚に組みついて、引き倒した。椎名到は蛙《かえる》のように引っくり返り、加門に背を向けた。

「あんたが義妹に唆《そそのか》されて、実弟を殺したんだなっ」

「別に焚《た》きつけられたわけじゃない。紀美さんから潤に隠し子がいるらしいという話を聞いて、やっぱり犯罪者の子は駄目だと思ったんだ。あいつの実の父親は、強盗犯なんだよ。そいつはどこの誰かわからないが、父が出張した晩にわが家に押し入って、金を奪ってから、母を犯したんだ。そのときにできたガキが潤だったんだ」

「その話は、ある人から聞いた。思い出したくないことは言わなくてもいい」

「カトリック信者の母は、強盗の子供を中絶しなかった。だけどな、潤が生きてる限り、おふくろも親父も悪夢から解き放たれないんだよ。だから、あいつを湯船に沈めてやったのさ」

「水樹涼子が事件に関与してるように見せかけたくて、脱衣室にゴールデン・レトリバーの体毛を落としたんだな？」

「そうだよ。わたしが義妹に言って、水樹涼子の愛犬の体毛をこっそりと手に入れさせたんだ。涼子は紀美さんの親友面《づら》して、弟の子を産んでたそうじゃないか。とんでもない女だ」

「それは未亡人の早とちりだったんだよ」

加門は、涼子の話をそのまま伝えた。椎名到が起き上がって、声を裏返らせた。

「嘘だろ⁉」

「事実だと思う」

「それじゃ、紀美さんは誤解から潤に殺意を懐《いだ》いてしまったのか。なんてことなんだ。しかし、わたしたち身内にとって、潤は不必要な人間だったんだ。おふくろと親父をさんざん苦しめた奴なんか、早くこの世から消えてしまえばいいのさ」

「同じ母親から生まれた弟じゃないかっ」

「そうだが、潤は望まれて生を享《う》けたわけじゃない。犯罪者の息子なんかいたら、家名が穢《けが》れる。強盗犯の倅《せがれ》のくせに、『ニュースオムニバス』で社会正義がどうとか偉そうに喋ってた。あいつに、そんな資格はないんだ。エリート官僚のわたしよりも、弟は周囲の者にちやほやされてた。そのことも、わたしは我慢ならなかったんだ」

「あんたみたいな男とは一生、酒を酌《く》み交わしたくないな」

加門は椎名到を摑み起こし、手早く前手錠を打った。

被害者の兄が肩を落とした。

柏刑事が紀美のそばに屈《かが》み込み、何か言い諭《さと》している。未亡人が亡夫の遺骨を抱きしめ、号泣《ごうきゅう》しはじめた。

彼女と故人の両親は茫然《ぼうぜん》と突っ立っていた。地に落ちた四つの人影は少しも揺らがなかった。それほど受けた衝撃は大きかったのだろう。

「あんたも未亡人も親不孝だな」

加門は言って、被疑者の背を押した。一件落着したわけだが、晴れやかな気持ちにはなれなかった。胸が重苦しい。

年老いた四人は、どう余生を過ごすのか。家族には、なんの罪もない。同情心が膨《ふく》らむ。

加門は歩《ほ》を運びながら、吐息をついた。

密告の背景

1

鋭い視線を感じた。

仁科悠介《にしなゆうすけ》は顔を上げた。自然に表情が険《けわ》しくなった。

三十九歳の仁科は、警視庁警務部人事一課監察係長である。職階は警部だった。

本部庁舎の十一階にある人事一課監察係のブロックだ。メンバーは二十二人いるが、トップの首席監察官の本城謙太郎《ほんじようけんたろう》と仁科しか席についていない。

本城は警視正で、四十五歳だった。六月下旬のある日の午後だ。

「首席監察官、何か？」

仁科は問いかけた。

「え？」

「さっきから、わたしのことを見てたはずです。何かおっしゃりたいことがおありでしたら、はっきり言ってください」

「それじゃ、言わせてもらおう」

本城警視正が自席から離れ、つかつかと歩み寄ってきた。

仁科は一年前に公安二課から警務部に異動になった。公安刑事を三年務《つと》めたが、その前は捜査二課知能犯担当だった。

「きみが職務に熱心であることは認めるよ」

本城が立ち止まるなり、硬い顔つきで切り出した。顔は下脹《しもぶく》れで、唇が分厚い。

「それが何か問題なんでしょうか？」

「熱心なのは結構だが、少し潔癖《けっぺき》すぎやしないかね。われわれは警察官の不正や犯罪を摘発してるわけだが、監察対象者は誰も身内なんだ」

「もっと手心を加えろとおっしゃりたいんですね？」

「そういう言い方は好きじゃないな。ちょっと道を踏み外したからといっても、相手は仲間じゃないか。もっと温情を示してやってもよかったんじゃないのか」

「六日前に摘発した神田署生活安全課の尾辻要《おつじかなめ》刑事のことを言ってるんですね？」

「うん、まあ。尾辻君は、きみと警察学校で同期だったそうじゃないか。それだったら、尾辻君を懲戒免職《ちょうかいめんしょく》に追い込むようなことはしなくてもよかったと思うんだ。警視庁《こっち》でそれなりのペナルティーを科すだけでね」

「わたしが上司の許可なしで、尾辻の犯罪を警察庁《サッチョウ》の首席監察官に報告したことを暗に咎《とが》めてるんですね？」

「別段、咎めてるわけじゃないよ。ただ、尾辻君はきみと同期だし、わたしもよく知ってる男なんでね」

「身内を庇《かば》い合うという体質は改めるべきでしょう。そうした馴《な》れ合いが警察社会を腐敗させたんです。すべての隠蔽《いんぺい》行為をやめ、この際《さい》、組織全体の膿《うみ》を出すべきですよ」

「仁科君が言ってることは、正論だと思う。しかし、それは理想論じゃないのか。われわれは法の番人ではあるが、生身《なまみ》の人間なんだよ。尾辻君が風俗店のオーナーから総額で百六十万円のお目こぼし料を貰《もら》ったことは、確かに違法行為だ。だがね、共働きの奥さんが体調を崩して、まったくパート収入が途絶《とだ》えてしまったんだよ。尾辻君は自宅の住宅ローンの不足分を補《おぎな》ってたんだ。百六十万を飲み喰《く》いやギャンブルで遣《つか》ったわけじゃない」

「尾辻が不正に手に入れた金をどんなふうに遣ったかなんてことは、問題じゃありません。彼は現職の刑事だったんですよ。尾辻がやったことは紛《まぎ》れもなく犯罪です。わたしが彼の不正を警察庁に報告したのは当然のことでしょ！」

「そうなんだが、やはり情《じょう》がないね」

「尾辻の不正に目をつぶったら、もっと彼は汚れることになったでしょう」

仁科は反論した。

「そうかもしれないが、尾辻君は近いうちに懲戒免職になるにちがいない。四十近くなって、人生設計が狂ってしまったら、お先真っ暗になるだろうが」

「自業自得です」

「冷たい人間なんだな、きみは。そんな具合だから、周囲の連中に〝アイスマン〟なんて陰口をたたかれるんだ」

「わたしは、自分の職務を果たしてるだけです。警察官の本分を貫《つらぬ》きたいんですよ」

「その心がけは立派だが、きみ自身は清く正しく美しく生きてると胸を張れるのかね？」

「美しく生きてるかどうかはわかりませんが、少なくとも後ろめたいことはしてません。それは、はっきりと言えます」

「多分、そうなんだろうな。しかし、悪徳警官の摘発に励《はげ》む前に警察内の不正に目を向けるべきなんじゃないのか？」

本城が言葉を切って、両手を腰に当てた。仁科は相手の言葉を待った。

「きみが三年ほど籍を置いてた公安部《ハム》だって、違法捜査ばかりやってるじゃないかっ。捜査対象団体の電話外線に盗聴器を仕掛け、何か弱みのある奴を協力者という名のスパイにしてる。架空の捜査費が公安部幹部の餞別《せんべつ》や接待に遣《つか》われてる。刑事部の連中の中には、押収した薬物を暴力団に横流ししてる奴もいるようだ。大物議員、財界人、高級官僚に泣きつかれて、事件そのものを揉《も》み消したケースもある」

「そうでしたね。しかし、わたしに与えられた任務は悪徳警官たちの摘発です。組織ぐるみの不正は守備範囲には入ってません」

「それは詭弁《きべん》だな。どんな組織だって、個人の集合体なんだ。組織の中の悪玉をなぜ追い込まないんだっ。そういうリーダーたちの多くは有資格者《キャリア》たちだから、きみは竦《すく》んでるんだろうが！」

「相手がどんなに力のある警察官僚でも不正の証拠を握ったら、むろん摘発しますよ」

「カッコいいことを言うなっ。キャリアには遠慮して、ノンキャリアたちの犯罪ばかり問題にするのは片手落ちじゃないか。きみは弱い者いじめをしてるんだ。ああ、そうなんだよ」

「首席監察官には報告しませんでしたが、わたしは五カ月前に警察庁幹部がパチンコ業者から別荘を破格の安値で譲り受けてた事実を摑《つか》んで告発しました」

「警察庁《サッチョウ》の首席監察官に連絡したんだな？」

本城が確かめた。

「いいえ、そうではありません。相手が幹部でしたんで、警察庁が不正を握り潰《つぶ》すかもしれないと考えたんです。それで、東京地検特捜部に告発したんですよ」

「きみは怕《こわ》い男だな。その相手は、生活安全局次長をやられてた国広《くにひろ》警視長なんじゃないのかね？」

「そうです。国広さんは地検で取り調べを受けた晩に公舎で自死されましたんで、結局、不起訴処分になりました。命と引き換えに自分の名誉を守り抜いたんでしょう」

「きみは、キャリアの高官まで告発してたのか。そこまでやったら、出世の途《みち》は閉ざされてしまうぞ」

「出世したくて、警察官になったわけではありません」

「正義感に衝《つ》き動かされたというのかね？」

「ご想像にお任せします」

「仁科君は、まだ青いな。正義感を持ちつづけるのは悪いことじゃない。しかし、社会も人間も複雑に絡《から》み合ってるんだ。それだからね、個人の正義には限界があるんだよ」

「そのことはわかってます」

「仁科君、もう少し大人になれよ。そうすれば、ずっと楽に生きられるだろう。清濁併《せいだくあわ》せ呑《の》むことも大事なんじゃないのか。この世の中、きれいごとだけじゃ済まない。もちろん、不正と闘う姿勢は尊《とうと》いさ。しかし、人間は完全無欠じゃないんだよ」

「そうですね」

仁科は否定しなかった。

「どんな人間も魔が差すことがあるもんさ。尾辻君も根は善良な男だよ。だから、マイホームに住めなくなったら、家族がかわいそうだと思ってしまったんだろう」

「その気持ちは理解できますよ。ですが、警察官であるなら、どこかでブレーキをかけなければ、まずいでしょ？　住宅ローンの支払いが滞《とどこお》ってるからって、違法風俗店から金品を貰っちゃいけません」

「きみは独身だから、そういうことが言えるんだ。所帯持ちの男は、たいがい妻子のために自分を殺しながら、懸命に働いてるんだよ。そのへんの苦労を汲《く》み取ってやるべきだったんじゃないのか。尾辻君は、おそらく仁科君のことを一生恨《うら》むだろうな。免職後、なかなか働き口が見つからなかったら、妻子を道連れにして無理心中を図るかもしれない。警察学校で彼とは同期だったんだから、そこまで考えてやってもよかったんじゃないかね？」

「尾辻の家族には同情しますが、彼の不正を見逃《みのが》したら、警察は死んだも同然ですよ」

「きみは芯《しん》から冷たい男なんだな。公安二課にいたころも、過激派セクトや労働者団体にS《エス》を何人も送り込んで、さんざん利用してきたんだろう？　別件逮捕はしょっちゅうだったんだろうし、公安警察お得意の〝転び公妨《こうぼう》〟もやってたにちがいない」

本城首席監察官が皮肉っぽい笑みを拡《ひろ》げた。

公安刑事たちは〝転び公妨〟と呼ばれている非合法な手段で、被疑者の身柄を確保することがある。被疑者が職務質問や所持品検査に応じない場合、公安刑事は対象人物の近くで勝手に転び、公務執行妨害罪を適用するわけだ。

過激派セクトの幹部の大半は〝転び公妨〟で身柄を拘禁され、余罪を吐かされている。

「わたしは公安部時代、一度も別件逮捕はしてません。〝転び公妨〟なんて論外ですよ。協力者を対象団体に潜《もぐ》り込ませたことはありますが、アジトに盗聴器を仕掛けさせたり、アジびらを盗ませたこともありません」

「あくまでも合法捜査しかやらなかったと言うのか？」

「ええ。事実、その通りでしたよ」

「そんな優等生だったから、きみはお払い箱になったんだろうな」

「わたしは公安刑事として、それほど手柄は立てることはできませんでした。しかし、ここに一年前に異動になったのは、単なる公安部の人員削減のためだったと受け止めてます」

仁科は言い返した。

本庁公安部の中枢《ちゅうすう》機能は本庁舎の十三階から十五階に置かれ、公安部長の下に公安総務課、公安一、二、三、四課、外事一、二課、公安機動隊、外事特別捜査隊が設けられている。東西のイデオロギー対立時代には、二千人前後の課員がいた。

二〇〇〇年に入るまでは公安総務課に約三百五十人、新左翼の各セクトの情報収集をしている公安一課に三百四十人、革マル派と労働団体の動きを探《さぐ》っている公安二課におよそ百七十人、右翼団体の犯罪に目を光らせている公安三課に百四十人、各団体の機関紙やアジびらを管理している公安四課にも百人近い課員が所属していた。

だが、その後は年ごとに人員が減らされ、いまやピーク時の半数以下だ。それでも、全国には五万人ほどの公安刑事がいる。

「もっと要領よく立ち回ってれば、仁科君は公安部に残れたはずだ。そして、ノンキャリア組の出世頭になってただろう。公安部と警備部はエリートコースだからね」

「公安部には未練はありません、それなりに職務をやり遂《と》げましたんで」

「そうかね。しかし、ここではあまり力《りき》まないでくれよ。仲間を次々に売るのは、とても後味が悪いからな」

「売るという表現は正しくないでしょ？」

「そうかな」

「われわれは単なる密告者ではありません。違法行為に及んだ現職警官にリセットする機会を与えてるんです。なんら恥じることはしてませんよ」

「そうなんだが……」

本城首席監察官がうんざりした顔で言い、自分の席に戻った。

ふたたび仁科は書類に目を落とした。摘発した尾辻の顔が脳裏に浮かんだ。特別に親しくしていた同期生ではなかったが、その人柄は好ましかった。

尾辻が違法風俗店の経営者と癒着《ゆちゃく》していることを監察係に密告してきたのは、年下の同僚刑事だった。仁科は内部告発者と人目のつかない場所で会って、詳《くわ》しい情報を入手した。

調査に取りかかって数日後、尾辻は風俗店オーナーと会食し、別れ際《ぎわ》に三十万円入りの封筒を手渡された。仁科は、ひとりになった尾辻に声をかけた。

尾辻は観念し、あっさりと収賄《しゅうわい》の事実を認めた。そのとき、彼は住宅ローンの支払いを滞らせていることを明かし、両手を合わせた。

相手は同期生である。仁科は揺れた。しかし、情《じょう》にほだされたら、警察官としての誇りと資格を失うことになる。仁科は心を鬼にして、尾辻の不正を暴《あば》いた。

仁科は子供のころから人一倍、正義感が強かった。そうなったのは、父方の叔母の仁科綾子《あやこ》の影響だろう。

叔母は相手がはるか年上でも、間違ったことは決然と正した。卑劣《ひれつ》な行為も断じて赦《ゆる》さなかった。立場の弱い者には限りなく優しかった。

綾子は都内の短大を卒業すると、警視庁採用の警察官になった。所轄署の振り出しは生活安全課だったが、数年後に交通課勤務に変わった。それ以降は、どの所轄署でも同じ課に配属された。

叔母は若い官僚の交通違反を摘発した。すぐに上司から揉み消しの指示が下《くだ》された。違反者の父親が外務省の事務次官だったからだ。高級官僚である。

警察や検察には、大物政財界やエリート官僚たちから圧力がかかる。傷害事件や交通違反の類《たぐい》は揉み消されることが多い。

だが、叔母の綾子は上司の命令に従わなかった。署長に直談判《じかだんぱん》して、事務次官の息子に違反切符を渡した。そのことが違反者の父親の逆鱗《げきりん》に触《ふ》れた。

事務次官は知り合いの警察首脳に連絡をして、融通の利かない女性交通巡査長を名指しで詰《なじ》った。綾子が職場で数々の厭《いや》がらせをされるようになったのは、その翌日からだった。

自分は間違ったことをしたわけではない。叔母はそう自分に言い聞かせ、理不尽な仕打ちに耐えつづけたようだ。

その翌年、同業の交際相手が綾子の許《もと》を去った。婚約寸前の間柄だった。

叔母は人間不信に陥《おちい》り、少しずつ精神のバランスを崩しはじめた。そして、半年後には心療内科専門クリニックに入院してしまった。その後、入退院を繰り返し、五年後に命を絶った。

綾子は、まっすぐに生きようとしただけだ。それなのに、なぜ職場から弾《はじ》き出されなければならなかったのか。このままでは、警察社会は腐り果ててしまうだろう。なんとかしなければならない。

仁科は私憤《しふん》から有名私大を出ると、警視庁入りしたのである。ノンキャリアながら、順調に昇格してきた。だが、警察を内部変革することは想像以上に難しかった。

孤軍奮闘してきたが、実は何も変えられなかったのではないか。そんな徒労感が消えないが、仁科は生き方を変える気はなかった。

ほんの少しでも警察社会をよくしなければ、叔母が浮かばれないだろう。

仁科は挫《くじ》けそうになる自分を密《ひそ》かに奮《ふる》い立たせ、冷めた緑茶で喉《のど》を潤《うるお》した。

そのすぐ後、卓上の警察電話が着信音を刻んだ。仁科は受話器を取った。

「仁科だね？」

相手が確かめた。尾辻の声だった。

「おまえか。おれに恨みごとを言いたくなったようだな。聞くよ。言いたいことがあったら、遠慮するな」

「仁科、ありがとう」

「えっ⁉」

「おまえが摘発してくれてなかったら、おれは救いようのない悪徳警官になってただろう。事実、風俗店のオーナーから一千万円ぐらいはたかれそうだと考えてたんだ。でも、仁科が歯止めをかけてくれたんで、おれは目を覚ますことができた。厭味ではなく、本当に感謝してるよ」

「警察庁の方針は固まってるんだろう?」

「ああ、来週にもおれは懲戒免職だ。おまえは警察庁の首席監察官に地検送致を見送って、なんとか依願退職という形を取ってほしいと頭を下げてくれたそうじゃないか」

「そうだったっけな。よく憶《おぼ》えてない」

「仁科の屈折《くっせつ》した思い遣《や》り、涙が出るほど嬉しかったよ。首席監察官は依願退職ということにしてもいいと言ってくれたんだが、おれ、断ったんだ。処分のときに狡《ずる》いことをやったら、ちゃんとやり直せないような気がしたからさ」

「そうか」

「不起訴になるかもしれないが、免職という罰はきちんと受けないとな」

「これから、どうするつもりなんだい?」

「女房の従兄《いとこ》がコーヒー豆の卸し問屋をやってるんだ。そこで、営業の仕事をやらせてもらえることになった」

「それはよかったな。頑張れよ」

「ああ。例の百六十万円は、そっくり返した。近々、あの風俗店は手入れを喰《く》らうだろう」

「住宅ローンの支払いは、どうなったんだ? 五、六十万なら、回してやれるが……」

「大丈夫だよ。女房の従兄が不足分を貸してくれたんだ。毎月の給料から二万円ずつ返済分を差っ引くからって言ってくれたんだよ。返済がきつくなったら、自宅を売却して、借家にでも移るさ」

「そう。人生は、まだまだつづくんだ。焦《あせ》ることはないさ。困ったことがあったら、いつでも相談に乗るよ。たいしたことはできないと思うけどさ」

「仁科の気持ちだけ貰っとくよ」

「尾辻、元気でな」

仁科は感傷的な気分を振り払って、手早く受話器をフックに返した。

その直後、警務部の二十代の制服警官が郵便物を届けにきた。監察係には毎日のように数通の内部告発状が届く。

「ご苦労さん！」

仁科は郵便物の束《たば》を受け取って、相手を犒《ねぎら》った。制服警官は、じきに消えた。

仁科は告発の手紙には必ず目を通していた。監察対象になりそうな案件は首席監察官か二人の管理官のいずれかに報告して、指示を仰《あお》ぐ。ゴーサインが出ると、スタッフは二人一組で調査に取りかかる。コンビを組むことが原則だったが、仁科は半年ほど前から独歩《どっぽ》行《こう》が多かった。

監察係は、都内の所轄署に〝細胞〟と呼ぶ協力者を最低ひとりは潜《もぐ》らせている。監察対象者に関する情報を協力者にできるだけ多く集めてもらってから、本格的な調査を開始するわけだ。ちなみに監察官や係員は、決して〝内偵〟という言葉は使わない。あくまでも〝調査〟だ。

きょうの密告の手紙は三通だった。

単なる中傷か個人攻撃の告発状が大半だ。最初に読んだ手紙は、ある所轄署の刑事課長が新宿二丁目のゲイバーに連夜、通っているという情報だった。監察の対象にはならない。次の手紙の主は女性刑事で、上司のセクシャル・ハラスメントに泣かされていると切々と訴えている。無視はできない告発だが、仁科は最後に読んだ密告の内容が最も気になった。

麻布署の副署長の児玉陽二《こだまようじ》警視、三十七歳が六本木の高級クラブ『エスポワール』に足繁《しげ》く通っているらしい。

児玉警視は、国家公務員一般職試験（旧Ⅱ種）合格者の準キャリアだ。有資格者だが、総合職試験合格者よりも格下である。警察官僚たちからは〝準キャリ〟と軽視されていた。

児玉は人事に不満があって、不正な手段で遊興費《ゆうきょうひ》をせしめ、憂《う》さ晴らしをしているのか。少し調べてみる必要がありそうだ。

仁科は三番目に目を通した告発状を手に取って、首席監察官席に足を向けた。

2

約束の午後七時が迫った。

仁科は、喫《す》いさしのセブンスターの火を揉み消した。

六本木のダイニングバーの個室《コンパートメント》である。店は俳優座ビルの裏手にあった。

懐《ふところ》で刑事用携帯電話が着信音を発した。

仁科はポリスモードを取り出し、ディスプレイを見た。

発信者は部下の毛利《もうり》和親《かずちか》警部補だった。三十三歳で、ハンサムな男だ。背も高い。モデルにちょくちょく間違われるらしい。

「告発状の印字からプリンターを割り出せたんだな?」

仁科は先に口を開いた。

「そうです。本部庁舎や都内の所轄署で使われてるプリンターでした。ですが、一般家庭や民間企業でも同型の機種が広く使われてますんで、例の手紙の差出人を絞ることは困難でしょうね」

「そうだろうな。プリントアウトや封書から指掌紋《ししょうもん》は?」

「どちらからも検出されませんでした」

「多分、密告者は麻布署の人間だと思います」

「そうか」

「予断は禁物だよ」

「ええ、そうですね。麻布署の児玉副署長が夜な夜な高級クラブに通っていたとしたら、何か危《ヤバ》いことをやってるにちがいありません。副署長だから、われわれの俸給よりも多いことは間違いありませんが、自分の小遣いでクラブには飲みに行けませんからね」

「そうだと思うよ」

「児玉副署長は署内にプールされてる裏金を勝手に遣《つか》ってるのかもしれないな。それとも、『エスポワール』の弱みを握って、只酒《ただざけ》を飲んでるんでしょうかね？」

「まだ何とも言えないな」

「それにしても、よく本城首席監察官が調査の許可を出しましたよね。対象者の児玉警視は〝準キャリ〟ですからね。首席監察官はキャリアや準キャリアを摘発することには、いつも消極的でしょ？」

毛利が言った。

「今回も渋ったんだ。だが、おれは粘《ねば》りに粘って半《なか》ば強引にオーケーさせたんだよ」

「やっぱり、そうでしたか。仁科さんは気骨がありますね。カッコいいですよ。あなたは〝アイスマン〟なんて呼ばれてますが、決して冷血な点取り虫なんかじゃない。熱血漢なんだと思います。自分、仁科さんのようになりたいんですよ。コンビを組ませてほしいな」

「少しおれだけで動いてみるよ。助っ人が必要になったら、声をかける」

「わかりました。これから麻布署の〝細胞〟から情報を集めるんですね？」

「そうだ。プリンターの件では世話になったな。サンキュー！」

仁科は終了キーを押し、折り畳んだポリスモードをサマージャケットの内ポケットに収めた。上着の色は濃紺だった。下はライトグレイのスラックスだ。

ウェイターに導かれて、待ち人が現われた。

麻布署刑事課の三宅恒憲《みやけつねのり》巡査部長だ。三十歳で、まだ独身だった。

仁科は協力者の三宅を正面の席に坐らせ、ワインと料理を注文した。ウェイターが下がった。

「とりあえず、調査対象者の個人情報を……」

三宅が小声で言い、書類袋を差し出した。

仁科は書類袋を受け取った。プリントアウトには、児玉警視の顔写真も添付されていた。角張《かくば》った顔で、ぎょろ目だった。眉《まゆ》が太く、唇もやや厚い。実年齢よりも三つか四つ老《ふ》けて見える。

児玉は四年前に結婚し、港区内にある国家公務員住宅で暮らしている。子供はいない。

警視以上に貸与されている住宅は公舎と呼ばれている。それ以下の階級の者の住居は官舎と名づけられ、マンション風の集合住宅が多い。公舎は庭付きの戸建て住宅がほとんどだ。

プリントアウトには、児玉副署長の個人情報が履歴書以上に詳しく記述されていた。二つ年下の夫人のことも記《しる》してあった。

「三宅君は仕事が早いね。助かるよ。ワインと料理が届いてから、本題に入ろう」

「わかりました」

二人は雑談を交わしはじめた。

仁科は大学時代、山岳部に所属していた。北アルプスで遭難しかけたことを語ったが、三宅はまるで興味を示さなかった。仁科は口を結んだ。

すると、三宅が趣味のサーフィンのことを熱っぽく喋《しゃべ》りはじめた。特別注文したサーフボードを命の次に大切にしていると明かし、波乗りのテクニックを披露してくれた。

しかし、仁科は上《うわ》の空《そら》で聞いていた。どうも話が嚙み合わない。

会話が途切《とぎ》れたとき、コンパートメントにワインと料理が運ばれてきた。

仁科は二つのワイングラスを満たした。

二人はグラスを軽く触《ふ》れ合わせ、前菜を食べはじめた。フランス料理をアレンジした創作メニューだった。

「副署長は一年ほど前からオーダーメイドの背広を着るようになって、腕時計や靴に金をかけるようになりましたね」

三宅がナイフとフォークを使いながら、低い声で言った。

「児玉警視は、ごく一般的なサラリーマン家庭で育ったんだろう？」

「ええ、そうです。両親は健在で千葉の市川市内に住んでます。副署長が親から生前贈与されたとは考えられませんね」

「そうだろうな。奥さんの千津《ちづ》さんは、事務機器販売会社の経営者の長女みたいだね？」

「ええ。でも、児玉夫人の父親が営んでる会社は社員が三十人もいないんですよ。だから、副署長の岳父《がくふ》が大金持ちとは考えられないでしょ？」

「そうなんだろうか。中小企業のオーナー社長は、大企業のサラリーマン社長よりも所得が多いと聞いてるがな」

「儲《もう》かってる中小企業なら、その通りでしょうね。しかし、ベンチャー企業ではないわけですから、奥さんの父親が数億円の年収を得てるとは思えません。勤め人なんかよりは、はるかに稼いでるでしょうがね」

「そうなら、妻の実家から臨時収入があったとは考えにくいな」

「ええ。おそらく児玉副署長は強請《ゆす》りめいたことをしてるんでしょう。『エスポワール』は何か危《ヤバ》いことをしてるんじゃないのかな」

「たとえば、どんなことが考えられる?」

　仁科は問いかけた。

「人気ホステスを高級娼婦にして、上客たちのベッドパートナーにしてるのかもしれません」

「高級売春クラブを店がサイドビジネスにしてるとは思えないな。そういう裏ビジネスは割にバレやすい。そうなったら、本業のクラブも営業ができなくなるからね」

「そうだな。なら、ママか人気ホステスの個人的な弱みを児玉警視が摑んだのかもしれないですね。どちらかのパトロンが超有名人で、もちろん妻や子供がいる。超有名人の女性関係の弱みは充分に恐喝材料になりますから」

「三宅君の言う通りなんだが、準キャリアの児玉警視が民間人から口止め料を脅し取ろうとするだろうか。犯罪が発覚したら、一生を棒に振ることになるわけだぜ」

「そこまで捨て身にはなれないか。ええ、そうでしょうね」

「『エスポワール』の経営者は、ママなのかな」

「いいえ。ママの滝川《たきがわ》まりえ、二十九歳は雇われです。経営してるのは明和《めいわ》商事という会社で、代表取締役社長は藤森昇《ふじもりのぼる》、三十七歳になってました。多分、まりえはオーナーの愛人《レコ》なんでしょう。二人に関する個人情報のプリントアウトも同封しておきました」

　三宅がそう言い、上体を少し反《そ》らせた。ノックがあったからだ。

ウェイターがメインディッシュを運んできた。鹿肉のステーキには、スライスされた黒トリュフが添《そ》えられている。アスパラガスはソテーされていた。

「職場での評判はどうなの、対象者は？」

仁科はウェイターがいなくなってから、三宅に話しかけた。

「署員たちの受けは悪くないですね。しかし、緒方貴章《おがたたかあき》署長とは、あまり反りが合わない感じなんですよ。緒方署長は五十八ですし、努力型のノンキャリアですからね。二十歳以上も年下の児玉警視がナンバーツウであることがなんとなく気に入らないんでしょう」

「二人は犬猿の仲なのか？」

「そこまで仲は悪くありませんが、どちらも敬遠してる感じですね。ひょっとしたら、告発の手紙を出したのは緒方署長なのかもしれないな。署長は〝準キャリ〟の児玉警視を追っ払いたいと考えてたんではありませんかね？」

「そして、誰か信用できる者に児玉警視の私生活を探《さぐ》らせて、『エスポワール』に通ってることを突き止めた？」

「ええ、考えられますよ。副署長は署長の意見に強く反対したことはありませんが、積極的に支持したことは一度もありませんから。内心、児玉警視はノンキャリアで署長まで出世した署長の生き方をダサいと思ってるんじゃないのかな。署内でノンキャリアを軽く見てるような発言はしませんけど、一応、国家公務員一般職試験合格者ですからね」

「心の中で、おれは〝準キャリ〟なんだから、みんなとは違うんだと思ってるのではないかと……」

「きっとそうですよ」

「副署長は総合職試験合格者のキャリアには、どんなふうに接してる？」

「遜《へりくだ》った態度は見せませんね。むしろ虚勢を張って、〝純キャリ〟と張り合ってる感じですよ。コンプレックスの裏返しなんでしょうね」

「〝準〟じゃなくて、〝純〟か。そうなのかもしれないな。三宅君、熱いうちに鹿肉のステーキを喰《く》おう」

「はい、いただきます」

二人は肉料理を食べることに専念した。

ステーキを平らげると、三宅が先に口を切った。

「そろそろ本庁の監察係に引き抜いてもらいたいな。所轄で〝細胞〟をやってると、自分が卑《いや》しい密告屋に成り下がってしまったような気がして、なんか後ろ暗いんですよ。監察係になれば、悪徳警官を堂々と追いつめられますでしょ？」

「うん、まあ」

「機会があったら、口添えしてもらえませんかね？」

「それはかまわないが、おれは本城さんにあまり買われてないからな。というよりも、疎《うと》まれてるはずだ。だから、おれが三宅君を引き抜きたいと言っても、首席監察官は偉いさんにそのことを話さないだろう」

「そうですかね」

「どうしても監察係をやりたいんだったら、小山内《おさない》管理官の〝細胞〟になれよ。管理官は、本城さんの片腕だからな」

「小山内さんは苦手だな。あの管理官は〝細胞〟を単なる駒として使ってるみたいですからね。さっきの申し出は忘れてください。自分は仁科さんと一緒に腐ったリンゴを見つけたいと思ってるんですよ。だから、いまのままで結構です」

「力になれなくて、悪いな」

「気にしないでください」

「刑事課の仕事には、どうしても熱くなれないか？」

仁科は話題を転じた。

「傷害や誘拐事件の捜査なら、冷静でいられるんです。でも、殺人事件の犯人を見た瞬間、反射的に拳銃で撃ち殺したくなっちゃうんですよ。犯行動機はどうあれ、他人の人生を一方的に終わらせるのは罪深いですからね。刺されたり撃たれたりした被害者たちは、たいてい無念そうな表情で亡《な》くなってるんですよ。だから、死者に代わって加害者をぶっ殺したくなっちゃうんです。その衝動をいつか抑え切れなくなるのではないかという強《きょう》迫《はく》観念が消えないんですよね。だから、殺人捜査とは無縁のセクションに移りたいんですが、なぜか刑事課ばかりを渡り歩かされて……」

「三宅君は心底、犯罪を憎んでるんだろうな。殺人犯を射殺したくなる気持ちは、おれにもわかるよ。もちろん、それを実行する気はないがね。しかし、そういう衝動は充分に理解できる」

「そうですか。実は自分、ちょっと異常なのかもしれないと思い悩んでたんですよね」

「別に異常じゃないさ、そういう衝動に駆られるだけなら」

「それを聞いて、安心しました」

「三宅君は並の刑事よりも正義感が強くて、直情型なんだろう。でも、ノーマルだよ」

「なんか心が明るくなった感じです」

三宅がアスパラガスを口の中に入れた。

それから間もなく、デザートの洋梨のシャーベットが届けられた。ワインがなくなると、三宅が先に個室を出た。

仁科は煙草をゆったりと喫《す》った。情報提供者とは、いつも少し時間をずらして別れる。〝細胞〟と呼ぶ協力者を窮地《きゅうち》に立たせないための配慮だ。

彼らは特に謝礼を貰っているわけではない。それぞれが義憤《ぎふん》に衝《つ》き動かされて、悪徳警官狩りに力を貸してくれている。

仁科は七、八分遣《や》り過ごしてから、個室を出た。

レジで支払いを済ませ、ダイニングバーを後《あと》にする。八時四十分を回っていた。

仁科は六本木交差点を渡り、六本木五丁目方向に歩きだした。外苑東《がいえんひがし》通りを百数十メートル進むと、『エスポワール』のある飲食店ビルが左手に見えてきた。

道路を挟んで右斜め前に有名なロア六本木がある。

国内外の人気ブランドのブティックが集まるファッションビルだ。二階のティールーム『ローベ』はカップルの待ち合わせに使われることで知られていた。

麻布署は地下鉄六本木駅の目の前にある。六本木通りに面しているが、飲食店ビルとはさほど離れていない。歩いても五、六分の距離である。

麻布署の副署長が職場の近くにある高級クラブに足繁く通っていることが不思議に思えた。多くの警察関係者は職場や自宅から遠い盛り場で息抜きをしている。

後ろめたさがある場合は、まず管轄内の酒場には通わない。

児玉副署長は、めったに夜遊びはしていなかったのか。だとしても、麻布署管内でクラブ通いをしているとは大胆だ。

六本木に限らず、赤坂や銀座の高級クラブはたいてい午後八時開店で十一時半ごろに営業を終える。常連客は十時過ぎに店を訪れることが多い。

まだ対象者は『エスポワール』にいないだろう。仁科はそう思いながら、モダンな造りの飲食店ビルに足を踏み入れた。

目的のクラブは六階にあった。

仁科はエレベーターに乗り込んだ。『エスポワール』は左側の奥にあった。黒い扉には、金モールがあしらわれている。店名は金文字だった。

仁科はエレベーターホールの端にたたずんだ。

児玉とは一面識もない。鉢合わせをしても、相手に怪しまれる心配はなかった。

数分が流れたころ、『エスポワール』から黒服の若い男が出てきた。フロアボーイだろう。

「『エスポワール』で働いてる方でしょ？」

仁科は、エレベーター乗り場で足を止めた相手に声をかけた。

「そうです。あなたは？」

「警視庁の者です」

「何か？」

黒服の男がにわかに緊張した。仁科は、相手に児玉警視の顔写真を見せた。

「この男は、『エスポワール』の常連客なんでしょ？」

「いいえ、写真の方は一度も店には来てませんね」

「それは間違いない？」

「ええ。でも、どこかで見たことがあるな。エレベーターで二、三度、一緒になった気がします。このビルの中に馴染《なじ》みの店があるようですね。その店は、七階か八階にあるんだと思います」

「どうしてそう思ったのかな？」

「写真の方は六階では降りなかったんです。この階の上には、七階と八階しかないんですよ。だから、そう思ったわけです」

「なるほどね。お引き留《と》めして、申し訳ありません」

「いいえ」

黒服の男が函《ケージ》に乗り込んだ。エレベーターが下降《かこう》しはじめた。

仁科は階段を使って、七階に上がった。

ミニクラブ、ピアノバー、スナックがずらりと並んでいる。仁科は端から一軒ずつ訪ね、ママやホステスに児玉の顔写真を見せた。

八軒は空振りだった。最後のスナック『ジェシカ』の五十年配のママが写真を見せると、大声をあげた。

「うちのお客さんよ。確か鈴木《すずき》一郎《いちろう》って名乗ってたわ。保険会社に勤めてるようなことを言ってたけど、そうじゃなかったのね。自称鈴木さんは何かとんでもないことをしてたんでしょ？」

「そうじゃないんです。具体的なことは教えられないんですが、写真の男性も警察関係者なんですよ」

「そうなの⁉　二度びっくりだわ。鈴木というのは偽名なんでしょ？」

「ええ、そうです。しかし、本名を教えるわけにはいかないんで、鈴木と呼ぶことにしましょう。鈴木は、いつごろからママの店に来るようになったんです？」

「一年数カ月前からね。それからは週に二回は来るようになったの。でも、あんまりいい客とは言えないわね」

「どうしてです？」

　仁科は訊いた。

「腰が落ち着かないのよ。ウイスキーの水割りを半分ぐらい飲むと、ちょっと買物してくるとか言って、店を出ていくの。コートとか上着を店に置いてね。数十分経つと、ここに戻ってくるの。だけどね、また二、三十分後には何か理由をつけて店から出ていっちゃうのよ」

「そうやって、一晩に何回も出たり入ったりしてるんですか？」

「ええ、そうなのよ。行動がなんか怪しいもんだから、わたし、二度だけ写真の男をこっそり尾《つ》けたことがあるの」

「鈴木はどこに行ったんです？」

「六階に降りて、『エスポワール』ってクラブの客をチェックしてる様子だったわ」

「二度とも？」

「ええ。写真の彼が警察の人なら、『エスポワール』の従業員か客の誰かが何かの容疑でマークされてたんじゃない？」

「ママは、『エスポワール』のことをどのくらい知ってるのかな？」

「何も知らないわよ。まりえママが銀座の一流クラブでナンバーワンを張ってたって噂《うわさ》を聞いたことはあるけど、妙にお高く止まってる感じだから、あの店のママとエレベーターで一緒になっても目礼するだけなのよ」

「そう」

「客筋は悪くないみたいよ。以前に『エスポワール』でコックをしてた青年が時たま、この店に仕事帰りに寄ってくれたの。銀座並の料金でも、いつも盛況だったそうだから。女の子たちも美女ばかりだったから、客足は途切れないんだろうね」

「その青年には連絡取れます？」

「ううん。根岸《ねぎし》とかいう苗字だったけど、半年ぐらい前に店を辞《や》めて、田舎に帰ったって話だったわ。田舎は北陸のどっかだったわね。えーと、石川県だったかな。いや、福井県だったかもしれないわ」

「鈴木は今夜あたり、ここに来そう？」

「わからないわね。決まった曜日に来るわけじゃないんで。よかったら、少し待ってみたら? 口開けのお客さんなんだから、オードブルぐらいサービスするわよ」

ママが商売っ気を出し、カウンターの中に入った。

仁科はカウンターのほぼ真ん中に向かい、ウイスキーの水割りを頼んだ。ミックス・ナッツが出され、じきにグラスが置かれた。

「ママも何かお好きなものをどうぞ!」

「それじゃ、ビールをいただくわね」

ママが小壜《こびん》の栓《せん》を開け、手酌《てじゃく》でビアグラスを満たした。

二杯目の水割りに口をつけたとき、『ジェシカ』の扉が開いた。客は児玉警視だった。

麻布署の副署長は仁科をちらりと見ると、カウンターの左端に落ち着いた。

「ママ、いつものやつね」

「はい、はい」

ママが児玉に言って、何か言いたげな目で仁科を見た。仁科は無言で首を横に振った。

ママが黙って小さくうなずいた。

「早く梅雨《つゆ》が明けるといいですね」

児玉が仁科に話しかけてきた。

「そうですね」

「あまりお見かけしませんが……」

「この店は初めてなんですよ。店名に惹《ひ》かれて、気まぐれに入ったんです」

「野暮《やぼ》ったいスナックだけど、割に寛《くつろ》げますよ。ママがもう少し若いと、通い甲斐《がい》もあるんだけど」

「あら、ご挨拶《あいさつ》ね」

ママが児玉を睨《にら》む真似《まね》をして、サントリーオールドの水割りをカウンターに置いた。児玉はグラスを半分ほど空けると、おもむろに上着を脱いだ。

「また、愛人にこっそり電話したくなったのね？」

「ママはいい勘してるね。少しアルコールが入ると、惚《ほ》れてる女性の声をなぜか聴きたくなるんだ。買物とか何とか言って、店を出たり入ったりしてたけど、実はそういうことだったんだよ」

「いいから、早く用事を済ませてきたら？」

ママが苦笑しながら、児玉を急《せ》かした。

児玉はきまり悪そうな顔でスツールを滑り降り、あたふたと店を出ていった。

「今夜も、いつもの行動パターンね。もう少し経《た》ってから、おたく、六階に降りてみたら？」

「そうするか」

仁科は一服してから、『ジェシカ』を出た。階段で六階に下《くだ》り、物陰から廊下をうかがう。

児玉警視は廊下を往来しながら、『エスポワール』の出入口に視線を注《そそ》いでいた。仁科はそれを見届け、七階のスナックに戻った。

「ママの言った通りでしたよ」

「やっぱりね、自称鈴木さんは内偵捜査をしてるんじゃない？ でも、ちょっと時間をかけすぎね」

「事件によっては、内偵に一年以上もかかることがあるんだ。マークした相手が大物だったりすると、確証を摑まないと、下手に動けないからね」

「それじゃ、彼は有力者をマークしてるのかもね」

ママがそう言って、ＢＧＭをかけた。古いシャンソンだった。

それから十数分後、児玉がスナックに戻ってきた。二杯目の水割りを注文すると、副署長はまたもや『ジェシカ』から出ていった。

仁科は動かなかった。十時四十分に先に店を出て、飲食店ビルの近くの暗がりに身を潜《ひそ》める。

児玉が姿を見せたのは、十一時二十分ごろだ。

ひとりだった。外苑東通りでタクシーに乗り込んだ。

仁科は空車を拾い、児玉を乗せたタクシーを追尾《ついび》してもらった。十分そこそこで、副署長は港区内にある公舎の前でタクシーを降りた。

「中野に行ってください」

仁科は自宅マンションのある場所をタクシー運転手に告げ、シートの背凭《せもた》れに上体を預けた。

徒労感が全身を包みはじめた。

3

夕闇が濃くなった。

あと数分で、午後六時半になる。

仁科は監察係の自席で紫煙をくゆらせていた。〝島〟と呼ばれているが、所属セクションは個室ではない。人事一課のフロアのコーナーを使っているだけだ。本城首席監察官は十分ほど前に退勤して、職場には自分だけしかいない。

同僚たちは、それぞれ担当の案件の監察に励んでいるようだった。仁科は、その内容までは知らなかった。むろん、首席監察官と二人の管理官は全スタッフの職務内容は把握《はあく》している。

よくコンビを組んでいる毛利警部補は、麻布署副署長夫妻の最近の暮らしぶりを探《さぐ》っているはずだ。仁科自身は千津夫人の実家を訪問して、午後五時過ぎに職場に戻ってきた。

児玉警視の妻が実家から経済的な援助を受けた事実はなかった。

煙草の火を消したとき、卓上の警察電話が鳴った。仁科は受話器を耳に当てた。

「昨夜《ゆうべ》、『ジェシカ』で名乗るべきだったかな」

相手の男が、のっけに言った。その声には、聞き覚えがあった。自称鈴木一郎だった。

「麻布署の児玉副署長ですね？」

「そうです。さっそく監察係が動いてくれたんで、嬉しかったな」

「どういうことなんです⁉　ひょっとしたら、告発の手紙は児玉警視ご自身が出されたんでしょうか？」

仁科は言葉遣《づか》いに気を配った。児玉は自分よりも年下だが、職階は上だった。

警察社会は軍隊と同じで、階級を無視することはできない。相手が自分よりも若いからといって、警部が警視に対等な口は利けないのである。

「その通りです。わたしが自分を告発したんだ」

「なぜ、そんなことをされたんです？」

「保険をかけたんだ。いつか危険な目に遭《あ》うかもしれないと感じたんで、身辺に警察関係者にいてほしくなったんですよ。『ジェシカ』で仁科警部の姿を見たときは、ほっとしたね」

「狂言じみたことをするなんて、呆《あき》れた方だな」

「そうでもしなかったら、わたしは誰かに殺《や》られてしまう恐れもあるんでね。今夜は『ジェシカ』には行かないつもりです。明晩は九時ごろ、六本木の飲食店ビルに出かける。仁科さん、わたしの身辺護衛をよろしくね」

「あなたは心得違いしてるな。政府の要人気取りはやめてください。わたしはSPでも民間のガードマンでもないんです。そういうことなら、即刻、監察は打ち切ります」

「そんな冷たいことを言わないでほしいな。具体的なことは教えられないんだが、わたしは個人的に大きな犯罪を暴《あば》こうとしてるんだ。一年以上も前から地道に調べ上げてきたんだから、ここで手を引くことはできない」

「どうして個人で犯罪を暴かなければならないんです？」

「その理由も明かすわけにはいかないんだ」

児玉が言った。

「警察を私物化するのは問題ですね。場合によっては、警察庁の首席監察官にあなたがやったことを報告することになりますよ」

「それだけはやめてくれ。そんなことをされたら、わたしは密行《みっこう》ができなくなってしまう」

「あなたは、警察関係者が関わってる犯罪を暴こうとしてるんですね？」

「そういうわけじゃないんだが、わたしの個人的な捜査はまだ誰にも知られたくないんですよ。どこから邪魔が入るかわからないんでね。しかし、そう遠くない日にマークしてる奴らを検挙できると思う。だからね、監察係の人間にわたしを護《まも》ってもらいたいんだ」

「そういうことだけじゃ、協力できませんね」

「頼むよ」

「駄目です。あなたは、きのうの夜も六階の『エスポワール』の客をチェックしてましたよね」

「えっ⁉ 仁科警部はわたしが『ジェシカ』から出て、六階に降りたことを知ってたのか」

「あなたをこっそり尾《つ》けたんですよ、七階のスナックからね」

「そうだったのか」

「あなたがだいぶ以前から『エスポワール』の様子をちょくちょくうかがってたことは確認済みです。それから、あの高級クラブの客でないこともね」

「さすがだな」

「『エスポワール』では何か非合法なことが行なわれてるんですか？ それとも、常連客の誰かが悪事を働いてるんですか？ そのどちらかなんでしょ？」

「いまは何も言えないんだ。時期が来たら、仁科警部には必ず教える。それだから、それまでわたしをガードしてくださいよ」

「ご希望には添えません。電話、切らせてもらいます」

仁科は言った。

「ちょっと待って！　待ってくださいよ。わたしが調査してる内容を喋れば、いつも目の届く場所にいてくれる？」

「ええ、場合によってはね。児玉さんが探《さぐ》ってることに警察関係者がタッチしてるとなれば、われわれの捜査対象になります。その点、どうなんです？」

「誘導尋問が上手だね。まだ断定はできないんだが、そういう可能性はゼロじゃないだろうな」

「本当なんですね？」

「うん、まあ。推測が外れるかもしれないが、警察関係者が関与してる気配はうかがえるんだ」

児玉が答えた。とっさに思いついた嘘なのか。あるいは、事実を語ったのか。どちらとも判断はつかなかった。

仁科はあえて沈黙し、さらに相手の反応を探る気になった。

「わたしがもっともらしい作り話をしてると思ったみたいだね。でも、そういう気配は感じ取れるんですよ。それも、かなりの大物が不正に関わってるかもしれないんだ」

「あなたの言葉を信じることにしましょう。どこかで会って、児玉警視が個人的に調べてることを詳しく聞きたいですね。警察電話をお使いになってるわけですから、まだ麻布署にいるんでしょ？」

「そう」

「なら、わたしが六本木に出向きますよ。どこか落ち合う場所と時刻を決めてください」

「六本木は避《さ》けたいな」

「でしたら、ご自宅にうかがいましょう」

「それも困る。妻に余計な心配をかけたくないんでね」

「奥さんには、あなたが個人的に犯罪を暴《あば》こうとしてることはまったく話されてないんですか？」

「そうなんだ。だから、公舎に来られるのは困るんですよ。仁科警部、こうしましょう。午後七時半に日比谷公園の噴水池の前で落ち合いませんか。先に着いた者は近くのベンチに坐って、相手を待つ。それなら、夜だから、あまり人目にはつかないと思うんだ」

「男同士が夜の公園で待ち合わせですか」

「ゲイと間違われるかな？　だったら、園内にあるレストランの一階の喫茶室でもかまわないが……」

「いえ、別に噴水の前のベンチでも結構です。そのほうが人の目につきにくいですから」

「そうだね。それじゃ、そういうことで！」

児玉が電話を切った。

仁科は受話器をフックに載《の》せ、思わず苦笑した。まさか児玉自身が内部告発の手紙の差出人とは夢想もしていなかった。まんまと一杯喰《く》わされてしまった。こんなことは前例がない。

それにしても、麻布署の副署長はなかなかの知恵者だ。自分を悪徳警官に見せかければ、監察担当の人間が調査に乗り出すことをちゃんと読んでいた。

それによって、魔手を遠ざけられるわけだ。児玉には策士《さくし》の資質が備《そな》わっているのかもしれない。

高級クラブ『エスポワール』絡《がら》みの秘密とは、いったい何なのか。

前の晩、仁科は店の黒服の男と話をしている。自分が客になりすまして、店内の様子をうかがうわけにはいかない。毛利に動いてもらうか。

そう思っていると、当の毛利警部補が監察係のブロックに戻ってきた。

「ご苦労さん！」

仁科は毛利を犒《ねぎら》った。

「麻布署の〝細胞〟の情報によると、対象者の児玉警視は一年ぐらい前から金回りがよくなったということでしたが、千津夫人の身なりは質素だったな。スーパーでも、あまり高い食材は買ってませんでしたよ。いったん手に取った黒毛和牛のステーキをさんざん迷ってから、陳列ケースに戻してたんです」

「そうか」

「児玉警視だけ贅沢《ぜいたく》してるんでしょうね。そうだとしたら、あまり奥さんに愛情を感じてないな」

「そうなんだろうか」

「男は、惚《ほ》れた女性を物心の両面で喜ばせたいと思うもんでしょ？　女房に自由に金を遣《つか》わせないのは生来《せいらい》のケチというより、愛情が冷めてしまったんでしょうね。男って一般的に釣った魚には餌《えさ》をやらなくなるみたいですが、ちょっと奥さんがかわいそうだったな」

「三宅君の情報が正しいんだったら、夫人も少しは贅沢しそうだがな」

「仁科さん、三宅刑事の情報は確かなんでしょうか？」

「間違いはないと思うがね」

「そうですか」

毛利が口を閉じた。仁科は少し前に児玉自身から電話があったことを毛利に伝え、通話内容も明かした。

「仕組まれた密告だったとは、びっくりですね」

毛利が目を丸くした。

「おれも意表を衝《つ》かれたよ。おれをSP代わりにする気になったのは、児玉警視はそのうち暴漢に襲われるかもしれないと本気で思ってたからだろう」

「ええ、そうなんでしょうね。児玉副署長は、どんな犯罪を暴く気なんでしょうか？」

「実はな、七時半に日比谷公園の噴水池のとこで落ち合うことになってるんだ。個人的に調べてることを喋ると言ってるんだが、どこまで明かしてくれるのか。おそらく、ほんの一部しか喋る気はないんだろう」

「そう考えたほうがいいでしょう。狂言めいたことを思いついた人物だから、一筋縄《ひとすじなわ》ではいかないはずですよ」

「だろうね。そこで毛利に『エスポワール』に行ってほしいんだよ、客に化けてな」

「高級クラブの支払いは調査費では賄《まかな》えないでしょ？　情報集めの飲食代は一万五千円以下という暗黙のルールがあります。飲み代に四万も五万も遣《つか》ったら、首席監察官が最低十回は厭味《いやみ》を言うに決まってますよ」

「足りない分は、おれのポケットマネーで払ってくれ」

仁科は札入れを取り出し、一万円札を三枚抜き出した。

「いいんですか。高級クラブで一度ぐらい飲んでみたいと思ってましたけど、なんか悪いですね」

「遠慮するな。その代わり一階の食堂で夕飯をたらふく喰《く》ってから、『エスポワール』に行ってくれ。店では、ビールを飲むようにな。ビールだけなら、そんなにはぼったくられないだろうからさ」

「わかりました」

「毛利はイケメンだから、店のホステスたちにちやほやされるだろうが、女の子たちにはドリンクを一杯ずつ奢《おご》るだけにしとけよ。間違っても、フルーツセットなんかオーダーするな。それだけで、二万円前後取られるという話だから」

「なんか酔えなさそうだな」

「酔うまで飲むな。店の秘密を探《さぐ》るのがそっちの任務なんだ」

「わかってますって」

毛利が三万円を押しいただき、嬉しそうな表情で監察係の〝島〟から出ていった。

仁科は立ち上がって、インスタントコーヒーを淹《い》れた。少しばかり空腹感を覚えていたが、急いで夕飯を掻《か》き込む気にはなれなかった。

自席でコーヒーを啜《すす》りながら、時間を潰《つぶ》す。

職場を出たのは、午後七時十分ごろだった。同じ十一階には警視総監室、副総監室、公安委員会室、総務部長室、企画室がある。警視総監室の前を通るときは、いつも幾《いく》らか緊張する。

同じフロアにいながら、警視総監の姿を廊下やエレベーターホールで見かけるのは年に数回だった。むろん、言葉を交わしたことはない。まさに雲の上の人だ。

仁科はエレベーター乗り場に急ぎ、ほどなく函《ケージ》に乗り込んだ。

エレベーターは四階で停止した。捜査二課のあるフロアだ。函《ケージ》の扉が左右に割れ、捜査二課知能犯第一係の柴亮輔《しばりょうすけ》係長が乗り込んできた。

有資格者《キャリア》の警視正で、三十四歳だった。警視正が現場捜査に携《たずさ》わるケースは稀《まれ》だ。柴警視正は出世のチャンスを自ら棒に振り、現場の職務にいそしんでいる。

自分よりも年下だったが、仁科は柴に一目置いていた。スタンスが定まり、生き方が熱い。

「どうもしばらくです。顔を合わせるのは、二カ月ぶりですよね？」

柴が気さくに話しかけてきた。そういう警察官僚は少ない。

「そうですね。古巣の捜二に顔を出す機会がなかなかなくて……」

「仁科さんがあんまり忙しいのも問題ですよね、それだけ不正や犯罪に走る警察官《サツカン》が多いってことだから」

「ええ。捜二のみんなは変わりないですか？」

「相変わらずですよ。いつかまた仁科さんに捜二に戻ってきてほしいな。あなたは正義感が強いし、知能犯たちの悪知恵を見抜ける」

「警視正には、とてもかないませんよ。食堂に行かれるんですか?」

仁科は訊《き》いた。

「いいえ、地下三階の車庫です。仁科さんはどちらまで?」

「すぐ近くまでちょっとね」

「そうですか」

会話が途切れたとき、エレベーターが一階に着いた。

「そのうち一度、飲みましょうよ」

柴が言った。仁科は笑顔でうなずき、函《ケージ》から出た。

通用口から表に出て、合同庁舎前の歩道橋を渡る。噴水池は帝国ホテル寄りにあった。

仁科は日比谷公園に足を踏み入れ、遊歩道を進んだ。ベンチは、おおむねカップルに占領されている。大胆にディープキスを交わしている恋人たちもいた。

暗がりには、常習の覗《のぞ》き魔たちが潜《ひそ》んでいるにちがいない。園内でセックスをしてしまうカップルがいる限り、暗い愉悦《ゆえつ》を求める男たちも消えることはないだろう。

仁科は創業明治三十六年の老舗《しにせ》レストラン『松本楼《まつもとろう》』を回り込んで、噴水池のある広場に出た。

池の周《まわ》りにあるベンチも、ほぼ人影で埋め尽くされている。仁科はゆっくりと歩きながら、目を凝《こ》らした。児玉は、小音楽堂の斜め前のベンチに腰かけていた。うなだれた恰好《かっこう》だった。ベンチには児玉しか坐っていない。

「早かったですね」

仁科はベンチの前に立った。

返事はなかった。もう一度、声をかける。だが、なんの反応もない。

「ベンチに坐ったまま、居眠りですか。きのうは、ほとんど眠ってないようですね？」

仁科は言いながら、児玉警視の肩に手を掛けた。

次の瞬間、児玉の体がぐらついた。そのまま、ベンチから転げ落ちた。

「児玉さん、どうしました？」

仁科は、麻布署の副署長を仰向《あおむ》けにした。

ほとんど同時に、息を呑《の》んだ。児玉の心臓部には、手裏剣《しゅりけん》によく似た特殊ナイフが深々と突き刺さっていた。

仁科は児玉の右手首を取った。

脈動は熄《や》んでいた。温《ぬく》もりはあった。殺されてから、さほど時間は経過していないにちがいない。

仁科は暗がりの奥に目をやった。

不審な人影は見当たらない。仁科は刑事用携帯電話で事件通報すると、近くにいるカップルに次々に声をかけた。

身分を明かし、怪しい人物を見かけなかったかどうか訊いた。

不審者を目撃した者は、ひとりもいなかった。

児玉は細長いナイフで左胸をひと突きされたとき、短い唸《うな》り声か呻《うめ》きを洩《も》らしたと思われる。それでも、周囲の者は誰も気づかなかったのか。

恋人との甘やかなラブトークにカップルたちは熱中していたようだ。それとも、犯人は特別な刺殺テクニックを心得ていたのか。

本庁機動捜査隊の捜査員たちと所轄の丸の内署の刑事たちが相前後して臨場したのは、六、七分後だった。鑑識係官もやってきた。

機動捜査隊のメンバーが周《まわ》りの恋人たちを事件現場から引き離したとき、本庁捜査一課殺人犯捜査第五係の面々が駆けつけた。

係長の加門警部補は五、六人の部下を伴《ともな》っていた。仁科は、三つ年上の敏腕刑事に目礼した。職階は自分よりもワンランク低かったが、憧《あこが》れの捜査員だった。

「ちょっと事情聴取させてください」

機動捜査隊の顔見知りの警部が仁科に歩み寄ってきた。鬼頭《きとう》という姓で、二つ年下だった。

仁科は経緯《いきさつ》を正直に話した。鬼頭が遠ざかると、加門が大股で近づいてきた。

「被害者は、麻布署の児玉副署長だったんですね。驚きましたよ」

「わたしもです。児玉さんとは、ここで午後七時半に落ち合うことになってたんですよ。わたしがベンチに腰かけてる児玉警視に声をかけたときは、もう刺殺されてたにちがいありません」

仁科はそう前置きして、事の経過をつぶさに話した。

「そういうことでしたか。明日にでも丸の内署に捜査本部が設置されて、わたしの班が出張《でば》ることになると思います。お株を取る形になってしまいましたが、ちゃんと仁義は心得てるつもりです」

「監察係絡《がら》みの事件ですが、こちらに妙な遠慮はしないでくださいよ。殺人捜査は加門さんたちの受け持ちなんですから」

「もちろん、事件捜査には力は抜きません。しかし、最初に取っかかったのは監察係なんですから、捜査情報はすべて仁科さんに流しますよ。われわれよりも先に犯人《ホシ》を押さえても、文句は言いません」

「こちらは殺人捜査なんかできませんよ。しかし、わたしなりに児玉警視が殺害された理由を探《さぐ》ってみようと考えてます。むろん、捜査本部の捜査の邪魔にならないように動くつもりです」

「われわれに遠慮しないで、思う存分に捜査してほしいな。協力は惜《お》しみません」

「加門さんのお力を借りることになると思います。ひとつよろしくお願いします。それでは、わたしは先に失礼します」

仁科は一礼し、加門に背を向けた。

4

音声が途絶《とだ》えた。

仁科は、ICレコーダーのスイッチを切った。

職場の自席だった。児玉警視が刺殺された翌日の午後二時過ぎである。

ICレコーダーは毛利の物だった。前夜、毛利は懐《ふところ》にICレコーダーを忍ばせて、『エスポワール』に入った。

ICレコーダーには、毛利とホステスたちの遣《や》り取りが鮮明に録音されていた。仁科はイヤホンを右耳に押し込み、またもや最初から音声を再生させた。三度目だった。

これまでの録音機と違って、ICレコーダーはテープを巻き戻す必要がない。すぐに音声が流れてきた。仁科は耳に神経を集めた。会話の一語一語を頭に刻みつける。

やがて、音声が熄《や》んだ。

仁科はICレコーダーのスイッチをオフにし、イヤホンを外した。

毛利とホステスたちの話から得られたことは少なくなかった。『エスポワール』を経営しているのは明和商事だったが、その親会社はＩＴ関連会社『無限大《むげんだい》』だった。『無限大』が設立されたのは、ちょうど十年前だ。創業者の藤森昇は、まだ三十七歳である。藤森はベンチャービジネスの新旗手として、しばしばマスコミに取り上げられてきた。

仁科も、藤森の名前と顔は知っていた。顔立ちは整っていたが、気品がなかった。野心にぎらつく両眼は、どことなく野獣を連想させる。

『エスポワール』のママの滝川まりえは、藤森の愛人と思われる。さすがにホステスたちは店のオーナーとママが愛人関係にあるとは認めなかった。だが、強くは否定もしていない。

『エスポワール』に警察関係者が二年近く前から出入りしていることも、ホステスたちは隠さなかった。その客は幹部らしいが、氏名までは喋っていない。

「ちょっと来てくれないか」

仁科は、毛利警部補に声をかけた。毛利が自分の席から離れ、仁科の前にたたずんだ。

「わたしはビールを三本飲んだだけなんですが、入った時刻が早かったんで、七人の女の子が入れ代わり立ち代わりにテーブルについたんですよ。ドリンクは一杯ずつしか飲ませなかったんですが、結局、勘定は四万九千円になってしまいました。捜査費として遣《つか》える一万五千円と仁科さんのポケットマネーの三万円を足しても、四千円足りませんでした。

その分は、わたしが自腹を切りました」

「後《あと》で四千円を渡そう」

「いいですよ、それぐらいの出費は。こっちも愉《たの》しく社会見学させてもらったんですから、四千円は被《かぶ》ります」

「そうか、悪いな」

「きのうの夜、わたしが『エスポワール』に入る前に児玉警視が殺害されたと知って、びっくりしましたよ。しかも、事件通報者が仁科さんと聞いて、さらに驚きました」

「そうだろうな。児玉警視に何か危《ヤバ》いことを知られた奴が、おそらく第三者を使って……」

「児玉警視の口を封じさせたんですね？」

「そうなんだろう。『エスポワール』に二年ぐらい前から通ってるという警察関係者が怪しいな」

「わたしも、そう思いますね。その謎の人物は、どうもチーママの新関純奈《にいぜきじゅんな》に気があるようですね。店に現われると、いつもチーママを侍《はべ》らせてたという話でしたから」

「チーママは、いくつなんだい？」

「二十七だそうです。純奈は元グラビアアイドルで、二年ほどクイズ番組のアシスタントを務《つと》めてたようです。しかし、女優になる夢が叶《かな》いそうもないんで、銀座の高級クラブで働くようになったらしいんですよ。それで二年数カ月前に『エスポワール』に引き抜かれて、チーママになったって話だったな」

「そうか」

「『エスポワール』に何日か張り込んでみますか。そうすれば、謎の警察関係者がチーママに会いにやってくるでしょうからね」

「おれは、そうは思わない」

仁科は言った。

「その男は、チーママの純奈をお目当てで店に通ってたようなんですよ。好きな女には会いたくなるでしょ？」

「会いたいとは思うだろう。しかし、店に顔を出すのは危険すぎる。丸の内署に置かれた捜査本部は、被害者が一年以上も前に『エスポワール』の客をチェックしてたことを知るだろうからな」

「のこのこ店に出かけたら、謎の男は尻尾《しっぽ》を摑まれることになるわけか」

「そうだ。多分、今後は店の外でチーママと会う気なんだろう」

「でしょうね。わたし、新関純奈の自宅を探り出して、張り込んでみますよ」

「店に電話をして、フロアマネージャーあたりからチーママの住まいを教えてもらうつもりなのか？」

「そんなヘマはやりません。実は、ホステスのひとりにメールアドレスを教えてもらったんです。有理沙《ありさ》って娘《こ》なんですが、わたしに関心がありそうだったんで、後日、使えるかもしれないと思ってね」

「相手の恋心につけ入るのは感心しないな。別の方法で、チーママの自宅を調べてくれ。車の免許は持ってるだろうから、そっちから新関純奈の現住所を割り出してくれないか」

「わかりました。それはそうと、被害者は午前中に大塚にある東京都監察医務院で司法解剖されたんでしょ？　捜査本部が設置された丸の内署は目と鼻の先なんだから、わたし、ちょっと情報を集めてきましょうか」

「それは、おれがやるよ」

「わかりました」

毛利が自分の席に戻った。

煙草をくわえようとしたとき、ポリスモードが鳴った。発信者は麻布署の三宅刑事だった。

「少し前に丸の内署の刑事課員と本庁捜一殺人犯捜査の五係の連中が副署長室の執務机の引き出しの中身を検《しら》べ終えたんですが、『エスポワール』の領収証が二十数枚、それから残高約一千三百万円の預金通帳が見つかったようなんですよ」

「なんだって⁉」

「領収証の宛名は副署長名になってて、最も古い日付は一年二カ月前になってたそうです。一回分の勘定は、五万から七万になってたということでしたね」

「おかしいな。被害者は『エスポワール』の客をマークしてただけで、店では一度も飲んでないはずだ。店の黒服の男に児玉さんの顔写真を見せたんだが、客ではないと明言したんだよ」

「その黒服は偽証したんでしょ？　副署長は、奥さんには内緒にしてたと思われる預金通帳を職場の机の中に保管してたんですよ。預金額は約一千三百万円だったというから、へそくりじゃないでしょ？」

「へそくりにしては、額がでっかすぎる。被害者は、やっぱり『エスポワール』のオーナーか上客の弱みを握って、金を強請《ゆす》ってたんだろうか」

仁科は唸《うな》った。

「そう考えたほうがいいんじゃないのかな。〝準キャリ〟だった児玉警視は総合職試験合格者みたいに出世は望めないと考えて、銭《ぜに》を追っかける気になったのかもしれませんよ」

「しかし、ノンキャリアだったわけじゃない。一般職試験合格者も警察官僚なんだ。ノンキャリア組よりは確実に出世する。現に児玉さんは三十三、四歳で、麻布署の副署長になったじゃないか」

「ええ、そうですね。しかし、総合職試験にパスした警察官僚たちは二十代で地方の所轄署の署長を数年務《つと》めて、本庁の課長代理か警察庁の然《しか》るべきポストに就《つ》いてます」

「ああ、そうだな」

「〝準キャリ〟は死にもの狂いで働いても、総合職試験合格者たちで固められてる警察官僚の主流派には太刀打ちできません。それだから、児玉警視は出世レースから降りて、名《な》より実《じつ》を取る気になったんでしょう」

「そうなんだろうか」

「捜査本部事件になったわけですから、監察係は手を引かされることになるんでしょうかね。首席監察官から何か言われませんでした?」

「まだ何も言われてないよ。しかし、被害者が恐喝を働いてた疑いも出てきたわけだから、まだ手は引けない」

「サムライですね、仁科さんは。そういうことなら、引きつづき情報を集めます」

三宅が通話を切り上げた。

仁科は、二つに折り畳んだ刑事用携帯電話を上着の内ポケットに突っ込んだ。そのすぐ後、警察電話が着信音を発した。

仁科は反射的に受話器を取った。

「捜一の加門です」

「もう司法解剖の結果は出てますよね?」

「ええ。被害者の死因は、出血によるショック死だそうです。死亡推定時刻は、前夜七時十五分から同二十三分の間とされました」

「そうですか。犯人の遺留品はナイフだけだったんですか？」

「ええ。残念ながら、加害者のものと思われる足跡《ゲソと》は採れませんでした。凶器の刃と柄にも犯人の指掌紋《ししょうもん》は付着してなかった」

「凶器は特殊な形をしたナイフでしたが、入手先は？」

「まだ判明してません。市販されてるナイフなら、どこかに刻印があるはずなんですよ。しかし、刻印らしきものは見当たりませんから、おそらく手製のナイフなんでしょう。犯人はナイフマニアとも考えられます」

「加害者は、まったく返り血を浴びてなかったんですか？」

「そう思われます。突き刺さった凶器が血止めの役割を果たしたんでしょうね」

「ええ、そうなんでしょう。麻布署にいる知り合いから聞いたんですが、被害者の机の引き出しには二十数枚の『エスポワール』の領収証が入ってたそうですね？」

「そうなんですよ。それで、捜査班の部下がママの滝川まりえに確認したところ、被害者は店の常連客だと証言したそうです」

「それは嘘だと思います」

「そう言い切れるだけの根拠がおありなんですね？」

加門が確かめるような口調で言った。仁科は、児玉が『エスポワール』の様子を一年数カ月前からうかがっていただけだったようだと語った。

「そうだとしたら、ママのまりえは意図《いと》して嘘の証言をしたことになるな」

「ええ、そうですね。『エスポワール』の運営会社は明和商事になってますが、親会社は急成長したIT関連会社の『無限大』なんですよ」

「そこまでは、捜査本部も把握してます」

「そうですか。まだ裏付《ウラ》けは取ってませんが、『無限大』の藤森社長がママのパトロンなのかもしれないんです」

「それは充分に考えられますね。高級クラブの雇われママは、たいていオーナーと愛人関係にありますから」

「ええ、そうみたいですね。被害者の机の引き出しには『エスポワール』の領収証のほかに、預金額およそ一千三百万円の銀行通帳が入ってたとか？」

「その通りです」

「金の振込人は判明してるんですね？」

「被害者自身が四回に分けて、現金で自分の口座に入れてました。どこか会社や個人からは一円も振り込まれていませんでした」

「殺された児玉警視は高級クラブか上客の弱みを恐喝材料にして、まとまった金を脅し取ったのかもしれませんね。引き出しの中にあった預金通帳の約一千三百万円は、そうした汚れた金の一部だったとも考えられます。これは、未確認情報なんですが、どうも警察関係者が二年ほど前から『エスポワール』に通ってるようなんです。その人物はチーママの新関純奈、二十七歳がお気に入りだったみたいなんですよ」

「いい情報をありがとうございます。警察関係者がそのチーママと愛人関係にあったとすれば、れっきとしたスキャンダルってことになります。被害者は、まだ正体のわからない警察関係者から口止め料をせしめたのかもしれないな。それで、命を奪われてしまったという筋《すじ》は読めそうですね。ちょっと調べてみましょう」

加門が電話を切った。

仁科は受話器をフックに戻した。そのとき、毛利が歩み寄ってきた。

「チーママの自宅がわかりました。新関純奈は神宮前五丁目三十×番地の『神宮前レジデンス』の五〇五号室に住んでます」

「ありがとう」

「すぐに純奈の自宅に行きますね。それじゃ、上着を羽織《はお》ってきます」

「きみは、ここで待機しててくれ。とりあえず、おれひとりでチーママと会ってくるよ」

仁科は言った。毛利は不服そうだったが、何も言わなかった。

上着を抱えて、自席から離れる。出入口に足を向けると、本城首席監察官に呼び止められた。仁科は上司の席に急いだ。

「午後一時過ぎに警務部長に呼ばれたんだ。きみが調べはじめてた麻布署の副署長はきのうの夜、日比谷公園内で刺殺されたわけだから、捜査は捜一と丸の内署に任せるべきなんじゃないかとおっしゃってた」

本城が言った。

「わたしは昨夜《ゆうべ》、児玉警視と会うことになってたんですよ。死体の第一発見者もわたしだったんです。被害者は恐喝を働いてたかもしれないんです」

「しかし、われわれは殺人捜査のプロじゃない。この際《さい》、捜査本部に一切《いっさい》を任せるべきなんじゃないのかね」

「手を引けというのは、部長命令なんですか？」

「命令ってわけじゃないが、部長としては刑事部に気を遣《つか》ったんだと思うよ。殺人事件の捜査に監察係の人間がしゃしゃり出たら、角が立つじゃないか」

「捜査本部のみんなの邪魔になるようなことはしません。ですから、調査を続行させてください」

「しかし……」

「命令じゃないわけだから、続行させてもらいますよ」

仁科は一方的に言い、監察係のブロックを飛び出した。使える警察車輛は三台あったが、都内の移動は電車のほうが何かと便利だ。

仁科は本庁舎を出ると、地下鉄駅に潜《もぐ》り込んだ。地下鉄を乗り継《つ》いで、表参道駅で下車する。

地上に出ると、土砂降《どしゃぶ》りの雨だった。俄《にわ》か雨かもしれない。

仁科は地下鉄駅の階段の中ほどで十分ほど雨宿りをした。予想した通り、雨脚《あまあし》は徐々に弱まった。小降りになると、仁科は歩きだした。

表参道を原宿駅方向に歩き、日本看護協会の脇から裏通りに進む。オフィスビル、マンション、一般住宅が混然と並んでいた。

百数十メートル先に、目的のマンションがあった。八階建てで、外壁は白っぽい磁器タイル仕上げだ。

いつの間にか、雨は止んでいた。

仁科は『神宮前レジデンス』のエントランスロビーに入った。出入口はオートロック・システムになっていなかった。常駐の管理人の姿も見当たらない。

仁科はエレベーターで五階に上がった。

五〇五号室のインターフォンを鳴らす。少し待つと、女性の声で応答があった。

仁科は小声で身分を告げた。

相手が一瞬、沈黙した。待つほどもなくドアが開けられ、派手な顔立ちの女性が姿を見せた。

「『エスポワール』でチーママをやってる純奈さんですね？」

「ええ、そうです」

「最初に確かめておきたいんですが、この男性が店に飲みに来たことはあります？」

仁科は上着の右ポケットから被害者の顔写真を抓《つま》み出し、部屋の主に見せた。

「いいえ、お店で写真の方を見たことはありません」

「そうですか。あなたを指名してる警察関係者がいるでしょ？」

「わたしを指名してくださるお客さまの中には、そういう方はいないわ」

純奈は言いながら、目を逸《そ》らした。素振りが落ち着かない。内心、うろたえていることは明白だ。しかし、追及するのは得策ではないだろう。

「そうですか。お店のオーナーは『無限大』の藤森昇社長なんですね？」

「わたしたちは、明和商事という会社からお給料をいただいてるの」

「明和商事は、『無限大』の系列会社なんですよ」

「そうなんですか。知らなかったわ、そのことは」

「実質的な経営者は藤森氏だと思いますよ。ママの滝川まりえさんのパトロンは、藤森社長なんでしょ？」

「そのへんのことはよくわかりません。藤森さんは月に三、四回、お店にいらっしゃるけど、ママとべたついたりはしませんから」

「愛人の店でべたついたら、客の男たちは面白くないでしょ？　だから、二人はよそよそしく振る舞ってるんでしょう」

「そうなのかな」

「お店の経営はどうなんです？　赤字にはなってませんか？」

「多分、黒字だと思いますよ。売上のことはママしかわからないんですけど、お店の女の子たちに発破をかけたこともありませんから、そこそこ儲《もう》かってるんじゃないかしら？」

「ホステスさんたちの給料が遅配になったことは一度もない？」

仁科は畳みかけた。

「ええ、一度もなかったですね」

「お店に組《くみ》関係の男たちが乗り込んできたことは？」

「ありません。だって、常連客の中に……」

純奈が言いかけて、慌《あわ》てて口に手を当てた。

「やっぱり、警察関係者がいるんですね？」

「ち、違います」

「さっき見せた写真の男性は、麻布署の副署長だったんですよ。児玉という名なんですが、きのうの夜、日比谷公園の噴水池の近くで何者かに刺し殺されたんです」

「その事件なら、正午のテレビニュースで知ってます。写真の男性が殺されたの?」

「ええ。被害者は『エスポワール』の関係者か、常連客の動きを探《さぐ》ってたようなんですよ。何か心当たりはありませんか」

「ないわ。悪いけど、わたし、これからシャワーを浴びて、美容院で髪をセットしてもらわなきゃならないんですよ」

「わかりました。突然お邪魔して、申し訳ありませんでした」

仁科は青いスチールドアを閉め、五〇五号室から離れた。

一階のエントランスホールに降りると、ポーチに加門刑事の部下と丸の内署の刑事の姿があった。とっさに仁科は、物陰に隠れた。

殺人犯捜査係の刑事たちと張り合う気はなかったが、殺された被害者がマークしていた警察関係者を捜査本部よりも先に突きとめたいという気持ちはあった。

二人の捜査員は、仁科には気がつかなかった。エレベーターに乗り込み、五階に上がった。

仁科はマンションを出て、路上駐車場のワンボックスカーの陰に身を潜《ひそ》めた。加門の部下と丸の内署の刑事のコンビが『神宮前レジデンス』から出てきたのは、十数分後だった。五〇五号室の主は体《てい》よく二人の刑事を追い払ったようだ。

チーママの純奈の馴染み客の中に警察関係者がいることは、ほぼ間違いない。

るかもしれない。


　彼女が狼狽《ろうばい》したことが、そのことを物語っている。

　純奈は警察の者が相次《あいつ》いで三人も部屋を訪れたことを謎の人物に電話で伝えるにちがいない。相手は何らかの反応を示すだろう。純奈にしばらく東京を離れろという指示を与えるかもしれない。

　仁科はそう推測し、張り込む気になったわけだ。『神宮前レジデンス』の表玄関から純奈が姿を見せたのは、およそ一時間後だった。

　サングラスで目許《めもと》を隠し、大きなトラベルバッグを提《さ》げている。正体不明の男にしばらく東京から遠ざかれと命じられたのではないか。

　純奈は急ぎ足で表参道に向かって歩きだした。

　仁科は口の中で十まで数えてから、純奈を尾行しはじめた。純奈は四、五十メートルほど先を歩いている。尾行を覚《さと》られた気配は感じ取れない。

　仁科は足音を殺しながら、純奈を尾けつづけた。

　純奈が表参道に達しかけたとき、背後で乱れた靴音がした。複数だった。

　仁科は振り向く前に、頭から黒っぽいコートをすっぽりと被せられた。

　次の瞬間、鈍器で後頭部を叩《たた》かれた。砂を詰めた革袋で強打されたような感触だった。

　空気が揺れた。

　数秒後、仁科は前に回り込んだ襲撃者のひとりに股間《こかん》をまともに蹴られた。

息が詰まった。呻き声も洩れた。

仁科はすぐに気が遠くなった。激痛を堪《こら》えながら、その場にうずくまる。二人の暴漢が逃げていく。だが、仁科は動けなかった。

被せられた古ぼけたトレンチコートを剝《は》いだのは、どれほど経《た》ってからだったのか。とうに純奈の姿は見当たらなかった。二人組も掻き消えていた。

仁科は歯噛《が》みして、丸めたコートを路面に力まかせに叩きつけた。

5

溜息《ためいき》が出そうになった。

仁科は背筋を伸ばして、飲みかけのブレンドコーヒーを口に運んだ。日比谷交差点のそばにある喫茶店だった。

嵌《は》め殺しのガラス窓の向こうは大通りだ。人の流れは絶えない。

児玉警視が殺害されたのは、五日前だ。

だが、捜査は早くも暗礁《あんしょう》に乗り上げてしまった。チーママの純奈が神宮前の自宅マンションから姿をくらました次の日、『エスポワール』は店を畳んだ。『神宮前レジデンス』の近くで仁科を襲った二人組の正体は、まだ摑めていない。

暴漢に痛めつけられた後《あと》、仁科はママの滝川まりえの自宅マンションに行ってみた。しかし、彼女は留守だった。

管理人の話によると、まりえは数十分前に大型のキャリーケースを引きながら、慌《あわ》てた様子で出かけたという。ママとチーママは示し合わせて、身を隠す気になったようだ。おそらく藤森に指示されて、二人の女は姿を消したのだろう。

あくる日、仁科は児玉の妻に会った。故人の交友関係を詳しく教えてもらったが、事件に関与していそうな人物はいなかった。未亡人は、夫が職場の机の引き出しの中に預金通帳を保管していたことが信じられないと何度も繰り返した。

通帳に添えられていた銀行印は、いわゆる三文判だった。しかも、その銀行印には児玉の指紋や掌紋は付着していなかった。通帳も同じだった。

被害者が約一千三百万円もの大金を妻に内緒で溜《た》められるとは思えない。どうやら児玉が恐喝を働いていたように見せかけたくて、細工を弄《ろう》したようだ。そうだとすれば、その人物は児玉に致命的な弱みを握られていたにちがいない。

コーヒーを飲み終えたとき、上着の内ポケットでポリスモードが鳴った。仁科は、刑事用携帯電話を懐から摑み出した。

ディスプレイを見る。発信者は毛利警部補だった。法務局で『明和商事』の会社登録簿を閲覧《えつらん》し終えたらしい。

「何か収穫があった?」

「ちょっと面白いことがわかりましたよ。一年半ほど前に懲戒免職処分になった槌田昭《つちだあきら》がですね、『明和商事』の役員のひとりだったんです」

「えっ!?」

仁科は驚いた。槌田は新宿署生活安全課勤務時代に複数の企業舎弟《フロント》の犯罪の証拠を握り、総額で一億円近い金を脅し取っていたのである。悪徳刑事の不正を暴《あば》いたのは、仁科だった。槌田は現在、ちょうど四十歳だ。

「『明和商事』の事業内容は飲食店経営、衣料販売、中古外車販売となってました。おそらく元刑事の槌田は苦情処理係を任されてたんでしょう。前の職業をちらつかせれば、クレーマーもおとなしくなるでしょうからね」

「それだけだったんだろうか。藤森社長は、槌田にライバル店のホステスの何か弱みを押さえさせて、強引に『エスポワール』に引き抜いてたんじゃないだろうか」

「そうなんですかね?」

「いや、そうじゃないな。そんなことは、そのへんのチンピラでもできる。藤森は、槌田にライバル関係にあるIT関連会社やベンチャー企業の弱点を探させたのかもしれない。新興企業の多くは担保になるような不動産も持ってないから、やくざマネーと呼ばれてる裏社会のブラックマネーを借りて、事業を拡大してる」

「ええ、そうですね。槌田は企業舎弟《フロント》を強請《ゆす》って免職処分になったわけだから、その種の危《ヤバ》い仕事はお手のものでしょ？　仁科さんの筋読みは正しいと思うな。槌田をマークしてみますよ」

「そうしてもらうか。ただし、不用意に槌田に接近するなよ。槌田の背後に、警察関係者がいると思われるからな」

「それはないでしょ？　いくらなんでも、現職の警察官が……」

毛利が控え目に反論した。

「チーママを目当てに『エスポワール』に通ってた男は、警察関係者に間違いないだろう。先日、純奈の反応で、おれはそう確信したんだ。殺された児玉警視は、その謎の人物の新たな犯罪の証拠を押さえる目的で『エスポワール』の客をチェックしてたようだから、おれの推測は外れてないと思うよ」

「そうなのかもしれませんね、これまでの流れを考えると。『無限大』の社長は新興企業の弱みを槌田に押さえさせて、いったい何を企《たくら》んでるんだと思います？　ベンチャー企業を次々に乗っ取る気なんだろうか。そうではなく、企業舎弟《フロント》との黒い関係を恐喝材料にするだけなんですかね？」

「どちらとも言えないな、まだ。いずれにしても、『無限大』の経営は意外に苦しいんだと思うよ。藤森はマスコミでベンチャービジネスの新旗手などと持ち上げられたせいか、いろいろ事業を拡《ひろ》げつづけた。発想は確かに斬新《ざんしん》だが、案外、たいした収益は出てないんじゃないかな」

「そうかもしれませんね。六本木ヒルズの高層階のワンフロアをオフィスにしてますけど、年間家賃は一億円もかかる。社員数も千数百人にのぼるわけだから、必要経費だけでも莫大な金が必要です」

「そうだな。とにかく、そっちは槌田をマークしてみてくれないか」

「了解！　五係の加門刑事から何か新しい手がかりを得られたんですか？」

「これから加門さんと会うんだよ。捜査会議が長引いてるとかで、待ち合わせの時間を三十分遅らせてほしいという連絡があったんだ。もう少し経《た》ったら、現われるだろう」

仁科は電話を切って、煙草をくわえた。

一服して間もなく、加門が店に駆け込んできた。

「お待たせして申し訳ない」

「いいえ。こちらこそ、時間を割《さ》いていただいて、恐縮です」

仁科は言いながら、さりげなく卓上の伝票を手前に引き寄せた。

加門が向かい合う位置に腰かけ、ウェイトレスにコーヒーを注文した。じきにウェイトレスが下がった。

「滝川まりえと新関純奈はきのうの午前中、同じ便で成田空港から出国してることがわかりました」

　加門が低く告げた。

「行き先は？」

「ハワイです。わたしの部下が『エスポワール』の従業員たちから聞き込みをしたんですが、『明和商事』はオアフ島で和食レストランをオープンすることになってたそうです。それで、まりえが店長、純奈が副店長をやることになってるようですね」

「そうですか。『エスポワール』を畳むことは、前々からホステスやフロアボーイたちも知ってたんでしょうか？」

「いいえ、従業員たちには寝耳に水だったようです。しかし、ホステスに一律三百万、男性従業員には二百万円前後の退職金が支払われたんで、藤森社長やママに文句を言う者はいなかったそうです」

「繁昌《はんじょう》してた高級クラブを急に閉めたのは、警察にうるさく嗅《か》ぎ回られたくなかったからなんでしょう」

「それは間違いないでしょうね。ところで、仁科さんを神宮前の路上で襲った二人組のことなんですが、犯行時刻の少し前に『神宮前レジデンス』の出入口をうかがってた奴らがいたという目撃証言を得たんです」

「その二人は、どんな男たちだったんです？」

仁科は問いかけた。

ちょうどそのとき、ウェイトレスが加門のコーヒーを運んできた。話が途切《とぎ》れた。ウェイトレスが遠ざかった。

「やくざっぽい風体《ふうてい》で、どちらも関西訛《なまり》があったそうです。大阪あたりの極道が金で雇われて、あなたを襲ったのかもしれません。雇い主は藤森社長か、チーママの純奈に熱を上げてるという警察関係者なんだと思います」

「もしかしたら、その二人を雇ったのは元刑事なのかもしれません」

「元刑事?」

加門が訊《き》き返した。仁科は、槌田のことを詳しく話した。

「懲戒免職になった元刑事が『明和商事』の役員になってたのか。それは、なんか引っかかりますね。槌田が現職中に複数の企業舎弟から一億近い金をせしめて免職になったんなら、『明和商事』でも似たような裏仕事をしてるんでしょう」

「わたしも、そう思ったんですよ」

「部下たちの聞き込みで、親会社の『無限大』は三年前からネットシネマを製作して配信する新しい事業をやってますが、大赤字みたいですね。それからネット通販も二年あまり前から手がけてますが、思いがけなく苦戦つづきのようですよ。メインのネット広告ビジネスの収益は赤字部門の埋め合わせに回されてるんだろうから、それほど純利益はないんじゃないのかな」

「そういうことなら、経営は楽じゃないでしょうね。そんな事情があって、社長の藤森は新興企業から金を脅し取ろうとしたのかもしれないな。槌田は、企業恐喝のテクニックを心得てるはずですから、狙《ねら》った会社の不正や違法行為は苦もなく探《さぐ》り出すでしょう」

「そうでしょうが、槌田ひとりではでっかい犯罪《ヤマ》は踏めないと思うな。バックにいる警察関係者が内部の捜査資料を藤森側に流してるのかもしれませんよ」

加門が言って、コーヒーカップを口に運んだ。

「そういう筋読みもできますよね。その協力者が警察幹部なら、本庁の刑事部各課の内偵捜査だけではなく、所轄からも情報は集められるはずです。キャリア組なら、さほど不審の念は持たれないでしょう」

「それはそうなんですが、保身に汲々《きゅうきゅう》としてる警察官僚がそこまで危ない橋を渡るとは考えにくいな」

「ええ、そうなんですよね。ただ、その人物が女性関係の弱みを藤森に握られてたら、協力を拒《こば》めなくなるんじゃありませんか？」

「そういうことなら、協力をせざるを得なくなるな」

「まだ顔の見えない人物は、チーママだった純奈と愛人関係にあると思われます。謎の男が結婚してても、不倫相手がいるくらいでは致命的な弱点とは言えないかもしれません」

「ま、そうですね」

「しかし、たとえば、その男が飲酒運転中に誰かを轢《ひ》き逃げした事実があって、そのことを車に同乗してた純奈が店のママのまりえにこっそり喋ったとしたら、やがて藤森の耳にも入ると思うんですよ」

「仁科さんは、想像力が豊かなんだな。そうしたことがあったら、警察幹部でも藤森の頼みを聞き入れないわけにはいかなくなるでしょうね。ほかにどんなことが考えられます?」

「もしかしたら、謎の男は純奈の色仕掛け《ハニートラップ》にまんまと嵌まってしまったのかもしれません。そして、情事の一部始終をビデオで隠し撮《ど》りされてたとしたら、やはり協力を拒むことはできなくなるでしょう。昔から使われてる罠《わな》ですが、遊び馴《な》れてない男たちはいまでも引っかかってしまうんじゃないかな?」

仁科は言った。

「そうでしょうね。警察幹部は子供のころから優等生タイプが多いから、女遊びをしてきた者は少ないはずです。それに禁欲的な青春時代を送っただろうから、性的にもアブノーマルな傾向があるとも考えられる。たとえば、サディズムの気《け》があるとか、十五歳以下の少女に強い性衝動《リビドー》を覚えるとかね。変態趣味があることを他人に知られたら、それも弱みになるでしょう」

「ええ、そうですね。警察内で力を持ってる協力者がいるとしたら、そいつは藤森に弱みを摑まれ、槌田に企業恐喝の材料《ネタ》を提供してたんでしょう。日比谷公園で刺し殺された児玉警視はそのことを知り、その協力者を一年以上もマークしつづけてたと考えられます」

「しかし、被害者は強請《ゆすり》は働いてないと思われる。児玉警視は『エスポワール』の客ではなかったのに、執務机の引き出しには同クラブの領収証が二十何枚か入ってた」

「ええ。児玉さんが『エスポワール』の常連客でなかったことは、裏《ウラ》付けを取ってあります。それから引き出しに保管されてた預金通帳と銀行印には、被害者の指掌紋はまったく付着してませんでした」

「そうですね。警視が殺された後《あと》、何者かが『エスポワール』の領収証と残高約一千三百万円の預金通帳を入れたことは間違いないな。児玉さんが恐喝めいたことをしてると見せかけるための偽装工作だったんでしょう」

「ええ。麻布署の副署長室には、ふだんは鍵はかかってなかったんでしょうね？」

「その通りです。従って警察関係者なら、怪しまれることもなく入室できたはずですよ。児玉警視が殺害された後も別に施錠されてませんでしたから、領収証の束《たば》、預金通帳、銀行印なんかを机の引き出しにこっそり入れることは可能だったでしょう」

「そうですね。児玉さんは警察関係者が藤森社長の悪事の片棒を担《かつ》いでるという確信を得たと思われるんですが、その後も『エスポワール』の客をチェックしつづけてました。加門さんは、そのことをどう思われます？」

「児玉警視は、藤森側に協力してるのは複数の人間なのかもしれないと考えてたのかもしれませんね。それで、ちょくちょく『エスポワール』を覗いてたんでしょう」

加門が即答し、キャビンに火を点《つ》けた。噂《うわさ》以上の切れ者のようだ。

「ええ、そうだったのかもしれませんね。それだから、児玉さんはチーママ目当てに高級クラブに通ってた警察関係者をすぐには告発しなかったんだな」

「仁科さん、被害者は警察内の不心得者を告発する気だったんでしょうか？　わたしは、告発する気はなかったのではないかと思ってるんですよ」

「そうだとしたら、児玉警視は複数の協力者が明らかになった時点で、その連中から口止め料を脅し取る気だったんでしょうか？」

「目的は金銭じゃないと思いますね。児玉警視は不心得者の悪事に目をつぶる見返りに何か要求したんじゃないのかな？」

「何かって？」

仁科は問いかけた。

「具体的なことはわかりません。ただ、相手側にとっては厄介《やっかい》な要求だったんでしょうね。だから、困り抜いた末、不都合な存在である被害者を誰かに始末させる気になったんだろうな」

「そこまでは考えつきませんでした」

「いま喋ったことは、単なる推測です。いや、臆測《おくそく》と言うべきかな」

「そうだとしても、簡単に思いつくことではありません。捜一のエースは、やっぱり徒者《ただもの》じゃないですね」

「そんなことより、道路の向こうの街路樹の陰にいる男がさっきからこちらを盗み見てるんですよ。彼は麻布署の刑事課の者じゃなかったかな」

加門が呟《つぶや》いて、窓の外を見た。

仁科は、加門の視線をなぞった。その先には、なんと三宅がいた。監察係に協力してくれている〝細胞〟のひとりだ。

「ええ、麻布署の三宅君です。実は彼、協力者なんですよ」

「〝細胞〟だったのか。しかし、ちょっと妙だな。彼は、まるで仁科さんの動きを探《さぐ》ってるように見えましたよ。彼に手を振ってみてください」

加門が言った。

仁科は言われた通りにした。すると、三宅が焦《あせ》った様子で大股で歩きだした。じきに彼は視界から消えた。

「逃げましたね。ということは、彼は加害者側の手先なのかもしれません」

「そ、そんなばかな⁉」

「あの刑事に目をかけてる警察関係者はいます?」

「本城首席監察官には疎《うと》まれてますが、新堂保彦《しんどうやすひこ》人事一課長と梶村恵三《かじむらけいぞう》警務部長には割にかわいがられてますね」

「梶村部長は四十四、五歳で、東大法学部出の警察官僚だったな」

「ええ、主流派のキャリアです。末は警察庁長官は無理でも、警視総監にはなると思います。現首脳部に高く評価されてますから、必ず警察庁採用時の同期の中では出世頭になるでしょう」

「〝純キャリア〟の中でも、サラブレッドってことですね。それなら、〝準キャリ〟と軽んじられている一般職試験合格者の児玉警視も有望株の梶村部長を利用したくなるかもしれないな」

「加門さん、『エスポワール』の常連客は警務部《うち》の梶村部長ではないかと……」

「疑えないこともないですね。〝準キャリ〟の児玉警視はキャリアの有望株の梶村部長の不正に目をつぶって、自分を〝純キャリア〟と同じような扱いをさせようと画策した。しかし、梶村部長は裏取引には応じなかった。そして『無限大』の藤森社長と謀《はか》って、誰かに児玉警視の口を封じさせたのかもしれない」

「そうなんでしょうか」

「わたしの推測ですよ。それから、さっき慌《あわ》てて立ち去った三宅刑事は監察係に移りたくて、犯人側の手先になったとも考えられます」

「味方と思ってた人間が敵だったとしたら、人間不信に陥《おちい》りそうだな」

「まだ立件できる証拠が揃《そろ》ったわけじゃありませんよ」

加門が当惑顔で、煙草の火を消した。

数秒後、加門の懐で刑事用携帯電話が鳴った。部下からの報告のようだ。

仁科はコップの水を一息に飲み干した。加門の筋読みを聞いてから、ひどく喉が渇《かわ》いていた。

「仁科さんには申し訳ないが、わたしの推測は当たったようです」

加門がポリスモードを折り畳んで、済まなそうな顔で言った。

「チーママの純奈の彼氏は、梶村部長だったんですね？」

「ええ、間違いないでしょう。部下たちが例の飲食店ビルの真向かいのテナントビルの一階に設置されてる防犯カメラの録画を二カ月分、チェックしたんですよ。梶村部長と純奈が腕を取り合って、飲食店ビルから出てくる姿がくっきりと映ってたそうです。それから、藤森社長のベンツの助手席にママのまりえが乗り込む画像もね」

「なんてことなんだ!?」

「本庁舎に戻りましょう」

「は、はい」

仁科は力なく答えた。自分の声がひどく遠かった。ソファから立ち上がったときは、すでに加門はレジの前に立っていた。

仁科は通路にたたずみ、三宅のポリスモードに電話をかけた。だが、電源が切られていた。

二人は喫茶店を出ると、本庁舎まで無言で歩いた。

仁科たちはエレベーターで十一階に上《お》がり、警務部長室に直行した。

「まだ逮捕状が下りたわけじゃないんで、言葉には気をつけましょうね」

部長室の前で、加門が小声で言った。

仁科は黙ってうなずき、二度ほど深呼吸した。それでも、緊張はほぐれなかった。

加門がノックをし、先に部長室に入った。

仁科は倣《なら》って、後ろ手にドアを閉めた。梶村部長は執務机に向かって、書類に目を落としていた。窓を背負う形だった。

「予想よりも早かったな」

梶村が顔を上げ、作り笑いを浮かべた。その目は暗く沈んでいた。頬が引き攣《つ》っている。

「部長が『無限大』の藤森社長と共謀して、麻布署の児玉副署長を誰かに殺害させたんですか？」

仁科はソファセットを回り込んで、部長席の前に立った。声が震えを帯びたのは、緊張のせいではなかった。憤《いきどお》りが胸の底から込み上げてきたのである。

「そうなんだ。実行犯は、藤森がネットの闇《やみ》サイトで見つけた裏便利屋だよ。等々力夕起《とどろきゆうき》、三十五歳だ。前科があるから、犯歴照会すれば、すぐに現住所や本籍地はわかるだろう」

「児玉警視にチーママの純奈さんとのことを知られてしまったんですね？」

「それだけじゃないんだよ。わたしは藤森に純奈を愛人にしてることを脅迫材料にされたんで、企業恐喝の内偵資料を渡さざるを得なかったんだ」

「子会社の『明和商事』の役員になってる槌田が新興企業を強請《ゆす》ってたんでしょ？」

「よく調べたね。槌田は総額で七十三億ほど集金した。『無限大』は新事業にしくじって、運転資金が不足気味だったんだよ」

「殺された児玉警視からも脅されてたんですね？」

横に並んだ加門が梶村を見据《す》えた。

「そうなんだ。あの男はわたしの悪事を見なかったことにしてやるから、東大の先輩たちに彼も〝純キャリア〟扱いするよう強く働きかけろと脅しをかけてきたんだよ。〝準キャリ〟は横綱や大関になる器《うつわ》じゃない。だから、抹殺《まっさつ》するほかなかったんだ」

「あなたはエリートかもしれないが、人間の屑《くず》ですね」

「手厳しいことを言うね。しかし、その通りかもしれないな。すべて身から出た錆《さび》だ。罪は償う。藤森や槌田の逮捕には協力するよ。その代わり、三宅君のことは大目に見てくれ。彼は、児玉の机の中に領収証と預金通帳を入れただけなんだ。三宅君はね、わたしと同県人なんだよ。監察の仕事をしたがってたんで、ちょっと適性検査をしてみただけなんだ」

「三宅まで巻き込むなんて、あなたは身勝手な方だな」

仁科は、警務部長を殴りつけたい衝動を懸命に抑えた。固めた拳《こぶし》が震えはじめた。

「捜査本部までご同行願います」

加門がクールに言った。

梶村が素直に立ち上がった。弾《はず》みで、アーム付きの回転椅子が半分ほど回った。

仁科は天井を仰《あお》いだ。組織の綻《ほころ》びは、いつか繕《つくろ》えるのだろうか。

仁科にはわからなかった。

残酷な遊戯

1

もう我慢の限界だった。

貧乏揺すりが神経に障《さわ》って仕方がない。

深見安奈《ふかみあんな》は、わざとらしく空咳《からぜき》をした。それでも、隣席の衣笠澄斗《きぬがさすみと》はサインに気づかない。七月上旬の夜である。

警視庁舎の九階にある生活安全部少年一課の刑事部屋だ。

安奈は少年一課の刑事である。二十八歳で、階級は巡査長だ。独身だった。

少年一課と二課は未成年の保護や補導を担当し、少年犯罪の捜査にも従事している。安奈は九カ月前に目黒の碑文谷《ひもんや》署の生活安全課から本庁に異動になった。その前は荻窪《おぎくぼ》署の同じ課にいた。それ以前は新宿署刑事課勤務だった。

かたわらにいる衣笠は先々月、池袋署の生活安全課から本庁勤めになった。二十五歳で、職階はまだ巡査だ。どこか学生気分が抜けない。

「鈍《にぶ》い男ね」

安奈はボールペンを机の上に投げだした。衣笠がオーバーに上体を反《そ》らせた。

「それ、ぼくのことっすか？」

「ばっかじゃないの。この部屋には、あんたとわたししか残ってないでしょうが！」

「そうっすね」

「いい加減に貧乏揺すりはやめてよ。少し前に注意したわよね？」

「そっか、そうでした」

「あんたさあ、わたしをなめてるわけ？」

「滅相《めっそう》もない。三つも年上の美人刑事をなめるわけないでしょ？　リスペクトしてますよ、ちゃんとね」

「絶対に衣笠は、わたしをなめてる！」

「おっ、呼び捨てにしてくれましたね。コンビを組んだばかりっすけど、親しみを感じてくれたわけだ。嬉しいっす」

「勘違いしないで。あんたが年下だから、呼び捨てにしただけよ」

「体育会系のノリっすね。それでもいいっすよ」

「わたしが言ったこと、もう忘れないでよね」

「わかってますって。もう貧乏揺すりはしないっす」

「軽いわね」

「え？」

「喋《しゃべ》り方よ。わたしは年上だし、一応、巡査長なわけ」

「敬語を使ったほうがいいんすかね？　それだと、コンビの息がなかなか合わないんじゃないかと思ったんすよ」

「面倒臭いことを言う男ね」

「そうでもないと思うけどな。ぼくは割に物分かりがいいと周《まわ》りの奴らに言われることが多いんっすけどね」

「あっ、そう！」

「つんけんした先輩の横顔、なんかいいっすね。好きになっちゃうかも……」

「小娘みたいな言い方しないでよ」

「キモイっすか？」

「あんた、いつまで若い気でいるのよ。同《おな》い年でも子持ちになった男がいるんじゃないの？」

「ひとりいるっすね。中学んときの同級生《タメ》が二十歳《はたち》で一児のパパになったんす。そいつ、高一の相手を孕《はら》ませちゃったんすよ。ばかっすよね、それで早婚する羽目になっちゃったんだから。そんなことより、もう七時半を回ってるな。きょうの仕事はこれぐらいにして、どっかで一緒に飯でも一緒にどうっすか？　その後《あと》、ワインバーで軽く飲むのも悪くないっすよね？」

「あんた、わたしを口説《くど》くつもり⁉　十年早いわ」

安奈は言い放って、ふたたびボールペンを握った。衣笠が首を竦《すく》めた。

そのとき、卓上の電話機が鳴った。

安奈は受話器を耳に当てた。ほとんど同時に、怒気を含《ふく》んだ中年女性の声が響いてきた。

「なんで『いのちの電話』と『子どもの人権110番』の電話回線を増やさないのっ。何回コールしても、いっつも話し中じゃないのよ！」

「それだけ相談件数が多いんです」

「そうなんだろうけど、ちょっと不親切よ。公務員は誰もパブリック・サーバントなんだから、わたしたち都民に目一杯サービスすべきでしょうが！　わたしが言ってること、どこか間違ってる？」

「おっしゃる通りですね」

「そんなわけなんで、通信指令本部で少年一課の電話番号を強引に教えてもらったのよ」

「そうでしたか。お子さんのことで何かお悩みなんですね？」

「大事なひとり息子の敬佑《けいすけ》が自殺するかもしれないのよ。夕方、遺書っぽいメモを残して家を出たきり帰ってこないの。早く捜してちょうだい、わたしたち夫婦の一粒種《ひとつぶだね》を」

「あなたのお名前とご住所を教えてください」

安奈は言った。

「わたしは小宮七恵《こみやななえ》、四十九歳よ。住まいは駒込《こまごめ》四丁目二十×番地。巣鴨《すがも》商店街で時計屋をやってるの。店舗と自宅は一緒なのよ。店主は夫の菊男《きくお》、五十二歳。ちゃんとメモしてくれてる？」

「ええ」

「息子の敬佑は十三歳、中一よ。八年も不妊治療を受けて、やっと授《さず》かった子なの。ちょっとおとなしい性格だけど、自慢の息子ね」

「息子さんのことはご心配でしょうが、こちらは本庁の少年一課ですんで、所轄の駒込署に敬佑君の保護願を出していただきたいんです」

「駒込署の少年一係なら、六時前に訪ねたわよ。でもね、まだ敬佑を保護してくれないから、警視庁の少年一課に電話したの。あんたたちは、わたしたちの税金で食べさせてもらってるのよね！」

「ええ」

「だったら、もっと下手《したて》に出るべきじゃない？　態度がでかいのよっ。気に入らないわね。そのまま待っててちょうだい。いま、主人に替わるから」

小宮七恵と名乗った女性が興奮した声で言い、送話口を塞《ふさ》いだ。

本庁に設置されている各種の相談室には月に何本か苦情の電話がかかってくる。しかし、刑事部屋に都民の相談がかかってきたのは初めてだった。

「悪質なクレーマーなんじゃないっすか？　相手を怒らせないほうがいいっすよ」

衣笠が小声で言った。安奈は曖昧《あいまい》にうなずいて、受話器を握り直した。

「敬佑の父親の小宮菊男だ。話は家内から聞いたよ。本庁は都内の所轄署の親みたいなもんだよな？」

「ま、そうですね」

「駒込署がまだ敬佑を保護できないわけだから、親も同然の警視庁少年一課が全面的に地元署をバックアップするのは当然じゃないかっ」

「しかし、原則として所轄署が動く規則になってるんですよ」

「そんなことはわかってる。駒込署が頼りにならないから、本庁に相談してるんじゃないか。息子が死んだら、どう責任を取ってくれるんだっ」

「そうおっしゃられても……」

「無責任なことを言うなっ。敬佑は中学校に入って間もなく教室でいじめられるようになったんだ。心を傷つけられて、かなり前に自殺願望が芽生えたんだよ。この電話を警視総監のとこに回してくれ。あんたじゃ、話にならん」

「お父さん、気を鎮《しず》めてください」

「気やすくお父さんなんて呼ぶな。これでも小宮時計店の三代目なんだぞ。時計はあまり売れなくなって、修理の仕事が多くなってしまったがね。それでも、商店街の中では老舗《しにせ》で通ってるんだ。わたしら夫婦を軽く見たら、承知せんぞ。早くトップに替わってくれ」

「それはできません」

「警視総監に叱《しか》られることを恐れてるんだな？」

「そうではありません。ご相談の件は所轄署が対応することになってるわけですし、保護願を出されて、まだ三時間弱ですよね？」

「そんな言い種《ぐさ》はないだろうが。手遅れになったら、あんた、敬佑を生き返らせてくれるのかっ。名前を言え！」

「深見安奈です」

「階級は？」

「巡査長です」

「まだ下っ端じゃないか」

「お言葉を返すようですが、職階は関係ないでしょ？　わたしは、警察のシステムをきちんと説明しただけで、失礼なことは申し上げてないと思います」

「生意気な女だな」

小宮が吐き捨てるように言い、しばし黙り込んだ。妻に何か言われたようだ。

「深見先輩、きょうは厄日《やくび》みたいっすね」

衣笠が囁《ささや》いた。安奈は衣笠を軽く睨《にら》んだ。衣笠がおどおどと目を逸《そ》らした。

「主人が少しきつく言ったみたいね。勘弁してあげて。ね？」

七恵が猫撫《ねこな》で声で言った。

「そのうち、息子さんを保護したという連絡があると思います。もう少し待ってみてください」

「なんだか悪い予感がするのよ。システムのことはわかったけど、本庁の人たちも敬佑の保護に協力してくれてもいいんじゃない？　お願いだから、駒込署の人たちと一緒に息子を捜してよ。ね、恩に着るから」

「公式には動けないんですが。駒込署に寄ってから、お宅にうかがいましょう」

安奈は成り行きで、そう言ってしまった。すぐに悔《く》やんだが、後《あと》の祭りだった。

受話器を置くと、衣笠が口を開いた。

「先輩は人が好《い》いっすね。原則論を崩さないで上手に断っちゃえばいいんすよ」

「敬佑って坊やに自殺されたら、なんとなく寝覚めが悪くなるでしょうが？」

うになっちゃったんだろうな。そして、寄ってたかって、立場の弱い者をいじめてるんでしょうね」

「大人社会にも、いじめはあるっすからね。セクハラは昔からあったようだけど、上司が部下に辛く当たるパワハラが増えたみたいだし、働き過ぎで心が不安定になった同僚も職場で疎《うと》まれてるでしょ？」

「そうね。社会の矛盾《むじゅん》や歪《ゆが》みが親の世代に悪影響を与えて、子供たちもいろんなストレスを抱えるようになったにちがいないわ」

「そうっすね。家庭や学校で安らぎを得られなくなった中高生が増えたのは、親たちがしっかり生きてないからっすよ。大人たちが少しでも世の中をよくしたいと何らかの努力をしてれば、子供たちもまっすぐな生き方をすると思うな」

「衣笠、いいことを言うじゃないの」

「そうっすか」

「でもさ、口ではいくらでもカッコいいことを言えるのよね。あんた、高校や中学の後輩たちに誇れるような生き方をしてる？」

「そう言われちゃうと、何も答えられなくなっちゃうっすね。ぼく、いまから急に無口になっちゃいます」

　衣笠が全身を竦《すく》めた。

「かわいいとこもあるじゃないの。ほんの少しだけ見直したわ」

「年下の男はどうっすか？　もし興味があるんだったら、マジでデートに誘うっすよ」

「衣笠は、まだ男の子だわ。男といえるほど大人になってない」

「言ってくれるっすね。先輩の目には、捜一の加門さんしか男と映ってないのかな。加門さんと仲がいいって噂《うわさ》、聞いてるっすよ」

「加門さんは大人の男よね。だけど、誤解しないで。加門さんは師匠みたいな男性《ひと》なの。新宿署の刑事課で一緒だったとき、捜査のイロハを教わったのよ」

「恋愛対象じゃない？」

「ええ。加門さんは、年齢《とし》の離れた兄貴みたいな存在ね」

「それを聞いて、なんか希望が湧いてきたな。先輩、つき合ってる彼氏はいるんすか？」

「そういう質問も一種のセクハラになるはずよ」

「答えをはぐらかさないでほしいっすね」

「昔は、死ぬほど好きになった男性がいたわ。でも、いまは恋人はいない」

「そうなんすか。ますます希望が膨《ふく》らんできたな」

「はっきり言っとくけど、わたし、男の子は異性と思ってないから」

「少し待っててください。ぼく、そのうち大人の男になりますんで」

「一生、無理なんじゃない？」

「そこまで言っちゃいます?」

「うん、言っちゃう。だって、そう思ってるんだもん」

安奈はことさら軽い口調で言い、スピードを上げた。いつの間にか、千石《せんごく》交差点を越えていた。駒込署は数百メートル先にある。

2

刑事部屋は、さほど広くない。

少年一係は右手にあった。スチールデスクが八卓ほど置かれている。

駒込署の生活安全課だ。

安奈は衣笠を伴って、一係のフロアに近づいた。すると、長椅子に寝そべっていた細身の五十年配の男がむっくりと上体を起こした。

「おたくたちは?」

「本庁少年一課の深見です。連れは衣笠といいます」

「そう」

「失礼ですが、一係の方でしょうか?」

「ああ。一係長の峰岸靖雄《みねぎしやすお》です。本庁の方たちの手を煩《わずら》わせるような事件《ヤマ》は発生してないと思うがな」

「小宮敬佑君のお母さんから本庁《うち》の少年一課に電話があって、所轄署の方たちと一緒に息子を見つけてくれないかと泣きつかれたんですよ」

「そうなのか。ま、お掛けください」

峰岸係長が言った。安奈は峰岸の正面のソファに腰かけた。かたわらに衣笠が坐る。

「わたしの部下たち全員が小宮君を捜しに出てるんで、お茶も出せないけど……」

「どうかお構いなく。地域課の方たちも動いてくれてるんですね？」

「そう、十人ほどね。わたしの部下たち七人を加えて総勢十七名で小宮敬佑君を捜し回ってるんだけど、まだ保護できてないんですよ」

「保護願が出されたのは、午後六時前だったとか？」

「五時四十分ごろだったかな。ご両親が息子の顔写真を百枚以上もプリンターで拡大して、すぐに保護しろと命じたんですよ。敬佑君が遺書めいた書き置きを残して自宅を抜け出したのは、まるで警察の責任だと言わんばかりの口ぶりでした」

「そうですか」

「あの夫婦は地元では嫌われ者なんですよ。旦那も奥さんも他人に絡《から》むことが趣味みたいな感じで、しょっちゅうクレームをつけてる。旦那は自分の店の前に宅配便のトラックが一時駐車しただけで、奥から飛び出してきて、ドライバーを怒鳴《どな》りつけるんですよ」

「小宮宅に届け物があったわけなんでしょ？」

「ええ、そうです。それなのに、店の前にトラックを駐《と》められたら、ショーウインドーが往来から見えなくなると文句をつけるんだ」

「ずいぶん身勝手ですね」

「そうなんだよな。道路工事の音がうるさいから、自分の店の前は現状のままでいいと工事責任者に言ったりね。もちろん、そういうわけにはいきません。小宮さんは逆上してね、工事人にホースの水をぶっかけて、ひと騒動になったんです。パトカーが出動したことは三十回ではきかないと思うな」

「大変なクレーマーなのね」

「奥さんも似たようなもんなんですよ。スーパーの店員の応対の仕方が気に入らないと文句を言って、店長に土下座させたりね。メンチカツの大きさが不揃《ふぞろ》いだから、同じ単価じゃ納得できないなんてことまで言い出すんです。傍《はた》迷惑もいいとこでしょ？　小宮夫婦は自分の家族以外は全員、敵と思ってるんだろうな」

峰岸が長嘆息《ちょうたんそく》して、ハイライトに火を点《つ》けた。

「小宮時計店は三代つづいた老舗だとか？」

「ええ、それは間違いありません。しかし、ほとんど商売にはなってないでしょうね。いまどき個人商店で入学や入社祝いの腕時計を買う客は、めったにいないんじゃないのかな。時計の修理で細々と食べてるんだと思いますよ。店舗付きの住宅が自分の持ち物でなかったら、とうの昔に廃業に追い込まれてたでしょう」

「大型スーパーが増えたから、小売り店はどこも売上が落ちてるんでしょうね」

「小宮菊男さんは三代目の店主であることを自慢してますが、時代がすっかり変わってしまったんですよ。それを認めようとしないから、いつも苛《いら》ついて他人に絡んでしまうんだろうな。奥さんもストレスの塊《かたまり》なんでしょうね。両親がそんなふうだから、息子の敬佑君が学校でいじめられるんだ」

「小宮夫婦は、典型的なモンスターペアレントみたいっすね」

衣笠が話に加わった。

「なんなの、それは？」

「峰岸さん、ボケかましてんすか？　少年一係の係長がモンスターペアレントを知らないはずないっすもんね」

「わたしは横文字に弱いんだよ。弱いというよりも嫌いなんだ。サラリーマンや霞が関の役人たちがやたら外国語を使うでしょ？　横文字を使うほうがカッコいいと思ってるんだろうが、浅薄《せんぱく》だよ。わかりやすい日本語を使うべきだ。和製英語もよくないね」

「モンスターペアレントぐらい知らなきゃ、ちょっとまずいでしょ？」

「きみは、わたしをばかにしてるのかっ」

峰岸が目を尖《とが》らせた。安奈は衣笠を目顔《めがお》で窘《たしな》め、係長にモンスターペアレントのことを説明した。

「そういう意味だったのか。要するに、身勝手な溺愛《できあい》型の両親ってことなんだ？」

「ま、そうですね。小宮夫婦は息子さんを溺愛してるんでしょう？」

「そうなんだが、ちょっと異常ですね。敬佑君に友達らしい友達がいないのは、学校側が生徒に無関心だからって、夫婦で校長、教頭、クラス担任の三人を叱りつけたんです。成績の悪くない敬佑君がクラス委員になれなかったのは、選出方法に問題があったにちがいないと主張して、別のやり方で選出しなければ、教育委員会に訴えるとまで言ったらしいんだ」

「明らかに暴走ですね、そこまでいくと」

「敬佑君は少しひ弱だけど、常識を弁《わきま》えた子なんだ。スポーツは苦手みたいだけど、クラス担任の話では学業は悪くないそうなんですよね。ああいう両親じゃ、これからも息子は何かと苦労するだろうな」

「敬佑君の書き置きは、ご覧になりました？」

「お母さんから見せてもらいましたよ」

「どんな内容でした？」

「いままで大事に育ててくれた両親には深く感謝してる。しかし、自分は生きることに疲れ果ててしまった。先立つ不幸を許してほしい。そんな意味のことが少し乱れた文字で書かれてましたね」

「まだ中一の子供がどんな思いで綴《つづ》ったのかしら？」

「メモはボールペンで書かれてたんですが、隅のほうに涙の痕《あと》がありましたよ。それを見たときは、こちらもなんとも言えない気持ちになったな。わたしにも、二人の子供がいるんでね」

「その書き置きは、まだ一係にあるんですか？」

「いいえ、ありません。お母さんが持ち帰ったんですよ」

「そうなんですか。駒込署の方たちは、どのあたりを捜し回ったんでしょう」

「小宮宅の周辺をくまなく捜して、通ってる区立中学校、ゲームセンター、民間マンションの屋上や非常階段、それから巣鴨駅付近の線路、すべての公園を回らせたんですよ。しかし、敬佑君はどこにもいなかったんだ」

「それじゃ、わたしたち二人も協力させてもらいます」

「わたしの立場も少しは考えてほしいな。この種の事案《じあん》は所轄署が処理しなければならないんです。本庁の方たちに協力を仰《あお》いだ形になったら、わたしは無能ってことになるわけだ」

「捜す人間がひとりでも多いほうがいいはずです」

「そうなんだがね」

「わたしたちは非公式に協力します。それなら、峰岸係長の立場は別に悪くなったりしないでしょ？　今夜のことは上司には報告しませんよ」

「そう約束してもらえるんだったら……」

「約束します。敬佑君の顔写真《ガンクビ》を二枚、お借りできますか」

「ええ、いいですよ」

峰岸が煙草の火を消し、自分の席に歩み寄った。

「少しは考えてから喋ってよね？」

安奈は衣笠の耳許で言った。

「なんのことっすか？」

「さっき係長に失礼な言い方をしたでしょうが！」

「失礼だったすかね。まさか少年係がモンスターペアレントのことを知らないとは思わなかったんすよ」

「声が大きい！」

「峰岸さんに聞こえちゃったすかね？」

衣笠が頭に手をやった。悪びれる様子はまったく見せなかった。

安奈は首を横に振って、そのまま口を噤《つぐ》んだ。

峰岸がソファセットに戻ってきた。安奈は二葉《によう》の顔写真を受け取って、片方を衣笠に渡した。

保護願の出されている少年は、利発そうな顔をしていた。だが、どこか気弱そうに見える。

「敬佑君は、両親のどっちにも似てないんですよ。素直そうな子でしょ?」

峰岸が安奈に言った。

「そうですね。ナイーブそうで、かわいいわ」

「そういう子をクラスの連中がいじめてるんだから、気の毒だよな。本人の悪口よりも、両親を罵倒《ばとう》するような書き込みが携帯の〝学校裏サイト〟に連日、たくさん……」

「どんな内容の書き込みが多いんですかね?」

「お母さんから聞いたところによると、『おまえんちの親は頭がおかしい。敬佑も絶対に変な人間になるから、早く死ぬ』なんて書き込みが圧倒的だそうですよ」

「敬佑君がいじめられるきっかけがあったのかしら?」

「これはクラス担任の話なんですが、敬佑君は五月中旬のホームルームのとき、教室でKYという言葉は使わないようにしようと提案したらしいんです。空気が読めないことは別に悪いことじゃないし、個性を否定するのはよくないと言ったようなんですよ」

「それから、個人攻撃がはじまったのね?」

「そうらしいんですよ。最初は級友の多くが敬佑君と口を利かなくなって、そのうち〝学校裏サイト〟に敬佑君がクラスの調和を乱してるなんて書き込まれて、〝死ね〟とか〝うざい〟〝キモイ〟などの文字がしょっちゅう打ち込まれるようになったみたいだね」

「両親の悪口が多く書き込まれるようになったのは、いつごろからなんでしょう？」

「六月に入って間もなくだそうです。社会のために小宮敬佑は両親をぶっ殺して、自分も死ぬべきだという過激な書き込みもあったようだ」

「クラスに誰か煽動者《せんどうしゃ》がいるんじゃないっすかね」

衣笠が峰岸係長に話しかけた。

「担任の先生は、同級生の姫野良太《ひめのりようた》って子が集団いじめのリーダーかもしれないと言ってました」

「どんな奴なんです？」

「相当な悪ガキだね。中一ながら、背丈《タッパ》が百七十センチ近いんだ。肉付きもいいから、喧嘩も強いようだな」

「補導歴はあるんすか？」

「あるね、たくさん。姫野良太は隠れ煙草を吹かして、いつも三、四人の仲間を従えて、隣町の中学生から小遣いを巻き揚げてるんだ。コミック本やアダルトＤＶＤも万引きしてますし、校内では上級生の女子たちのスカートを捲《まく》ったりしてるんですよ。教育実習に来た女子大生に廊下で抱きついたこともあるようだ」

「何度も恐喝《カツアゲ》をやってたら、東京少年鑑別所送りになってもよさそうだがな」

「良太の母方の祖父が警察ＯＢなんだよ。そんなことで、毎回、家裁送致は免れてきたんだ。いいことじゃないんだが、ＯＢに泣きつかれると、やっぱり無下《むげ》にはできなくなるからね」

「そういうことは即刻、やめるべきっすよ」

「そうだよな。でもね、警察の大先輩に涙声で『今度こそ責任をもって、必ず孫を改心させるから』なんて縋《すが》られると、つい……」

「また姫野が何か悪さをしたら、鑑別所から少年院に送るべきっすね」

「そうすべきなんだろうな」

「良太って子を甘やかしてたら、やくざになっちゃいますよ。いまなら、まだ更生させられるんじゃないっすか？」

「そうだな。今度は厳しくやらなきゃね」

峰岸が自分に言い聞かせた。安奈は相棒が口を開く前に峰岸に話しかけた。

「その姫野良太って子の父親も、わたしたちと同業なんですか？」

「いや、違います。父親は自宅の一部で製本屋をやってるんです。建物は三階建てなんですが、二階の半分も仕事に使ってるようだね。三階は居住スペースになってる」

「小宮時計店の近くに住んでるのかしら？」

「良太の家は駒込三丁目だから、七、八百メートル離れてる」

「そうですか。姫野良太って子がクラスの番長なんですね？」

「クラスどころか、学年を仕切ってますよ。上級生たちの非行少年《ワル》たちも、姫野良太にはビビってるね。体格《ガタイ》がいいですし、小学生のころから柔道と空手を習ってたんで、腕力があるんですよ。中三の番長《バン》だって、一対一《タイマン》の喧嘩張ったら、良太にのされちゃうだろうね」

「だから、学校で好き放題をやってるのか。そんな具合じゃ、姫野良太に意見できるようなクラスメートはいないんだろうな」

「同級生は良太に誰ひとりとして逆《さか》らえないみたいですよ。ただ、別のクラスにいる敬佑君の小学時代の友達は姫野に堂々と物を言ってるらしいんです」

「頼もしい子ね。その彼のことを教えてください」

「確か瀬沼修《せぬまおさむ》って名で、Ｂ組のクラス委員長をやってるはずです。小宮君はＡ組なんですよ。瀬沼君は成績はクラスで断トツで、スポーツも万能みたいですね」

「文武両道に秀《ひい》でてるわけか。カッコいいですね。女の子には人気があるんじゃないのかな？」

「マスクも悪くないんで、女子にはかなりモテるようですよ」

「でしょうね。正義感も強いようだから、学校ではちょっとしたアイドルなんじゃないかしら?」

「そうみたいだね。瀬沼って子は、校内で姫野のグループが敬佑君をいじめてると、敢然と注意してるそうですよ」

「偉いわ」

「ただ、暴力は嫌いらしくて、口で咎《とが》めるだけらしいんだけどね」

「良太って悪ガキの反応はどうなのかしら?」

「瀬沼君が敬佑君を庇《かば》うたびに、姫野は荒れ狂うというんです。瀬沼君を投げ倒したり、急所に蹴りを入れたりしてるらしい」

「それでも瀬沼って子は、小宮敬佑君を庇いつづけてるのね」

「そういう話でした」

「凄い熱血漢じゃないですか」

「そうだね。しかし、そんな瀬沼君でも、〝学校裏サイト〟に寄せられる悪意に満ちた書き込みをやめさせることはできなかったようです。A組の連中に卑怯なことはやめようと何度も呼びかけたみたいだけど。どの子も姫野グループの仕返しが怖かったんでしょう」

「そういう気持ちもあったかもしれないけど、〝学校裏サイト〟に中傷やデマを書き込んでた級友たちは、それぞれストレスを溜《た》め込んでるんだと思います。だから、匿名《とくめい》をいいことにして、小宮敬佑君の人格やプライドを踏みにじる行為をつづけてるんでしょう」

「そういう形で級友たちは、ストレスを解消してるのか」

「ええ、多分ね。子供の数が年ごとに少なくなってますけど、いい学校に入りたいと考えてたら、学習塾に通って猛勉強しなければなりません」

「そうだね。しかし、塾に行かせてもらえる子たちの親は高額所得者が多いし、そうでない場合はお母さんがパート収入を得て、塾代を捻出《ねんしゅつ》してる。だけど、親にそんな経済的な余裕がなけりゃ、塾にも行けないわけだ」

「ええ、そうですね。塾に行かせてもらってる子は志望校に合格しなかったら、親の期待を裏切ったことになってしまう」

「そうだね。その分、プレッシャーも大きいんだろうな」

峰岸がしみじみと言った。

「大変なプレッシャーを感じてると思いますよ。当然、不安や焦《あせ》りを常に覚えてるでしょうから、苛々《いらいら》も募《つの》ります。だから、他人を嬲《なぶ》ることでバランスを取ってるんでしょうね」

「学習塾に行かせてもらえない子たちは、どうせ名門校には入れっこないと最初っから諦《あきら》めがちだから、将来の夢を持ちにくくなる」

「そうです、そうです。そういう子たちも、別のストレスに押し潰《つぶ》されそうになってるはずですよ。親の所得の違いで学歴や就職先に差が出てくる現実から逃《のが》れようがないから、若者たちは苦しんでると思うんです」

「いまの若い人たちは、生きにくいと感じてるんだろうな。しかし、特定の誰かをいじめることでスカッとしたいなんて考えるのは絶対に間違ってる」

「ええ、歪んでますよね。なんとかしなければいけないんですよ、大人たちが」

「そうなんだけど、世代の断絶はなかなか埋まらないしな。困ったもんだ」

「嘆いてるだけじゃ、何も変えられないわ。自分にできることをはじめます。わたしたちは小宮宅に回って、敬佑君を所轄の方々と捜してみます」

安奈は峰岸に言って、目顔で衣笠を促《うなが》した。

二人は相前後してソファから立ち上がり、生活安全課を出た。階段で一階に降り、慌《あわ》ただしく覆面パトカーに乗り込む。

「自殺者は思い出の深い場所や気に入った所で命を絶《た》つケースが少なくないみたいっすよ」

助手席で相棒が言った。

「不吉なことを言わないでよ。小宮敬佑君は厭世的《えんせいてき》な気分になってるんだろうけど、そう簡単には人生の幕を下ろせないと思うわ。まだ十三歳なんだから、死ぬことを怖いと考えてるんじゃない？」

「自殺するには勇気がいるでしょうけど、遺書めいたメモも自宅に残してきたわけっすから、もう覚悟はできてるんでしょ？　それに、たとえ死ぬことにためらいを覚えても、やっぱり家に帰れないと思うな。そういうのは、なんかカッコ悪いっすからね。若ければ若いほど、そう思うんじゃないっすか？」

「カッコ悪くたっていいの！　どんな人間だって、いつもカッコよくは生きられないんだから、つまらない見栄なんか張ることないのよ。自殺することに迷ったら、中止すればいいんだわ」

「そうっすけど、もうだいぶ時間が経《た》ってるからなあ」

「衣笠、神経がラフすぎる！」

安奈は一喝《いっかつ》して、イグニッションキーを勢いよく回した。

3

凄《すさ》まじい怒号《どごう》だった。

シャッターの向こうから、男の野太《のぶと》い喚《わめ》き声が響いてくる。小宮時計店だ。

安奈は一瞬、たじろぎそうになった。横に立った衣笠は全身を竦《すく》ませている。

「怒鳴《どな》ってるのは、敬佑君の父親だと思うわ」

安奈は相棒に声をかけた。

「誰に怒ってるんすかね？　姫野良太の親を呼びつけて、文句を言ってるのかな？」

「そうかもしれないわ。あるいは、学校関係者かな？」

「すごく興奮してますね。なんか危《ヤバ》いっすよ」

「衣笠、ビビってるんじゃない？　それだったら、帰ってもいいのよ。公式な捜査じゃないんだから」

「変なこと言わないでくださいよ。こっちは、犯罪を取り締まる仕事をしてるんす。どんな荒っぽい相手だって、決して怯《ひる》まないっすよ」

「大きく出たわね」

安奈は衣笠を茶化して、シャッターを叩《たた》いた。

怒声が熄《や》んだ。ややあって、シャッター越しに中年女性が誰何《すいか》した。

「どなた？」

「深見です、少年一課の」

「遅かったわね。駒込署で世間話でもしてたんじゃないの？　ま、いいわ」

「敬佑君のお母さんですね」

安奈は問いかけた。

返事はなかった。シャッターの潜《くぐ》り戸が開き、五十歳近い女性が顔を突き出した。

「敬佑の母親よ。店の中に入って」

「はい」

安奈は先に店内に足を踏み入れた。

床に背広姿の男が正坐させられていた。三十七、八歳だろうか。男の両脇には、黒い短靴が置かれている。姫野良太の父親にしては、少し若すぎる。

土下坐している男の前には、五十一、二歳の男が立っていた。ゴルフクラブを手にしている。アイアンだった。敬佑の父だろう。

衣笠も店の中に入った。小宮七恵が潜り戸を閉めた。

「警視庁の深見です。同行者は同じ課の衣笠です。あなたは小宮菊男さんですね？」

安奈は、ゴルフのクラブを握っている男に声をかけた。

「そうだ」

「坐ってらっしゃる方はどなたなんです？」

「敬佑のクラス担任の中條聖《なかじょうさとる》だよ。この男がもっと早く息子が村八分に遭《あ》ってることに気づいてれば、こんなことにはならなかったんだ。だから、教師失格だって説教したのさ。それで、詫《わ》びさせたんだよ」

「お気持ちはわからないでもありませんが、明らかに度を越してますね。場合によっては、監禁罪ってことになりますよ」

「別に中條を拉致《らち》したわけじゃない。電話で呼び出したことが監禁罪になるのかっ。ふざけたことを言うな！」

「とにかく、ゴルフクラブをどこかに置いてください」

「別にこれで中條の頭をぶっ叩こうってつもりはないんだ。ただの威嚇《いかく》さ」

「アイアンを放しなさいっ」

「わかったよ」

小宮が気圧《けお》されたらしく、ゴルフクラブを脇に投げ捨てた。衣笠が中條に何か言い、立ち上がらせた。クラス担任は怯《おび》えた表情で靴を履《は》いた。

「敬佑がどこかで自殺してたら、あんたにも死んでもらうぞ。いいなっ」

小宮が中條に言った。

「そ、それは……」

「どこまで無責任なんだっ。敬佑が心理的に追い込まれたのは、きさまがクラスの生徒たちをちゃんと見てないからだ。そうだろうが！」

「その点につきましては、弁解の余地はありません。深く反省してます」

「いまさら遅いっ。何か問題が起きてから反省したって、どうしようもないんだよ」

「ですが、今後の教育指導には役立つと思うんです」

「クラスの子のことを先に考えろ！　それが教育者の務《つと》めじゃないか。それなのに、自分のことをまず考えるなんて、やっぱり教師失格だ。明日、辞表を書け！」

「わたしもそうしてほしいわ」

敬佑の母が夫に同調した。安奈は小宮夫婦をなだめ、中條に顔を向けた。

「〝学校裏サイト〟の書き込みをした子たちはわかったんですか？」

「クラスの子たち全員に訊《き》いてみたんですが、悪口を書き込んだ生徒は誰もいなかったんですよ」

「先生は、その話を鵜呑《うの》みにされたんですか？　そうだとしたら、ちょっと無責任ですね」

「鵜呑みにしたわけじゃないんですが、子供たちは身に覚えがないと言ってるんですから、それ以上のことは……」

「生徒たちに嫌われたくないという気持ちが働いたんでしょうが、それでいいのかしら？」

「よくはないと思いますが、わたしたち教師には捜査権があるわけじゃないですしね」

「中條は、集団いじめのリーダーが姫野良太だってことを知ってるはずだ。だけど、悪ガキはクラス担任なんか屁《へ》とも思ってないから、萎縮《いしゅく》してるのさ」

小宮が誰にともなく言った。

「わたし、姫野を怖がったりなんかしてません」

「嘘つくな。きさまは姫野が教室で煙草を喫《す》ってても、見て見ぬ振りをしてたそうじゃないか」

「あのときは事実、気がつかなかったんですよ」

クラス担任が言い訳した。と、衣笠が中條に話しかけた。

「煙草の煙は目に入るでしょ、いくらなんでも」

「気づかなかったんです」

「ま、いいっすよ。でも、いじめを煽《あお》ってたのが姫野良太だってことは勘づいてたんでしょ？」

「ええ、薄々はね。でも、確かな証拠があるわけじゃないんで、本人には……」

「詰問できなかった？」

「は、はい」

「クラスの生徒たちは姫野良太の仕返しを恐れて、余計な告げ口をしなかったとは考えなかったのかな？」

「考えましたよ、少しはね。でも、告げ口をした生徒が姫野に目をつけられるのも困ると思ったんです」

「うちの子だけを犠牲者にしておけばいいと考えたのね。赦《ゆる》せない、赦せないわ」

七恵がヒステリックに叫んだ。たるんだ頰の肉が揺れた。

「そういうわけではなかったんですが、結果的にはそう思われても仕方ないでしょうね。

ですから、こうして謝罪にうかがったわけですよ」

「謝られただけじゃ、どうしても納得できないわね。さっき主人が言ったように、敬佑にもしものことがあったら、先生、死んでちょうだいよ。それで、あの世で息子に土下坐してよね」

「それはちょっと……」

中條が目を伏せた。

「堂々巡りですから、先生にはお引き取り願いましょうよ」

安奈は小宮夫婦を等分に見た。どちらも憮然《ぶぜん》とした顔で押し黙っている。安奈は衣笠に目配せした。

衣笠が中條を店の外に連れ出した。敬佑の父が何か言いたげな表情を見せたが、言葉は発しなかった。

「息子さんが家を抜け出す前のことを詳しく教えてください」

安奈は七恵に言った。

「いつもとあまり変わらない様子だったわ。でも、学校から帰ってきて、すぐにゲームソフトを片づけだしたの。敬佑、放課後はたいてい自分の部屋でテレビゲームで遊んでたのよ。だから、ソフトはたくさん持ってるの」

「そうですか」

「ゲームソフトを片づけたときは、もう自殺する気だったんだと思うわ。ああ、なんてかわいそうな子なんだろう。ホームルームで日頃思ってたことを発言しただけで、集団いじめの標的にされるなんて、めちゃくちゃな世の中だわ。教師も生徒もクレージーなのよ。まともな人間なら、そんな陰湿なことはしないはずだわ」

「書き置きを読ませてほしいんです」

「メモは燃やしちゃったわ。縁起《えんぎ》でもないし、敬佑が自殺した場合はそのことを伏せてやろうと考えてたのよ」

「そうなんですか」

「そんなことよりも、あんたたち二人も早く敬佑を見つけてよ。わたしたち夫婦はやらなければならないことがあるの」

「何をなさるんですか？」

「主人と一緒に姫野の悪ガキを見つけ出して、ここでお仕置きをするのよ。そうすれば、あの腕白も集団いじめのリーダーだってことを白状するでしょう」

「白状したら？」

「腕の一本ぐらいは折ってやらなきゃ、腹の虫が収まらないわ」

「もし敬佑が死んでたら、姫野良太をゴルフクラブで撲殺してやる」

小宮の声が妻の言葉に被《かぶ》さった。安奈は小宮に向き直った。

「ばかなことは考えないでください。お父さんが殺人者になったら、奥さんはどう生きていけばいいんです？」

「七恵は喜んで殺人犯の妻になってくれるはずだ。われわれ夫婦には、敬佑はかけがえのない宝物なんだよ。大切な子供のためなら、われわれはどうなってもかまわない」

「お二人とも少し冷静になってください」

「こんなときに冷静でなんかいられるかっ」

小宮が声を荒らげた。

「しかし……」

「あんたは、まだ子供を産んだことがないな」

「ええ、独身ですんで」

「だから、子を思う親の気持ちがわからないんだよ」

「そうなのかもしれません。ところで、敬佑君のお気に入りの場所をご存じですか？」

「敬佑は幼稚園児のころから近くの六義園《りくぎえん》がお気に入りで、いまもよく遊びに行くんだ」

小宮が言った。

六義園は、江戸時代の代表的な大名庭園である。徳川五代将軍綱吉から同地を賜《たまわ》った大老の柳沢吉保が自ら設計し、七年の歳月をかけて造らせたといわれている。

池の周囲には数々の樹木が植えられ、起伏に富んだ広い園内には中国と日本の名勝八十八景がバランスよく配されて、訪れる人々が絶えない。

「六義園は確か年末年始を除いて無休のはずですが、夕方の五時ごろに閉まっちゃうんですよね？」

「閉園時間は午後五時なんだ。敬佑は本郷《ほんごう》通りに面した旧古河《ふるかわ》庭園にもよく出かけてたが、あそこも同じ時刻に閉まるんだよ。鹿鳴館《ろくめいかん》やニコライ堂を設計した英国人建築家が手がけた洋館と日本庭園のミスマッチが面白いんだ。わたしも、あの庭園は気に入ってる」

「そうですか。ほかに好きな場所は？」

「自転車で根津《ねづ》や千駄木《せんだぎ》、それから台東区の谷中《やなか》あたりまで行ってたね。上野《うえの》にも行ってたな。アメ横でモデルガンを買ってきたことがあったんだ」

「そうですか。とにかく、わたしたち二人も所轄署に協力しますんで、お二人はここにいらしてくださいね」

安奈は言いおいて、店の外に出た。衣笠は捜査車輛の近くに突っ立っていた。

「クラス担任は帰宅させたっす」

「そう。なんで店の中に戻ってこなかったわけ？」

「敬佑君の両親が身勝手なことばかり言ってたんで、大声で叱り飛ばしそうになったんすよ。だから、外で待ってたほうがいいと思ったわけっす」

「意外に直情型なんだ。うふふ」

「なんすか、その笑いは？」

「人は見かけだけじゃ、わからないいんだなって思ったの。行くわよ」

安奈はアリオンの運転席に入った。相棒が急いで助手席に坐る。

覆面パトカーを走らせ、駒込一帯を巡《めぐ》った。ゲームセンター、レンタルビデオ店、本屋が目に留《と》まるたびに車を停止させた。だが、敬佑はどこにもいなかった。

ＪＲ巣鴨駅付近や駅前商店街では、数台のパトカーと行き会った。バイクや自転車に乗った地域課の制服警官たちとも擦《す》れ違った。そのつど、衣笠が巡回済みの地域を訪ねた。

小宮宅から七キロ圏内は、くまなく巡ったという。敬佑は、もっと遠い場所まで移動したようだ。

「わたしの勘だと、下町のどこかに行ったような気がするな。心が萎《な》えたときって、なんとなく人恋しくなったりするでしょ？」

「そうっすね。自殺することにためらいがあったら、人が多くいる場所に行きたくなるかもしれないな。先輩、根津や千駄木を回って、谷中や上野あたりまで行ってみましょうよ」

「そうね」

安奈は車を春日《かすが》通りに向けた。

本郷三丁目交差点を左折し、東大のキャンパスを回り込んで根津、千駄木を走った。不《しの》忍《ばず》通りをUターンする。地下鉄根津駅の手前から言問《こととい》通りに入って間もなく、助手席の相棒が声をあげた。

「先輩、少し先の歩道橋の上に中学生らしい男の子が立ってますよ。顔はよく見えませんでしたけど、ひょっとしたら、対象の少年かもしれないっすね」

「わかったわ」

安奈は左のウインカーを灯《とも》し、アリオンを歩道橋の階段の近くに寄せた。二人はガードレールを跨《また》ぎ、階段を駆け上がった。

歩道橋のほぼ中央にたたずんでいる少年が気配で振り向いた。

安奈は目を凝《こ》らした。

小宮敬佑だった。写真よりも少し大人びている。安奈たち二人は静かに敬佑に歩み寄った。

「ぼくに何か……」

「小宮敬佑君よね？」

安奈は確かめた。

「は、はい」

「わたしたちは警視庁少年一課の者よ。わたしは深見で、同僚は衣笠って名前。あなたのお母さんから本庁の生活安全部に電話があってね、保護してほしいって頼まれたの。それで、駒込署の人たちと一緒に敬佑君を捜してたのよ」

「そうなんですか」

「お母さんもお父さんも、とっても心配してるわ。遺書めいたメモを残して、こっそり家を抜け出したんでね」

「す、すみません。ぼく、死ねなかったんです。雑居ビルやマンションの非常階段の七、八階まで上がってみたんですけど、いざ飛び降りようとすると、全身がぶるぶると震えちゃって」

「そう。この歩道橋の上からも、飛び降りようと思ったんじゃない？」

「は、はい。でも、やっぱり足が竦《すく》んじゃって、ダイビングすることはできなかったんです」

敬佑が手摺《てすり》に両手をつき、泣きじゃくりはじめた。

「対象者を保護したこと、駒込署に連絡しておきます。峰岸係長にご両親に伝えてもらうっすよ」

衣笠がそう言い、数メートル離れた。

安奈は黙って敬佑の肩に手を置いた。中途半端な慰めや励ましは、いまは無力だろう。泣きたいだけ泣かせたほうがいい。

涙を流すことで、不安定な心も少しは落ち着くだろう。それにしても、震える細い肩が痛ましい。

「辛かったよね」

思わず安奈は、敬佑の肩を両腕で包み込んだ。とたんに、泣き声が高くなった。

衣笠が近づいてきて、無言でＯＫサインを示した。安奈は無言で大きくうなずいた。

十分ほど経《た》つと、敬佑は泣き熄《や》んだ。

安奈はハンカチを差し出した。敬佑が首を横に振って、手の甲で涙を拭《ぬぐ》った。

「ぼく、五月のホームルームのとき、ＫＹって言葉は使わないようにしようってクラスで提案したんです」

「そのことは聞いてるわ。だから、厭《いや》なことは喋らなくてもいいのよ」

「は、はい。ぼくが提案したことは、そんなに変なのかな？」

「ううん、変じゃないわ。きみの意見は間違ってない」

「そうですよね。なのに、クラスの子はぼくを変人扱いして、仲間外れにしたんだ。それから、〝学校裏サイト〟にみんなが悪口を書き込むようになったんです」

「そうなんだってね」

「ぼくはどんな悪口を書き込まれたって、我慢できます。だけど、お母さんたち二人を変わり者とか異常性格者と極《き》めつけることは赦《ゆる》せないよ。確かに両親は、ぼくのことをむきになって庇う。そのことは、ありがた迷惑だと感じてきたけど、それだけ子供を大事にしてくれてるんだと思うんです」

「ええ、それはそうよ。ただ、ご両親は平均的な父母よりも一粒種の敬佑君をかわいがりすぎてる。だから、教師や学校側を一方的に悪者扱いにしちゃうんでしょうね」

「そういうとこはあると思う。お母さんもお父さんもちょっとしたことで他人《ひと》に突っかかりすぎですよね。そういう面は、ぼくも好きじゃないんだ。自分の子は少しも悪くないと思い込んでるのは間違ってます。だけど、父も母もそのことを認めようとしないんですよ。だから、ぼくは親のことをうっとうしいとも感じるようになったんだ。でも、親なんです」

「絆《きずな》は切れっこないよね？」

「はい、そうなんです。ぼくが死んでしまえば、両親はクレーマー夫婦なんて呼ばれなくなると思ったから……」

「命を絶つ気になっちゃったのね？」

「いままで大切に育ててくれたんで、そういう形で恩返ししたかったんです。父も母も、別に頭がおかしいわけじゃないんだ。ぼくを溺愛してるんで、常識的な判断ができなくなってるだけなんですよ」

「多分、そうなんでしょうね」

「それなのに、姫野って同級生がクテスのみんなを焚《た》きつけて、〝学校裏サイト〟にぼくや両親の悪口を書き込ませてるんだ」

「そのことは確かなの？」

「姫野自身が、ぼくにそう言ったんです。クラス担任や父さんたちには、そんなことしてないと言い張ってるけどね。あいつは、そういう狡《ずる》い奴なんです。学校でぼくの味方をしてくれてるB組の瀬沼君が注意すると、必ず乱暴な仕返しをしてるのに、先生たちには暴力なんて振るってないと言ってるんだ」

「そうなの。とにかく、家に帰ろう」

「なんだかカッコ悪いな」

「どんな人間だって、カッコ悪い思いをしながら生きてるのよ」

「そうなのかな？」

「ええ、そうよ。きみの書き置きはお母さんが燃やしちゃったそうだから、死のうとしてたことは学校のみんなに知られてないはずだわ」

「そうなの。それだったら、警察の人たちしか、ぼくが自殺する気だったことは知らないんですね」

「そう。だから、家に帰ろう？」

安奈は優しく言って、敬佑の背を軽く押した。敬佑は従順だった。

三人は歩道橋の階段を下《くだ》り、アリオンに乗り込んだ。運転席に入ったのは、衣笠だった。安奈は敬佑とリアシートに坐った。

　小宮宅には、二十分そこそこで着いた。

　店の前には、十三、四歳の少年が立っていた。心配顔だった。

「あの彼は誰なの？」

　安奈は敬佑に問いかけた。

「B組の瀬沼修君です。ぼくの行方がわからなくなったことを誰かから聞いて、心配してくれてるんだと思います。瀬沼君はクラスでハブかれてるぼくのことを何かと気にかけてくれるんだ、クラスは違うのにね」

「優しい子なんだろうな」

「ええ、とってもね。それに頭もいいんです。二年生のクラス替えのときは、瀬沼君と同じ組になりたいな」

　敬佑は覆面パトカーを降りると、瀬沼修に駆け寄っていった。二人は何か短い言葉を交わし、肩を叩き合った。

「なんでも打ち明けられる友人がひとりいれば、本気で死にたいなんて思わなくなるんじゃないっすかね？」

　衣笠が言った。

「そうだろうね。瀬沼って子を見たとたん、敬佑君の表情が明るくなったから」

「そうっすか」

「もう敬佑君は大丈夫だと思うわ」

安奈は相棒に言って、アリオンを降りた。

4

エクレアを食べはじめた。

二個目だった。しばらく甘い物を控えていたからか、とてもおいしい。

安奈は目を細めながら、スイーツを平らげた。

職場の自席だった。小宮敬佑を保護した翌日の午後四時過ぎだ。

エクレアは、きょうで退職した生活安全部の女性警察官の置き土産だった。彼女は安奈よりも四つ年下で、良妻賢母タイプである。結婚して専業主婦になったほうが生き生きと暮らせそうだ。

妬《ねた》みはまったく感じなかった。負け惜《お》しみではない。もともと安奈には、ほとんど結婚願望はなかった。独り暮らしで孤独を味わうこともあったが、気楽で自由だ。マイペースで暮らせることは大きな魅力だった。

ペーパーナプキンで口許を拭《ぬぐ》ったとき、警察電話が鳴った。

隣席の衣笠はいつものように受話器を取ろうとしない。ルーキー刑事は警察電話に出ることが苦手のようだ。所轄署で性風俗店やストリップ劇場の摘発をしてきた元風俗刑事としては少々、頼りない存在だったにちがいない。

安奈は受話器を摑《つか》み上げた。電話をかけてきたのは、駒込署の峰岸係長だった。

「きのうはご協力、ありがとうございました。協力というより、お手柄だね。小宮敬佑君を見つけてくれたのは、本庁のお二人だったわけだから。駒込署は面目《めんもく》丸潰れだ」

「そういうことになりましたが、他意はなかったんですよ。もちろん駒込署を出し抜いてやろうなんて気持ちは、これっぽちもありませんでした」

「わかってますよ。深見さんたちには感謝してるんだ。だからね、昼前に上司の丸山巌夫《まるやまいわお》課長にお礼の電話をしたんです」

「そのことは課長から聞きました。非公式の活動には目をつぶるが、所轄の立場も少しは考えろって言われちゃいました」

「そう。丸山さんは、地道に捜査活動をしてる所轄署員たちの苦労がよくわかってるからね。若いころ、丸山さんと大崎署で一緒だったことがあるんですよ」

「そうだったんですか」

「丸山《マル》さんは布袋腹《ほていばら》だけど、神経はすごく細いんだよね」

「ええ、そうですね」

安奈は相槌《あいづち》を打った。

課長の丸山警部は福々《ふくぶく》しい顔で、おおらかな性格である。めったに怒ったりしない。五十四歳だが、すでに孫がいる。その孫娘の写真をいつも持ち歩いていた。家族愛が深いのだろう。

「電話をしたのは、ちょっとした事件があったからなんですよ」

「何があったんです？」

「きょうの昼休みの時間に学校で敬佑君がね、悪ガキの姫野良太に階段から突き落とされたんだ」

「えっ⁉　それで、大怪我をしたんですか？」

「いや、階段の中間のステップから突き落とされたんで、敬佑君は額に擦《す》り傷を負って、肘《ひじ》を少し傷《いた》めただけで済んだんですよ」

「その程度の怪我で済んでよかったわ」

「そうだね。その後が大変だったんだ。小宮夫婦が息子の怪我のことを知って、姫野の家に怒鳴《どな》り込んだんですよ」

「あら、あら」

「まだ姫野は帰宅してなかったんで、敬佑君の父親は姫野製本所の一階のガラス戸をゴルフクラブで叩き割ったんですよ。姫野の母親が一一〇番通報したんで、小宮菊男は器物損壊の現行犯で逮捕されたんだ」

「なんてことなのかしら？」

「それで話は終わらないんだよ。姫野は父親の工場のガラス戸を割られたことに腹を立てて、遊び仲間たちと小宮七恵を無理やりに公園に連れ込んで、太い樹木に縛《しば》りつけて放置したんですよ。姫野たち三人は頭から二枚のストッキングを被ってたんですが、敬佑君の母親はリーダー格の少年の声で、姫野良太だとわかったようです。それで三人組が逃げ去ると、大声で救《たす》けを求めて、近所の住民に縛《いまし》めをほどいてもらったんですよ」

「それで、姫野はどうなったんです？」

「仲間二人と一緒に署に連行しました。姫野は初めは空とぼけてたんだが、わたしが厳しく取り調べたら……」

「罪を認めたんですね？」

「そうなんだ。単独で敬佑君を学校の階段から突き落としたことと小宮七恵さんを遊び友達の二人と一緒に樫《かし》の太い木に長い電気コードで縛った事実をね」

「で、どういうことになったんでしょう？」

「駒込署《うち》としては小宮菊男を器物損壊容疑で地検に送って、姫野良太たち三人の中学生を家庭裁判所に送致する気でいたんですよ。しかし、姫野の父親が例の祖父と一緒に……」

「警察ＯＢの姫野良太の祖父に泣きつかれたのね？」

「そうなんですよ。それも署長に直《じか》に泣きつかれたんだよね。それで双方が痛み分けってことになって、説諭《せつゆ》処分だけになったんです」

「どちらも凶悪犯罪とは言えないかもしれないけど、法律は破ってるわ。事件関係者の縁者に警察OBがいるからって、そんなことでいいのかしら？」

「わたしだって、許されることじゃないと思ってる。しかし、署長の判断だからね。正義感を振り回したら、わたしたち署員は働きにくくなる。だから、深見さん、騒ぎたてないでほしいんですよ」

峰岸が言った。哀願口調だった。

「だけど……」

「わかるよ、わかります。しかし、どれも駒込署管内での出来事なんです。本庁には関係のない事案ですよね。どうかわれわれの苦しい立場もわかってください」

「個人的には納得できませんけど、署員の方たちの立場もあるでしょうから、今回は余計な口を挟まないことにします」

安奈は渋々、折り合った。だいぶ疚《やま》しかった。

「恩に切るよ。ほっとしたな。深見さんが警察OBの泣き落としのことを問題にするかもしれないと、ひやひやしてたんですよ」

「峰岸さんは正直な方なんですね。きょうの出来事を黙ってることもできたわけなのに」

「そうだね。でも、空とぼけたりしたら、後味《あとあじ》が悪くなると思ったんですよ」

「わたしが二つの事件の揉《も》み消しに強く反対したら、どうするおつもりだったんです？　参考までに教えてください」

「署長と対立しても、小宮と姫野たち三人を送致すると言い切れれば、男が上がるんだろうがね。まだ次男坊の学費がかかるから……」

「これ以上いじめるのはやめます。話題を変えましょう」

「ありがとう。双方の痛み分けってことになったわけだが、ちょっと引っかかることがあるんですよ」

峰岸の声のトーンが変わった。

「わたしの部下が怪我をした敬佑君からも話を聞いたんですが、階段から突き落とされるとき、姫野良太は『なんで昨夜《ゆうべ》、死ななかったんだよっ。この死に損《ぞこ》ないが！』と言ったらしいんだ」

「それは妙ですね。きのうの晩、敬佑君が遺書めいたメモを残して、こっそりと自宅を出たことは姫野良太は知らないはずです。クラス担任の中條先生は知ってますけどね」

安奈は前夜、小宮時計店内で目撃したことを話した。

「小宮菊男は、そんなことをしてたのか。れっきとした監禁罪だな。わが子がかわいいのはわかるが、クラス担任に土下坐させるなんて、八つ当たりもいいとこですよ」

「ええ、そうね。クラス一番の悪ガキが担任の先生と親しく話し込むとは思えないわ。それからクラスの先生が教室で、きのう、敬佑君が自殺しようとしたなんて話すはずもないですよね？」

「それはないだろうね。いったい姫野は、誰から敬佑君が死の誘惑に駆られたことを聞いたんだろうか。そのことが妙に引っかかってるんですよ」

「集団いじめには何か裏というか、からくりがあるのかもしれないわ」

「どういう意味なんです？」

「もしかしたら、姫野良太は集団いじめのダミーの煽動者《せんどうしゃ》なんじゃないのかしら？」

「あの悪ガキを背後で操《あやつ》ってる奴がいるかもしれないってことだね？」

「ええ」

「クラス担任がたびたびクレームをつけてくる敬佑君の両親をうっとうしく思ってたんで、姫野良太をけしかけたんじゃないのかな？　深見さん、きっとそうだよ。きのうの夜、中條とかいうクラス担任は敬佑君のお父さんに店の床《ゆか》に正坐させられて、謝罪を強《し》いられたんでしょ？」

「そうです」

「大の男が土下坐させられたんだ。それ以上の屈辱《くつじょく》はないでしょ？　だから、クラス担任は仕返しする気になって、悪ガキに階段の中ほどのステップから敬佑君を突き落とさせたんですよ。よし、クラス担任に任意同行を求めて、少し揺さぶってみよう」

「峰岸さん、それは少し待ってください」

「クラス担任以外の誰かが姫野良太を焚《た》きつけて、級友たちに敬佑君を〝学校裏サイト〟で攻撃させてると考えてるのかな？」

「それは、まだわかりません。このままでは、なんだか気持ちがすっきりしないな。駒込署の方たちの捜査妨害はしませんので、わたしたち二人も少し動いてみたいんです」

「さっき頼みごとをしたんで、ノーとは言いにくいな。なるべく目立たないように動いてくださいよね。それで、姫野を陰で操ってる奴がいたら、すぐに教えてほしいな」

峰岸が通話を切り上げた。

安奈は受話器をフックに返すと、相棒の衣笠に峰岸から聞いた話を手短に伝えた。

「姫野が敬佑君にそう言ったんだったら、集団いじめの首謀者はクラス担任臭いっすね。最近の教師は変な奴が多くなってます。女生徒にいかがわしいことをしてる先生はひとりや二人じゃないから、中條って教師がクラスで異端児扱いされてる敬佑君を不登校に追い込もうとでも考えてるんじゃないっすか？」

「とにかく課長の許可を貰って、もう少し調べてみよう」

「そうっすね」

二人は自席を離れ、丸山課長の席に足を向けた。安奈は経緯《いきさつ》をつぶさに語り、許可を求めた。

「そういうことなら、いいだろう。ただし、駒込署の案件だから、出すぎたことはしないでくれよ」

課長が釘をさした。

「心得てます」

「それはそうと、きょうから孫娘の新しい写真を持ち歩いてるんだ。かわいいんだよ。ちょっと見てくれるかな？」

「戻ってから、じっくり拝見させてもらいます」

安奈は笑顔で言って、刑事部屋を飛び出した。衣笠が小走りに追ってくる。

二人は九階からエレベーターで地下二階の車庫に下《くだ》った。函《ケージ》を出ると、前方から捜査一課の加門刑事がやってきた。

「どうも！　こないだ麻布署の副署長が殺害された事件の黒幕は、警務部長だったんですってね⁉　びっくりしました」

安奈は話しかけた。

「そうだろうな」

「どうしてそんなにたてつづけに白星をあげられるんです？　その秘訣《ひけつ》を教えてくださいよ」

「先日の事件は、監察係の仁科警部のお手柄なんだ。おれはほんの少しお手伝いをしただけさ」

「敏腕なのに、加門さんは常に謙虚《けんきょ》なんですね」

「みんなは、おれのことを過大評価してくれてるんだよ。そんなに優秀じゃないって」

「カッコいいな」

「深見、若いルーキーとコンビを組んで、なんか愉《たの》しそうだな。お似合いだよ」

加門が言って、衣笠に笑いかけた。衣笠が笑顔になった。だが、目は和《なご》んでいなかった。

「衣笠はまだ男の子です。大人の男になるには十年かかると思います」

「そんなに長くは待てないか？」

「やだわ、加門さんは何か勘違いしてるのね。わたし、衣笠のことなんか……」

「そのうち何かがはじまるといいな。それじゃ、また！」

加門がエレベーターホールに足を向けた。

「癪《しゃく》だけど、ぼくより男としてランクがちょっと上《うえ》っすね」

「生意気なこと言うんじゃないの。誰が見ても、段違いだわ」

「やっぱ、先輩は加門さんのことが好きなんだ？」

「あら、妬《や》いてるの⁉　やめてよ。こっちは男の子なんか眼中にないんだから。さ、行くわよ」

安奈はアリオンに走り寄って、急いで運転席に入った。衣笠が助手席に坐る。

二人は駒込に向かった。

姫野の自宅に着いたのは、数十分後だった。一階の製本所の前で、姫野良太が母親と何か立ち話をしていた。とても中学一年生には見えない。

「うるせえんだよ。おれがどんな友達《ダチ》とつき合おうが、勝手だろうが！」

「そうなんだけど、しばらく布施《ふせ》君や里中《さとなか》君たちと遊ぶのは控えなさい。あんたたち三人は、小宮君のお母さんにひどいことをしたんだから」

「小宮の親は二人とも、頭がおかしいんだよ。敬佑だって、うぜえ」

「でも、小宮君とは幼稚園が同じだったんだから、もういじめるのはやめなさい。わかったわね、良太！」

「わかった、わかった。小宮の親父に家に火でも点けられたら、たまんねえから、少しおとなしくしてるよ」

「そうして。それにしても、小宮君を目の仇《かたき》にするのはなぜなの？　何か頭にくるようなことを言われたわけ？」

「そうじゃねえよ。別に敬佑がどうだってことじゃねえんだ。個人的な恨《うら》みはなくても、敬佑をいたぶらなきゃならない理由《わけ》があんだよ」

「上級生にけしかけられたのね？」

「そうじゃねえって。おれは家のことっつうか、父さんの立場を考えたんだよ」

「それ、どういう意味なの？」

「姫野製本所は従業員八人のちっぽけな町工場だよな。発注してくれる印刷会社に嫌われたらさ、たちまち倒産しちゃうじゃねえか」

「うちの受注の八割は、瀬沼印刷の仕事だわ。Ｂ組の瀬沼君に何か命令されたの？」

「そうじゃねえよ。布施んちに行ってくらあ。夕飯はいらない。コンビニで何か買って喰《く》うからさ」

姫野良太が母親に言い、蟹股《がにまた》で歩きだした。

安奈は相棒に目配せして、良太を尾《つ》けはじめた。すぐに衣笠が肩を並べた。

「敬佑君を何かと庇ってくれるＢ組の瀬沼修は、瀬沼印刷の経営者の息子なんだと思うわ」

安奈は尾行しながら、小声で言った。

「えっ!?　あっ、そうか」

「姫野良太を煽《あお》ってたのは、瀬沼修だったのね。彼はきのうの晩、小宮宅の前で敬佑君を待ってた。瀬沼修は、敬佑君が自殺する気で家を抜け出したことを知ってるはずだわ」

「そうっすね。しかし、なんでまた瀬沼って子は敬佑君の味方を装いながら、悪ガキの姫野良太をけしかけたんすかね？」

「瀬沼修は勉強ができて、スポーツ万能みたいだけど、敬佑君にかなわない何かがあるんじゃないかな？」

「どんなことが考えられます？」

「たとえば、プロのサッカーチームのメンバーをフルネームで言えるとか、テレビゲームの腕はずっと敬佑君のほうが上とか……」

「出来のいい奴は負けず嫌いっすからね。友達が自分より少しでも優《すぐ》れた面を持ってたら、悔しさを通り越して、憎しみを感じたりするみたいっすよ」

衣笠が口を結んだ。

姫野良太は五百メートルほど歩くと、豪邸の前で立ち止まった。表札には、瀬沼の文字が見える。

「先輩の筋読みが当たったみたいっすね」

「いいから、一緒に来て！」

安奈は相棒に命じ、姫野良太に駆け寄った。良太は、きょとんとした顔をしている。

「瀬沼修にけしかけられて、きみは級友たちを焚《た》きつけ、小宮一家を苦しめてたのね？」

安奈は素早く良太の片腕を摑んだ。衣笠が抜け目なく別の腕を取る。

「なんだよ、あんたたち⁉」

「警察の者よ。どうなの？」

「それは……」

「修って子は、瀬沼印刷の社長の息子なんじゃない？」

「そうだよ。うちの父さんは、瀬沼の親父さんの会社の下請けをやってるんだ。瀬沼に逆《さか》らったら、姫野製本所は仕事がなくなっちゃうから、仕方なく言われた通りにしたんだよ。瀬沼は名門私立中学に合格できなかったんで、陰険《いんけん》なことばかりやるようになったんだ。エアガンのBB弾で野良猫やちっちゃい子供を狙《ねら》い撃ちしたり、自分よりテレビゲームのうまい奴らの上履《うわば》きにこっそり画鋲《がびょう》を入れたりね」

「瀬沼修は敬佑君の何が気に喰《く》わなかったの？」

「小宮はテレビゲームが誰よりもうまいんだ。カプコンの『モンスターハンター　クロス』ってアクションゲームがあるんだけど、瀬沼は一度も小宮に勝ったことがないんだ。『マリオカート8』でも大差で負けたんで、瀬沼は死ぬほど悔しがってたよ。だから、小宮をやっつけたかったんだろうね。だけどさ、自分で先頭になって小宮をハブいたら、面倒なことになるじゃねえの。だから、瀬沼はおれをけしかけたのさ」

「きみは、お父さんの製本所が倒産することを避けたくて、汚れ役を引き受けたわけね？」

「そうなんだ。でもさ、瀬沼もかわいそうなんだよ。親がものすごく教育熱心だから、小学三年生ごろから塾通いをさせられてたんだ。志望の名門中学の入試に落ちたら、瀬沼印刷は二つ違いの弟に継《つ》がせることになったと両親に言われたんだってさ。グレちゃえばいいのに、あいつは根が真面目だから、それもできなかったんだ。だから、性格が捩曲《ねじま》がっちまったんだろうな」

「そうなのかもしれないわね」

「瀬沼は、いまにとんでもないことをやらかすよ。おれ、そんな気がしてるんだ」

「後《あと》は瀬沼修に喋ってもらうわ」

安奈は門柱の前まで進み、インターフォンのボタンを押した。だが、なんの応答もなかった。

数分後、ポーチに瀬沼修が現われた。顔面蒼白だった。

右手には、血塗《まみ》れのステンレス庖丁《ほうちよう》を握っていた。切っ先から、血の雫《しずく》が雨垂れのように滴《したた》っている。

「おまえ、何をやっちまったんだよ？」

良太が門扉《もんぴ》越しに瀬沼修に声を投げた。

「母さんの脇腹を刺してしまったんだ」

「なんでそんなことをしたんだよ？」

「集団いじめの黒幕はぼくだってことを母さんに打ち明けて、駒込署に行こうとしたんだ。そしたら、母さんがそんなことをされたら、瀬沼一族はもう終わりだと泣き喚《わめ》いて、庖丁を捥取《もぎと》ろうとしたんだよ。揉み合ってるうちに……」

「誤って刺してしまったのね？」

安奈は問いかけた。

修がうなずき、庖丁を植え込みの中に投げ込んだ。そのままポーチにへたり込む。逃げる気はなさそうだ。

「衣笠はここにいて」

安奈は勝手に門扉の内錠を外し、瀬沼邸の敷地に入った。アプローチを走り抜け、玄関に躍《おど》り込む。

広い玄関ホールに修の母親が横たわっていた。三十八、九歳で、品のある美人だった。傷口を押さえた右手は鮮血に染まっているが、出血量はそれほど多くない。傷は割に浅いようだ。

「あなたは？」

「警視庁の深見といいます。少年一課の者ですが、駒込署に協力してるんです」

「お願いですから、修を捕まえないで。刺す気はなかったんですよ。だから、何もなかったことにしてほしいの。主人の友人の外科医が湯島《ゆしま》にいるんです。わたしは夫に電話して、その外科医院に運んでもらいます。ですから、なんとか見逃してください」

「お母さん、息子さんは自分で立ち直ろうとしてるんですよ。どうして世間体ばかり気にするんですっ。母親の資格がないわ。先に救急車を呼びます」

安奈は言い放ち、ポリスモードを探《さぐ》った。

修の母が嗚咽《おえつ》を洩《も》らした。だが、安奈の気持ちは揺らがなかった。

血脈の棘《とげ》

1

旅客機が離陸した。

定刻の午後八時五分だった。福岡行きの最終便である。

二階堂貢《にかいどうみつぐ》は、羽田空港第一旅客ターミナルの展望デッキに立っていた。

人影は疎《まば》らだった。七月上旬の日曜日だ。

舞い上がった機の中には、息子と娘が搭乗《とうじょう》している。尚宏《なおひろ》は高校二年生で、まどかは中学三年生だ。二人は博多《はかた》市内にある元妻の実家で暮らしている。

子供たちが飛行機で上京したのは、今朝《けさ》の十時半過ぎだった。

二階堂は半年ぶりに二人の子と会った。どちらも前回上京したときよりも大人っぽくなっていた。

二階堂は子供たちを六本木ミッドタウンに案内し、フランス料理を食べさせた。それぞれにブランド物のポロシャツも買い与えた。その後、東京ディズニーランドに連れていった。

しかし、子供たちはあまり愉《たの》しそうではなかった。尚宏もまどかも口数が少なかった。

二階堂は淋《さび》しい気がしたが、二人とも難しい年頃だ。

自分も思春期のころは、親をうっとうしく感じていた。だから、子供たちには何も言わなかった。ひたすらサービスに努《つと》めた。年に二度しか息子と娘に会えない。子供たちと一日を過ごすことは大きな楽しみだった。

だが、搭乗直前に子供たちが予想もしなかったことを言った。今後は年に一回しか上京できないと口にしたのである。

ショックだった。もう自分は必要ないのか。心が萎《な》えた。

しかし、子供たちの言い分も理解できた。

息子はクラブ活動のバスケットで平日はくたくたになっているようだ。休日ぐらいは自宅で寛《くつろ》ぎたいのだろう。娘は高校受験の勉強に本腰を入れたいという。

二階堂は子供たちの申し入れを快諾《かいだく》したが、愛《いと》しい者たちに背を向けられた事実が心を翳《かげ》らせている。哀しくて、虚《むな》しい。

ジェット機が上昇し、ほどなく航空表示灯が見えなくなった。

それでも、二階堂は手を振りつづけた。次に二人の子と会えるのは、一年も先だ。そう思うと、切ない気持ちになった。孤独感が募《つの》った。

四十七歳の二階堂は、警視庁組織犯罪対策部第二課の刑事である。階級は警部だ。在日外国人の凶悪犯罪の捜査に携わっていた。

元妻の真理《まり》の母が病死したのは、六年前だった。ひとり娘の元妻は残された父親のことが心配で、一家で福岡に移住してほしいと頭を下げた。

しかし、二階堂は転職する気にはなれなかった。刑事を天職と思っていた。

夫婦は話し合った結果、別居することになった。七カ月後、真理は二人の子と一緒に九州の実家に引っ越した。

二階堂は数カ月ごとに岳父《がくふ》の家を訪ね、妻子と触《ふ》れ合った。真理も年に二度は単身で東京の自宅マンションに帰ってきた。

だが、別居生活が二年目に入ると、夫婦の関係は自然に冷めてしまった。そんなとき、二階堂は寂しさから浮気に走った。そのことが発覚し、三年数カ月前に離婚する羽目になったわけだ。

二階堂はターミナルビルを出て、近くのホテルに足を向けた。

外は蒸し暑かった。子供たちと過ごした日は、いつも空港のそばのホテルに一泊していた。その日の余韻《よいん》に浸《ひた》りたいからだ。

ホテルのある通りに出たとき、前方から白いパンプスを両手に持った二十代後半の女性が駆けてきた。誰かに追われているようだ。

二階堂は暗がりを透《す》かして見た。

怯《おび》えた様子で走ってくる女性は、日本人ではなかった。東南アジア系の顔立ちだ。色は浅黒かったが、目鼻立ちは整っている。

逃げてくる女性の背後に二つの人影が見えた。

柄の悪そうな男たちだ。堅気ではないだろう。

「どうしたんです？」

二階堂は東南アジア系の女性に走り寄った。すると、相手が滑《なめ》らかな日本語で訴えた。

「救《たす》けてください。わたし、後ろの二人に追い回されてるんです」

「知り合いなのかな？」

「いいえ、まったく知らない男性たちです。二人はわたしを拉致《らち》しようとしてるんだと思います。早く一一〇番してください」

「わたしは警視庁の刑事なんだ。あなたは、ここにいてください」

二階堂は女性に言って、二人組の行く手を阻《はば》んだ。

「こら、退《の》かんかい！」

オールバックの男が関西弁で凄《すご》んだ。三十歳前後だろう。白っぽいスーツをだらしなく着込んでいる。白いエナメル靴の先端は尖《とが》っていた。

「追われてた彼女は、おたくたちのことをまったく知らないと言ってる」

「おっちゃん、怪我したいんか？　わしらは、ラオス女に用があるんや」

「彼女を追い回してる理由を教えてくれ。納得できたら、どいてやってもいい」

「われ、何者なんや？」

別の男が声を張った。丸刈りで、眼光が鋭い。凶暴そうな面構《つらがま》えだが、小柄だった。

「警視庁の者だ」

「なんやて⁉」

「おたくたちは関西の極道っぽいな」

「ほんまにお巡りなんか？」

「そうだ。身分証明書を見せてやろうか」

二階堂は綿ジャケットの内ポケットに右手を入れた。

そのとき、二人の男が目で合図し合った。次の瞬間には男たちは逃げだしていた。逃げ足は速《はや》かった。あっという間に闇《やみ》に紛《まぎ》れた。

「もう大丈夫ですよ」

二階堂は外国人女性に向き直った。いつの間にか、彼女はパンプスを履《は》いていた。

「ありがとうございました」

「男のひとりがあなたのことをラオスの方だと言ってたが……」

「はい、そうです。チャンタンソン石井《いしい》といいます」

「ハーフなのかな？」

「いいえ、生粋《きっすい》のラオス人です。子供のころにラオス難民として来日し、神奈川県内にある難民センターで育ったんです。そして二十四歳のときに石井輝哉《てるや》という日本人男性と結婚したんですけど、夫は二年前に交通事故死してしまいました」

「そうだったのか。わたしは二階堂という者です」

「所属されてるセクションを教えてください」

「組織犯罪対策部の二課で働いてます」

「それなら、外国人研修生たちの味方になってください。お願いします」

チャンタンソンが頭を下げた。

「どういうことなのかな？」

「わたし、大田区下丸子《しもまるこ》にある『東陽《とうよう》フーズ』という食品加工会社の契約社員なんです。会社で六十数人、中国人、ベトナム人、タイ人の研修生や実習生が働いてるんですけど、彼らは低賃金でこき使われてるんですよ」

「そう」

二階堂は疚《やま》しさを覚えた。

　現在、日本で約十七万人のアジア系外国人研修生や実習生が自動車部品工場、メッキ工場、縫製《ほうせい》工場、農家などで働いている。彼らの平均月収は十万円そこそこだ。その中から寮費や食費などを差し引かれ、手取りは五、六万円にしかならない。時給六百円台で、残業代は五百円前後である。

「わたし、一緒に働いてたタイ人研修生のカンティラ・サラサートと仲がよかったんです。カンティラは二十六歳で、タイの大学を中退してるんですよ。だから、考え方がとってもリベラルなんです。それで彼女は、アジア人研修生や実習生を安い賃金で使うのはおかしいと会社側に談判したんです」

「会社側の反応は？」

「まともに取り合ってくれなかったそうです。そこでカンティラは、非営利団体の『城南労働者ユニオン』の事務局に相談に行ったんです」

「不当に安い賃金のことを訴えて、外国人非正規労働者の組合を作りたいと相談したのかな？」

「ええ、そうなんです。そのとき、カンティラはアジア人研修生や実習生が食材の産地偽装作業をやらされてる事実を事務局の人に話したらしいんですよ」

「いわゆる内部告発をしたわけだ？」

「はい。カンティラは次の日の夜、会社の寮から消えてしまったんです」

「それは、いつのことなの？」

「三日前のことです。寮の近くに柄の悪い男たちがいたみたいですから、おそらくカンテイラはどこかに連れ去られてしまったんでしょう」

「逃げた男たちにあなたがつけ回されるようになったのは？」

「昨夜《ゆうべ》からです。わたし、会社の近くのアパートで独り暮らしをしてるんですけど、ベランダの洗濯物を取り込んだとき、二人組が外でわたしの部屋の様子をうかがってたんですよ。きょうも午前中から見張られてたんで、怖《こわ》くなってアパートから逃げ出したんです」

「そう」

「ターミナルビルの待合室にいれば、安全だろうと考えて、羽田空港に来たんです。アパートに戻ったら、きっとさきほどの二人が部屋に押し入ってきて……」

「亡《な》くなったご主人の実家は遠いのかな？」

「仙台出身だったんですよ、死んだ夫は。泊めてくれるような知り合いは都内にいないんで、今夜はとりあえずホテルに泊まろうと考えてたんです。だけど、この近くのシティホテルはシングルでも一万五千円以下では泊まれないから、部屋に戻るほかなさそうです」

チャンタンソンが肩を落とし、うつむき加減になった。いかにも不安そうだった。

二階堂は職務で多くの外国人と接してきた。不法入国した不良アジア人は強《したた》かで抜け目がないが、経済的な豊かさを求めて日本に出稼ぎにきているアジア系の男女は純朴《じゅんぼく》だった。

妻と離婚したばかりのころ、二階堂は夜ごと酒を浴びるように飲んだ。それまでは妻子の幸せを願って、一所懸命に働いてきた。

離婚によって心の張りを失うと、何もかもが虚《むな》しく感じられるようになった。酒を飲まずにはいられなかった。

そんなある日、行きつけの定食屋で働いているフィリピン女性に傷心を慰められた。ロラ・サリノグという名で、元ダンサーだった。

彼女は日本人の内縁の夫との間にできたジャピーノを抱えながら、明るく生きていた。息子を産んで数カ月後、内縁の夫は日本人女性と駆け落ちした。ロラたち母子は棄《す》てられたわけだが、彼女は不運を呪《のろ》うことはなかった。

どんなことも神が与えた使命と受けとめ、ロラは逞《たくま》しく女手ひとつで愛児を育てていた。だが、彼女は一年半ほど前に四歳の息子と自宅アパートで一酸化炭素中毒死してしまった。ガスストーブの炎が不完全燃焼していたことに気づかずに陽気なフィリピーナはわが子とともに命を落としてしまったのである。

ロラの励ましがなかったら、自分はただの飲んだくれになっていただろう。立ち直るきっかけを与えてくれた恩人は、もうこの世にいない。境遇の似た者の力になれないものか。

今夜、ラオス人女性と会ったのも何かの縁かもしれない。チャンタンソンの同僚のタイ人女性の失踪も事件性がありそうだ。

「わたしの車で、あなたをアパートまで送ろう」

二階堂は言った。

「でも、ひとりで部屋にいるのは恐ろしいわ」

「アパートの前に車を駐《と》めて、例の二人組が来たら、必ず追っ払う」

「ありがたいけど、そこまでしてもらうのは心苦しいわ」

「気にしないでほしいな」

「だけど、やっぱり悪いわ」

チャンタンソンが遠慮した。二階堂は彼女を半《なか》ば強引にホテルの地下駐車場に導《みちび》き、マイカーの助手席に坐らせた。パーリーグレイのアテンザだった。

二階堂は、じきに車を発進させた。

チャンタンソンの道案内で、彼女の自宅アパートまで走った。二階建ての安っぽいアパートだった。築後三十年は経《た》っていそうだ。その分、家賃は安いにちがいない。

アパートの周辺には、怪しい人影はなかった。

二人は車を降りた。チャンタンソンが借りている部屋は二階にあった。二〇二号室だ。

チャンタンソンが部屋の鍵を取り出し、すぐに全身を竦《すく》ませた。二階堂は鍵穴を見た。

何か工具でピッキングされた痕跡があった。

「少し退《さ》がっててくれないか」

二階堂は部屋の主に言って、二〇二号室のドアノブに手を掛けた。なんの抵抗もなく回る。

ドアを開け、電灯のスイッチを入れた。

間取りは1DKだった。奥の居室《きょしつ》とダイニングキッチンには大量の砂が撒《ま》かれ、カーテンは切り裂かれている。靴痕《あと》は二つだった。

「あのやくざっぽい二人組が部屋に入ったようだな」

「えっ⁉」

チャンタンソンが驚きの声をあげ、こわごわ室内を覗《のぞ》き込んだ。

「行方のわからないカンティラ・サラサートさんから何か預かった？」

「いいえ、何も預かってません」

「なら、カンティラさんの行方を追うなという警告なんだろう」

「わたし、怖いわ。撒かれた砂を掃《は》き集めても、部屋では寝られません」

「そうだろうな。ホテルの部屋をあなたに提供しよう」

「え？」

「今夜は、車を預けてあったホテルに一泊することになってたんだ。シングルの部屋だが、ゆっくりと寝《やす》めるだろう」

二階堂はホテルを予約した経緯《いきさつ》を話した。

「お子さんたちと過ごした一刻《ひととき》の余韻を味わうために部屋を取ったんでしたら、二階堂さんの厚意に甘えるわけにはいきません。わたし、蒲田《かまた》まで行って、今夜はビジネスホテルに泊まります」

「わたしから離れないほうがいいな。例の二人が、どこかでチャンタンソンさんの動きを探《さぐ》ってるかもしれないからね」

「そうでしょうか」

「あなたが男なら、同じ部屋に泊まれるんだが、そういうわけにはいかない。予約した部屋の隣が空いてるかもしれないな。その場合は、もちろんこちらが宿泊代を負担させてもらう」

「いいえ、それは困ります。自分の分は、ちゃんと払いますよ」

「とにかく、怪しい二人組の影が完全に消えるまであなたをひとりにはできない」

「行きずりのわたしにそこまで親切にしてくれるのは、なぜなんですか？」

「何か下心があるんじゃないかと心配になったようだね。五十近い男が行きずりの女性をどうこうしようなんて企《たくら》んじゃいませんよ。刑事として傍観《ぼうかん》できなくなったんだ。それに
……」

「それに何なんですか？」

チャンタンソンが問いかけてきた。二階堂は恩義のあるロラ・サリノグのことを口走りそうになったが、思い留《とど》まった。アジア出身の女性を憐《あわ》れんでいると受け取られかねないと考えたからだ。他人を憐れむほど傲慢《ごうまん》ではない。

「困ったときは、お互いに扶《たす》け合う。それが人間の務《つと》めだって、父親が昔から口癖のように言ってたんですよ。だから、ちょっとお節介をする気になったんだ」

「隣人愛、いいえ、人類愛ってことなんですね？」

「そんなに大げさなことじゃないんだ。それはそうと、貴重品がなくなってるかどうか確かめたほうがいいんじゃないかな？　それから、当座の着替えをバッグに詰めたほうがいいね」

「はい」

チャンタンソンは素直にうなずき、自分の部屋に足を踏み入れた。

二階堂は二〇二号室の前で待った。七、八分待つと、チャンタンソンが部屋から出てきた。手提《さ》げ鞄《かばん》を持っていた。重そうだ。

「着替えの衣類と銀行のキャッシュカードなんかをバッグに詰めましたんで、何日か他所《よそ》に泊まれます」

「それじゃ、羽田のホテルに引き返そう」

二人はアパートを出て、アテンザに乗り込んだ。

ホテルに着くと、フロントに直行した。二階堂の部屋の左隣のシングルルームが空いていた。チャンタンソンは手提げ鞄を部屋に置きに行った。二階堂は一階のロビーで待った。

待つほどもなくチャンタンソンがロビーに降りてきた。

まだグリルは営業中だった。

二人はグリルで向かい合った。二階堂はコーヒーを飲みながら、『東陽フーズ』のことをあれこれ訊《き》いた。

社長の室井俊晴《むろいとしはる》はふだんは日本橋にある本社にいて、めったに工場には顔を見せないらしい。五十七、八歳で、紳士然としているという。工場長の根本幹雄《ねもとみきお》はワンマンタイプだとかで、正社員やパート社員には好《す》かれていないそうだ。まだ五十一歳らしいが、十歳は老《ふ》けて見えるという。

根本工場長はアジア系外国人研修生や実習生を見下《みくだ》しているそうだ。工場内で作業ミスをした相手を怒鳴りつけ、足蹴《あしげ》にしているらしい。待遇のことで不満を洩《も》らした研修生は即刻解雇して、寮から追い出しているという話だった。

そのくせ工場長は自分に体を許した女性研修生や実習生には甘く、時給も日本人契約社員と同額にしているそうだ。

「オフレコにしてほしいんですけど、カンティラは根本工場長に何度も体を求められたらしいんです。でも、彼女はずっと拒《こば》みつづけたと言ってました」

チャンタンソンがためらいがちに明かした。

「ひどい奴だな」

「根本工場長はアジア人の中では、日本人が最も優秀なんだと公言してますから、中国人、ベトナム人、タイ人、ラオス人なんかに偏見を持ってるんでしょう。だから、立場の弱い女性研修生たちの体を弄《もてあそ》んでるんだと思います」

「同じ日本人の男として、根本のような奴がいることを恥ずかしく思うよ。カンティラさんは工場長の横暴ぶりに目をつぶれなくなって、『城南労働者ユニオン』に相談に行ったんだろうな」

「そうなんでしょうね」

「事務局の誰に会ったんだろうか」

「中尾幸秀《なかおゆきひで》という事務局長に会って、研修生や実習生が泣かされてる現状を訴えたと言ってました」

「カンティラさんと仲のよかったタイ人研修生はいるんでしょ？」

「親しくしてた女性は何人かいたんですけど、その娘《こ》たちは根本工場長と深い関係になってるようですから、カンティラの味方にはなってくれないでしょう。それどころか、彼女の悪口を言うかもしれません」

「考えられるね。カンティラさんの失踪には、根本という工場長が関与してそうだな。明日、『城南労働者ユニオン』の事務局を訪ねてから、工場長に探《さぐ》りを入れてみよう」

「それで何か手がかりを得られるといいけど、正式な捜査になったら、会社は不快感を覚えて研修生や実習生をすべて解雇してしまうかもしれません。もちろんカンティラの安否《あんぴ》は気がかりですけど、工場の仲間たちが働けなくなるのも困るんです」

「非公式捜査をするつもりなんだ。都合のいいことに、明日と明後日《あさって》は非番なんだよ」

二階堂はチャンタンソンの不安を取り除き、コーヒーカップを持ち上げた。

2

電車の通過音が気になった。

窓は開け放たれている。『城南労働者ユニオン』の事務局だ。

雑居ビルの四階の一室である。JR大井町《おおいまち》駅から三百メートルほど離れた場所に雑居ビルは建っている。線路際《ぎわ》だった。

二階堂はチャンタンソンと事務局の出入口近くに立っていた。

事務局は十五畳ほどの広さで、スチールデスクが四卓ほぼ中央に据《す》え置かれている。だが、事務局長の中尾しかいない。

「東海道本線と京浜東北線の電車が数分置きに通るんで、耳障《みみざわ》りでしょ？　ぼくらは馴《な》れっこになってるんで、ほとんど電車の通過音は気になりませんけどね」

中尾が窓を閉め、二階堂たちを応接ソファに導いた。すでに二階堂は刑事であることを明かし、来意も事務局長に伝えてあった。午前十一時過ぎだった。

「どうぞ掛けてください」

中尾事務局長が来訪者に椅子を勧め、先に古びたモケット張りのソファに腰かけた。口《くち》髭《ひげ》を生やしているが、象目《ぞうめ》で優しい印象を与える。中肉中背だった。

二階堂は、中尾の前に坐った。チャンタンソンが左横に腰を下ろす。

「中小企業の組合のカンパで運営してるんで、エアコンはなるべく使わないようにしてるんですよ。暑くなったら、また窓を開けさせてもらいます」

中尾が二階堂に言った。

「早速ですが、カンティラ・サラサートさんはどの程度まで内部告発したんですか？」

「アジア系の研修生や実習生が安い賃金で働かされ、食材の産地偽装もやらされてることを具体的に話してくれました。産地偽装を咎《とが》めたベトナム人の青年は工場長の根本に顔を殴られ、翌日から時給四百七十円にされたそうです。風邪で高熱があっても、研修生や実習生は欠勤することは許されないんだと言ってましたね」

「ひどい話だな」

「それから、勤務中は三分以内で小用を済ませないと、百円の罰金を取られるそうです。腹の具合が悪くても、大のほうは禁じられてたとか。小林多喜二の『蟹工船《かにこうせん》』よりも過酷なんじゃないのかな」

「そうかもしれませんね」

「経営者側が労働者を人間扱いしなかったら、いまに暴動が起きますよ。現に日本人の非正規雇用社員たちがプロレタリア文学に興味を示して、『蟹工船』がベストセラーになりましたからね。アジア出身の研修生や実習生だって、もはや我慢の限界を超えちゃってます。彼らを牛や馬のように扱ってたら、経営者たちは手痛いしっぺ返しを受けることになるでしょう」

「ええ、多分ね」

「根本って工場長は性質《たち》が悪いですよ。カンティラさんの話だと、器量のいい女性研修生たちを脅して体を奪ってるらしいから。彼女自身も何度も口説《くど》かれ、強引にキスされそうになったと言ってたそうですよ」

「その話は事実です。わたし自身も作業中に工場長にお尻《しり》を撫《な》でられ、露骨な口説かれ方をしましたから」

チャンタンソンが言って、下唇を嚙んだ。

「そんな奴が工場長をやってるなんて、『東陽フーズ』はろくな会社じゃない。しかし、あなたたちアジア出身の方々は何かと立場が弱いですからね？」

「ええ」

「ひとりで会社側に労働条件の改善を要求するのは難しいことです。だから、カンティラさんに日本人のパートタイマーと一緒になって労働組合を作りなさいと助言したんですよ。そうすれば、わたしたちは支援しやすくなるし、団体交渉を全面的にバックアップすることもできます」

「カンティラは、中尾さんのアドバイスに従うと言ったんですね？」

「ええ。会社の同僚たちに声をかけると言ってたんですが、その翌日から彼女からの連絡が途絶《とだ》えてしまったんです。こちらから何度も電話したんですよ。しかし、いつも電源は切られてました」

「カンティラ・サラサートさんは、関西の極道たちに拉致された可能性があります」

二階堂は、怪しい二人組のことを話した。チャンタンソンの自宅アパートが物色された痕跡があることも喋《しゃべ》った。

「工場長の根本が数々の悪事を暴《あば》かれたくなくて、関西のやくざにカンティラさんを引っさらわせたんじゃないのかな」

「その疑いはあると思います」

「そうだとしたら……」

中尾がチャンタンソンに目をやって、言葉を呑《の》んだ。

「わたしは興信所の調査員にでも化けて、工場長の根本を揺さぶってみるつもりです」

「カンティラさんやチャンタンソンさんの証言だけでは、家宅捜索はできないんですか？

それが無理でも、所轄署に根本に任意同行を求めさせるとかはできるんではないのかな？」

「どちらも見込み捜査ってことになるでしょうね。ですから、ちょっと反則技を使ってみようと思ったわけです」

「そうですか。何か立件できそうな証拠を摑《つか》めるといいですね」

「ええ。お忙しいところをありがとうございました」

二階堂は中尾に謝意を表し、チャンタンソンと立ち上がった。雑居ビルを出て、アテンザに乗り込む。

「わたし、これから会社に行って、工場長に詰め寄ってみます」

チャンタンソンが意を決したように言った。

「それは危険だな。根本が関西弁の二人にカンティラさんを拉致させたんだとしても、それを認めるはずはない。下手したら、あなたまでどこかに連れ去られるかもしれないからね」

「身に危険が迫ったら、わたし、うまく逃げます。カンティラは何も悪いことをしてないのに、ひどい目に遭《あ》ってる。理不尽すぎます。わたし、じっとしていられない気持ちなんですよ」

「それはわかるが、無謀《むぼう》すぎる。あまりにもリスキーだ」

「そうなんですけど」

「あなたは何日かウィークリーマンションに身を潜《ひそ》めてくれないか。その間にカンティラさんのことを調べるよ」

「わたしが一緒だと足手まといになるんだったら、そうします」

「そうしてほしいな」

二階堂はマイカーを走らせはじめた。隣の大森駅の近くにウィークリーマンションの営業所があった。

二人は車を降り、その営業所に入った。二階堂は自分が借り手になって、一週間分の保証金を払った。敷金も礼金も不要だった。

営業所員に案内された物件は、大田区山王《さんのう》二丁目の住宅街にあった。鉄筋コンクリート造りの三階建てで、各室はワンルームだった。バス・トイレ付きだ。ベッド、テレビ、小型冷蔵庫などは備えつけられていた。

借りたのは三〇五号室だった。営業所員はカードキーを二階堂に預けると、部屋から出ていった。

「立て替えてもらったお金、いま、払いますね」

チャンタンソンが手提げ鞄《さ》の中から財布を取り出した。

「金はいいんだ。こっちが勝手に世話を焼いたんだから、受け取るわけにはいかないよ」

「それでは困ります」

「それじゃ、こうしよう。払った一週間分の保証金は、あなたに出世払いで貸した。そういうことにしてくれないか」

「それでは……」

「いいんだ、いいんだ。それより、近くのスーパーで食料を買い込んで、昼食を一緒に摂《と》ろう。その後《あと》、わたしは『東陽フーズ』に行く。あなたはここに戻ってくれないか」

「それはわかりましたけど、スーパーの支払いは絶対にしないでくださいね。それから、昼ご飯はわたしに奢《おご》らせてほしいんです。そうでないと、わたし、困ります」

「わかった。そうしようか」

二階堂は先に部屋を出た。

ふたたび二人はアテンザに乗り、大森駅前通りに出た。スーパーマーケットで、チャンタンソンは食料や日用雑貨品を買い込んだ。

二人は小さな洋食屋に入り、どちらもミックスフライセットを注文した。ライスと野菜サラダ付きだった。

二階堂は素直にご馳走《ちそう》になった。洋食屋を出ると、チャンタンソンをすぐにウィークリーマンションに送り届けた。別れしなに、二人は携帯電話番号を教え合った。

二階堂は車を蒲田に走らせ、スピード印刷を請《う》け負っている名刺屋に入った。大手興信所に似た架空の社名と偽名を使い、もっともらしい名刺を作ってもらう。十五分ほどしか待たされなかった。

車に乗り込んだとき、懐《ふところ》で私物の携帯電話が鳴った。二階堂は発信者を確かめた。別れた妻の真理だった。

「きのうはお疲れさまでした。子供たちの申し出を受け入れてくれて、ありがとう。二人とも、もう小学生じゃないから、それぞれ忙しいのよ」

「そうだろうな。それに父親が煙たくなる年齢でもある」

「少しはそういうこともあるかもしれないけど、尚宏もまどかも実際にそれぞれ予定があるのよ。別にあなたを嫌いになったわけじゃないわ。それは、わかってあげてほしいな」

「わかってるさ」

「これからは年に一度しか子供たちに会えなくなるわけだけど、何か相談されたら、力になってあげてね」

「もちろん、そうするさ。おれたちは夫婦じゃなくなったが、二人はおれの実子だからな。できる限りのことはしてあげるつもりだよ」

二階堂は言った。

「お願いします」

「親父《おやじ》さんの体調はその後、どうなんだ?」

「相変わらず血圧が高めだし、血糖値《けっとうち》も下がらないの。でも、和菓子屋の四代目が味見をしないで、職人任せにはできないでしょ?」

「そうだな」

「もう七十五だから、のんびり隠居《いんきょ》暮らしをさせたいんだけど、お店の跡《あと》継《つ》ぎがいるわけじゃないから、生涯現役で頑張ることになりそうね」

「真理が和菓子職人と再婚すれば、五代目ができるじゃないか。親父さんの弟子に入り婿《むこ》になってもいいという男がいないのか?」

「あなた、本気でそんなことを言ってるの⁉」

「半分は本気だよ。まだ真理は四十代なんだから、再婚相手は見つかると思うがな」

「わたし、生家の暖簾《のれん》を守るために再婚なんかするほど古風じゃないわ。古い女だったら、旦那の浮気ぐらい許してたでしょうね」

「その話を蒸《む》し返すのか。まいったな。独り暮らしの侘《わび》しさに耐えられなくなって、ちょっと脇見運転しただけだったんだがな」

「いまなら、そう思えるわ。でも、あなたの浮気を知ったときは女心を深く傷つけられたし、生理的な嫌悪感も拭《ぬぐ》えなかったの」

「女性なら、当然だろうね」

「例の浮気相手とは完全に切れてるの？」

「当たり前じゃないか。お互いに弾《はず》みで一夜を共にしただけなんだから」

「だとしたら、少し罰《ばつ》が重すぎたのかな」

元妻が歌うように言った。

「いまさら、何を言ってるんだ」

「そうね。父さんが他界したら、復縁してもいいかなって思ったりすることがあるのよ」

「えっ⁉」

「やだ、そんなに驚かないで。思うことがあるってだけのことだから」

「そうなのか」

二階堂は力なく呟《つぶや》いた。彼自身も、たまに離婚したことを悔やむことがあった。夫よりも実父の気持ちを優先した真理に失望したことは確かだが、顔も見たくないほど嫌いになったわけではない。

浮気したことに疚《やま》しさを感じていたから、離婚という形でけじめをつける気になったのだ。元妻にまったく未練がないと言ったら、嘘になる。きまり悪い話だが、真理がよりを戻したいと本気で考えているなら、復縁を視野に入れてもいい。

「先のことはともかく、二人で尚宏とまどかが大学を卒業するまで見届けないとね」

「おれも、そう思ってる」

「そう。気が向いたら、電話して。子育てでは戦友同士だったんだから、たまには旧交を温めてもいいんじゃない？」

「そうだな。真理も心細くなったら、電話かメールをくれよ」

「ええ、そうするわ。それじゃ、またね」

元妻の声が途絶《とだ》えた。

二階堂は何か仄々《ほのぼの》とした気持ちになっていた。法的には真理とは赤の他人になったわけだが、まだ心はどこかでつながっているのだろう。

携帯電話を上着の内ポケットに突っ込み、アテンザを走らせはじめる。下丸子の『東陽フーズ』を探し当てたのは、午後二時数分前だった。

思いのほか工場は大きかった。同じ敷地内に社員寮が三棟並んでいる。

二階堂は車を工場の石塀に寄せ、三階建てのビルの玄関ロビーに足を踏み入れた。受付で偽名刺を見せ、根本工場長に面会を求める。

受付嬢はにこやかに電話機の内線ボタンを押した。

遣《や》り取りは短かった。面会に応じてもらえないことを半《なか》ば覚悟していたが、あっさり三階にある工場長室に通された。

「『東都リサーチ』調査部の更級《さらしな》です」

二階堂は澄ました顔で言い、根本に偽名刺を手渡した。五十一歳の工場長は六十代に見えたが、唇だけは赤くてらてらと光っていた。

「うちで働いてたタイ人の研修生のことで見えたとか？」

「ええ、そうなんですよ。カンティラ・サラサートさんの家族から調査依頼がありまして、彼女の行方を追ってるんです」

「カンティラなら、四日前に解雇しました。工場から商品を抜き取って、寮の部屋で盗み喰《ぐ》いをしてたんですよ。カンティラは泣いて謝ったんですが、泥棒を使うわけにはいかないからね。少しばかりですが、退職金を渡したら、カンティラは手荷物をまとめて出ていきましたよ」

「どこに行くと言ってました？」

「行き先は言いませんでしたね。知り合いのタイ人の友達のとこにでも転がり込んだんでしょう」

「その方に心当たりは？」

「ありません」

「カンティラさんの勤務ぶりはどうだったんです？」

「労働条件が劣悪《れつあく》だとかなんとか偉そうなことばかり言ってましたが、手は動くほうじゃありませんでしたね」

「タイ人の研修生仲間からも話をうかがいたいんですが、いかがでしょう？」

「それは勘弁してください。就業中で猫の手も借りたいぐらい忙しいんだ。ひとり抜けただけでも、流れ作業に支障を来《きた》すんですよ」

「そういうことでしたら、無理強《じ》いはできませんね。諦《あきら》めましょう。その代わりってわけでもないんですが、カンティラさんが寝起きしてた寮の部屋をちょっと見せてもらえませんかね？」

「いいですよ」

「それでは寮に連れてってください」

二階堂は軽く頭を下げた。

根本と一緒に一階に降り、通用口から外に出る。案内されたのは、真ん中の従業員寮だった。

カンティラは一階の端の部屋を使っていたという。八畳ほどの広さで、両側に三段ベッドとファンシーケースが並んでいた。

「カンティラは、このベッドを使ってたんですよ」

根本が右側の最下段のベッドを指さした。

二階堂はベッドを見た。寝具はきちんとメイキングされている。根本が枕をひょいと摑み上げた。そこには、ミニアルバムがあった。

工場長がミニアルバムを抓《つま》み上げ、頁《ページ》を繰《く》った。二階堂はミニアルバムを覗き込んだ。カンティラと思われる女性のスナップ写真のほかに、家族と写したものも数葉《すうよう》貼ってあった。

「カンティラさんは美人なんだな」

「ま、そうですね。でも、生意気な女でしたよ」

「ミニアルバムを置き忘れていくなんて、よっぽど慌《あわ》ててたんだろうな」

「解雇を言い渡したとき、カンティラはだいぶ頭にきてる様子でした。だから、ミニアルバムを置き忘れたんでしょう」

工場長が言った。二階堂は黙っていたが、納得できなかった。

どんなに急いでいても、大切なミニアルバムは残していくとは思えない。カンティラは何者かに拉致されたのだろう。

二階堂は確信を深めた。根本はミニアルバムをスラックスのヒップポケットに突っ込むと、三段ベッドの横に置かれたファンシーケースのファスナーを一気に引き下げた。ハンガーには何枚かのブラウスとパンツが掛かっていた。

「どれもカンティラの物じゃありません。上の二段のベッドを使ってる研修生のブラウスやパンツです。カンティラは自分の衣服はトラベルバッグにすべて詰めて、持っていきました。もちろん、化粧品や洗面用具もね」

「そうですか」

二階堂は部屋を出て、そのまま辞去した。

アテンザに乗り込み、『東陽フーズ』から数百メートル遠ざかる。日が暮れるまで待ち、ふたたび食品加工会社の正門のそばに回り込んだ。

二階堂は車を降り、何人かの日本人従業員に声をかけた。

あくまでも興信所の調査員を装って、『東陽フーズ』の経営状態を探《さぐ》ってみた。何年も赤字経営で、負債額は数百億円にのぼるらしい。

それにもかかわらず、二代目社長は呑気《のんき》に銀座や赤坂のクラブで豪遊しているそうだ。

室井社長は六本木の違法カジノにも出入りしているという。

アジア系外国人が近くのコンビニエンスストアに買物に出ると、二階堂はそっと接近した。しかし、揃《そろ》って口が堅かった。カンティラのことに触《ふ》れると、一様《いちよう》に困惑した表情を見せた。怯《おび》えた様子を見せた者さえいた。

二階堂はアテンザを数十メートル後退させ、張り込みを開始した。しばらく根本工場長をマークする気になったのである。

時間の流れが遅い。二階堂は辛抱《しんぼう》強く待った。

しかし、根本はいっこうに『東陽フーズ』から姿を現わさない。

偽の調査員であることを見破られてしまったのか。一抹《いちまつ》の不安が胸を掠《かす》める。

工場の正門前に一台のマイクロバスが横づけされたのは、午後九時四十分ごろだった。

十数人のアジア人研修生らしい男女がマイクロバスに乗り込んだ。マイクロバスの運転手は、どこか荒《すさ》んだ印象を与える。三十三、四歳だろう。

ほどなくマイクロバスが動きだした。

二階堂はたっぷりと車間距離を取ってから、マイクロバスを追尾《ついび》しはじめた。マイクロバスは多摩川の河口近くで停まった。

乗っている男女が次々に降り、桟橋《さんばし》に向かった。マイクロバスは素早く走り去った。

アジア系の男女が釣り船ほどの大きさの船に乗り込んだ。海上の船の中で何か非合法な仕事が行なわれ、研修生や実習生は手伝わされているのか。

羽田沖に碇泊中《ていはくちゅう》の貨物船には、ブランド物のコピー商品が大量に隠されているのか。あるいは、覚醒剤が積み込まれているのかもしれない。研修生たちは、そうした密輸品を艀《はしけ》に移す作業に従事させられているのだろうか。

十数人の男女を乗せた船が桟橋を離れ、海に向かった。二階堂は車を降り、あたりを見回した。

数十メートル先に釣り船屋の灯《ひ》が見える。

二階堂は店まで駆け、居合わせた店主に頼み込んで、強引に釣り船をチャーターした。

五十年配の船長と桟橋に急ぎ、怪しい船を追った。

すでに不審な船は東京湾に出ていた。遠くに漁火《いさりび》が点々と見えるが、闇と海面は一つに溶け合っていた。

「前進全速《フルヘッド》でしばらく航行してみてください」

二階堂は甲板《かんぱん》から、機関室の船長に大声で頼んだ。

釣り船は波を切り裂きはじめた。水飛沫《みずしぶき》が二階堂の顔面に当たった。うねりが足許から伝わってくる。海風が強い。

二階堂は目をめまぐるしく動かした。

だが、怪しい船影はどこにも見当たらなかった。

3

不覚だった。

二階堂は張り込み中にうっかり寝込んでしまった。アテンザの中だ。車は、品川区北品川にある根本工場長の自宅の数十メートル手前に路上駐車中だった。

二階堂はダッシュボードの時計を見た。

午前九時四十分過ぎだった。

前夜、マークした人物は十一時数分前に退勤した。根本は白っぽいクラウンでまっすぐ帰宅し、それからは一歩も外に出ていない。

二階堂は車を降りた。通行人の振りをして、根本宅を通過する。車庫は空だった。根本はマイカーで出勤したようだ。

二階堂は引き返した。

アテンザの運転席に坐ったとき、チャンタンソンから電話がかかってきた。様子が変だ。

「例の二人組がウィークリーマンションの周《まわ》りをうろついてたのか？」

「いいえ、そうじゃないんです。カンティラの死体が発見されたんです。さっきテレビのニュースで報じられたんですよ」

「なんだって⁉　それで、発見された場所は？」

「二子玉川《ふたこたまがわ》の近くの雑木林です。カンティラは浅く土の中に埋められてたみたいなんですが、散歩中の犬が死臭を嗅《か》いで……」

「最悪な事態になってしまったな」

「カンティラがかわいそう。彼女は何も悪いことをしてないのに、殺されてしまって。おそらく根本工場長が、誰かにカンティラを殺させたんだと思います」

「そうなのかもしれない。チャンタンソンさんは部屋にずっといるんだ。いいね？」

「はい」

「わたしは所轄署に死体遺棄《いき》現場を教えてもらって、事件に関する情報を集めてみるよ」

二階堂は終了キーをいったん押し、玉川署に電話をかけた。

身分を明かし、カンティラの遺体が発見された場所を教わる。世田谷区玉川三丁目の雑木林だった。多摩堤《たまつつみ》通りから少し奥に入った住宅街の外れらしい。

二階堂は、ただちに現場に向かった。

目的地に着いたのは、三十六分後だった。雑木林の前には捜査車輌《しやりよう》と鑑識車が十台近く駐《と》められている。その手前に報道関係者が群れていた。

二階堂は現場の七、八十メートル手前で車を降り、新聞記者たちの間を通り抜けた。立ち番の若い巡査に本庁の刑事であることを告げ、黄色いテープの下を潜《くぐ》る。

雑木林に足を踏み入れると、本庁機動捜査隊と玉川署の刑事たちが検分《けんぶん》中だった。

奥に進むと、樹木の間から捜査一課の加門刑事が姿を見せた。

「二階堂さんがどうしてこの現場に⁉」

「きょうは非番なんだが、被害者のカンティラ・サラサートの行方を追ってたんだ」

二階堂は、これまでの経過を述べた。

「そうだったんですか」

「捜査の邪魔はしない。だから、初動捜査でわかったことを教えてほしいんだ」

「わかりました。検視官の話によると、死後三、四日経《た》ってるらしいんです。絞殺されて、土の中に埋められたようです。両手首に針金で縛られた痕《あと》がくっきりと残ってましたから、どこかで拉致されて殺害されたんでしょう」

「着衣に乱れは？」

「ありませんでした。性的暴行も受けてませんし、所持金にも手はつけられてないようです」

「そうか」

「二階堂さんからうかがった話から筋を読むと、アジア人研修生や実習生を安い賃金でこきつかってることに義憤を覚えてた被害者を会社関係者が葬《ほうむ》る気になったようですね」

「工場長の根本が怪しいんだ。食材の産地偽装や外国人研修生たちの体を弄んでることが表沙汰になったら、工場長はもう終わりだからな」

「工場長ばかりではなく、『東陽フーズ』の存続も危うくなるでしょう」

「そうだね。三日か四日前、雑木林で人が揉《も》み合う気配を感じ取った付近の住民はいるのかな？」

「初動捜査の報告によると、そういう証言は得られなかったそうです。しかし、四日前の深夜、この近くで不審なワンボックスカーを見かけたという住民は三人いたらしいんですよ。車から降りた二人は極道っぽい風体《ふうてい》で、関西弁を喋ってたというんです。多分、その二人が被害者を別の場所で殺害し、この雑木林に死体を遺棄したんでしょう」

「ひとりはオールバックで、もう片方は丸刈りだったんじゃないのかな？」

「ええ、そうみたいですよ」

「その二人組はカンティラの行方を捜してた同僚のラオス人女性を追い回し、彼女の自宅アパートの床に砂を撒いて、カーテンも刃物で切り裂いたようなんだ」

「二階堂さんはチャンタンソンという方にも危険が及ぶかもしれないと考え、ウィークリーマンションに匿《かくま》ってやったんですね？」

「そうなんだ」

「そのチャンタンソンさんからも、ぜひ話を聞きたいですね」

「後でウィークリーマンションに案内するよ。ちょっと遺体《ホトケ》を拝ませてくれないか」

「こちらです」

加門が雑木林の奥に向かった。二階堂は従った。

被害者の体には青いシートが被《かぶ》せられていた。白い布手袋を嵌《は》めた加門が屈《かが》み込み、シートの端を捲《めく》り上げた。そのとたん、異臭が立ち昇ってきた。すでに遺体は腐敗しはじめているようだ。

二階堂は合掌してから、カンティラの死顔を改めて見た。整った顔は歪《ゆが》んでいる。いかにも苦しげだ。

「真っ当に生きようとしただけなのに、こんな目に遭《あ》うなんて気の毒ですね」

加門が言った。

「日本人の中には、東南アジア諸国の人々をワンランク低く見てる奴らがいる。だから、カンティラの命も軽く見られてしまったんだろう」

「そうかもしれませんね。国籍や肌の色が異《こと》なっても、人間の命の重さは同じだってことをもう一度幼児のころから教え直す必要があるんじゃないかな。先進国の国民は気づかないうちに傲慢になってますでしょ？」

「加門の言う通りだな。われわれはいつの間にか、思い上がってしまった。だから、発展途上国の人たちを安い賃金で働かせても心に痛みを感じなくなっちゃったんだろう。市場経済の論理で、弱者たちを踏み台にしつづけてるわけだから、強欲そのものだよ。富はできるだけ公平に分配すべきだよ」

「同感です」

「もうシートを掛けてやってくれ」

二階堂は言った。加門がうなずき、死者の顔をブルーシートで覆った。

「玉川署に捜査本部が設置されるんだね？」

「ええ。いま庶務班の連中が会議室にホワイトボードや机を運び込んでるはずです」

「そうか」

会話が途切れたとき、加門の部下の向井巡査部長が歩み寄ってきた。

「加門係長、被害者の実弟のチャチャイ、二十二歳の所在がわかりました。新宿のタイ料理の店から五反田のタイ・レストランに先々月、移ってました」

「そうか。前の店と同じようにコックとして働いてるんだな？」

「ええ、そうです。そのチャチャイと少し電話で喋ったんですが、ほとんど泣き通しでした。殺されたカンティラは弟思いだったそうです。チャチャイは先月の中旬に姉と一緒に食事をしたらしいんですよ」

「そう」

「そのとき、カンティラは弟に『東陽フーズ』には長く勤められないと洩らしてたらしいんです」

「いずれ解雇されると感じてたんだろうか」

「それよりも、会社の経営者が代わる可能性があると不安がってたというんです。カンティラの話では、『東陽フーズ』は経営を安定させる目的で去年の秋に新株を何十万株か発行したらしいんですが、その大半は大阪の浪友会の企業舎弟に買い占められたというんですよ」

「大阪最大の暴力団が『東陽フーズ』の経営権を握ろうと画策してるんだろうか」

「そうなのかもしれませんね」

「加門、そのあたりの情報を本庁組対《そたい》四課から集めてもらえないか」

二階堂は頼んだ。

「わかりました。きょう中に矢吹さんから情報を流してもらいます」

「よろしくな」

「はい」

加門が短く応じ、部下の向井にチャンタンソンのことを話した。

「それじゃ、ウィークリーマンションに案内しよう。わたしの車の後ろに従《つ》いてきてくれないか」

二階堂は加門たちに言って、雑木林を出た。

アテンザに歩み寄る。加門と向井はオフブラックの覆面パトカーに乗り込んだ。スカイラインだった。運転席には、向井が坐った。

二階堂はマイカーをスタートさせた。すぐにスカイラインが追ってくる。

ウィークリーマンションに着いたのは、二十数分後だった。二階堂は加門たちをチャンタンソンのいる部屋に導いた。

チャンタンソンは二階堂の連れが捜査本部の刑事たちと知ると、にわかに緊張した。二階堂は、チャンタンソンをリラックスさせた。

加門たちが事情聴取しはじめた。

チャンタンソンは、どの質問にも即答した。間違った日本語は一度も使わなかった。

「工場長の根本が臭いですね。それから、浪友会の構成員と思われる二人組も気になります」

向井巡査部長が加門に言った。

「アジア人研修生たちをいじめてる工場長が自分の悪さが発覚することを恐れる気持ちはわかる。しかし、新株を買い漁《あさ》ったという浪友会の企業舎弟と接点があるとは思えないな。会社の経営権を狙《ねら》ってる連中と工場長は敵対関係にあるわけだから」

「ええ、そうですね。関西弁を使ってた男たちは、浪友会とは無関係なのかもしれません。根本は闇サイトで危《ヤバ》い裏仕事をしてる連中を雇って、カンティラ・サラサートさんの口を封じさせたんじゃないですかね？　企業舎弟が『東陽フーズ』の乗っ取りを企《たくら》んでたとしても、カンティラさんを始末しなければならない動機はないでしょ？」

「いまのところは向井の言う通りだな。しかし、被害者は企業舎弟の違法行為を知ってしまったのかもしれないぞ。そうだとしたら、カンティラさんを殺害する必要がある。そして、被害者と親しかったチャンタンソンさんにカンティラさんの失踪の件で嗅ぎ回るなと警告を発した。そうも推測できる」

「ええ、そうですね」

「まだ初動捜査の段階なんだ。予断は慎んで、地取りと鑑取りに取りかかろう」

加門が部下に言い、暇《いとま》を告げた。

二階堂は加門たちを見送り、チャンタンソンと向かい合った。チャンタンソンの上瞼《うわまぶた》は腫《は》れていた。カンティラの死を悼《いた》んで、涙にくれたのだろう。

二階堂はチャンタンソンと小《こ》一時間過ごし、部屋を出た。マイカーに乗り込み、『東陽フーズ』の本社に向かう。

室井社長は社内にいた。アポなしの訪問だったが、二階堂は受付嬢に社長室に通された。二代目社長は、どこかおっとりとしていた。悪く言えば、シャープさがない。甘やかされて育った坊っちゃんがそのまま大人になったような感じだった。

室井社長はアジア人研修生や実習生を六十人ほど工場で働かせていたことは承知していたが、カンティラの名前すら知らなかった。

二階堂は呆《あき》れて、二の句がつげなかった。放漫経営を長年つづけていたら、赤字にもなるだろう。

「食材の産地偽装は社長の指示だったんでしょ？」

二階堂は単刀直入に訊いた。

「悪い冗談はやめてよ。うちの会社は、そんなことはやってませんって」

「そのことは、複数の非正規雇用社員が証言してるんです。それから、外国人研修生たちは時給六百円台で働かされ、トイレに行く時間も厳しく制限されてたようです。さらに工場長は女性研修生を何人も犯したみたいですよ」

「嘘でしょ⁉」

室井社長が素《す》っ頓狂《とんきょう》な声をあげた。二階堂は、チャンタンソンから聞いた話を伝えた。

「工場長の根本は、外国人研修生にも時給七百八十円払ってると報告してきてる。刑事さんの言った通りなら、あの男は差額分をネコババしてたとも考えられるな」

「多分、そうなんでしょう」

「根本は亡くなった先代の社長が目をかけてたんで、工場長にしてやったんだ。しかし、人選を誤ったようだな」

「そうなのかもしれませんよ。それはそうと、大阪の浪友会の企業舎弟が去年の秋に発行された『東陽フーズ』の新株を買い集めてるようですね」

「そうみたいだね。浪友興産という企業舎弟は表面に出ないで、関西の複数の仕手筋に新株を買い集めさせてるようだ」

「まるで他人事のようなことをおっしゃる」

「わたし、弟、母の三人が発行株の約六十五パーセントを持ってるんですよ。ですからね、仮に浪友興産が残りの三十五パーセントの株を取得しても、絶対に筆頭株主にはなれないんです。どうせ先方の狙いは、プレミアムを乗せた株の買い戻しなんでしょう。しかし、その取引には応じる気はないな。結局、浪友興産は持ち株を安値で手放さざるを得なくなるでしょう」

「企業舎弟は、そんなに甘くないと思いますよ」

「えっ⁉　持ち株を買い取らなかったら、極道を本社ビルと工場に何百人も押しかけさせる気なんだろうか」

「いまどき、そんな荒っぽい威嚇《いかく》はしないでしょう。そんなことをやらせたら、構成員が次々に検挙されますからね」

「それもそうだな」

「多分、浪友興産は持ち主に相当なプレミアムをつけて『東陽フーズ』さんに買い戻させるための手立ては打ってあるんでしょう」

「そうなんだろうか」

「企業内の不正の証拠を握られたら、株を買い戻すしかないでしょ？」

「社内に裏切り者がいるんだな。そいつは工場長の根本かもしれない。あの男は好色だから、極道が仕組んだ美人局《つつもたせ》に引っかかったんだろう。それで浪友興産に指示されて、アジア人研修生たちに産地偽装をやらせ、不当に安い賃金で働かせて、何人かの女性を強引に抱いたんじゃないかな。どれも、会社のイメージダウンになる。根本の奴は何か弱みがあるんで、経済やくざの言いなりになってしまったんだろう。なんて恩知らずなんだっ」

「そういうことも考えられますね」

二階堂は言って、社長室を出た。

マイカーに乗り込み、下丸子をめざす。『東陽フーズ』の工場に着いたのは、およそ三十分後だった。二階堂は防犯カメラに映らない場所にアテンザを停め、そのまま張り込みはじめた。

根本のクラウンが正門から走り出てきたのは、午後四時半ごろだった。工場長が自らハンドルを握っていた。同乗者の姿は目に留《と》まらなかった。

根本は、浪友興産の者に呼び出されたのではないか。二階堂は慎重に根本の車を尾行した。

クラウンは二十分ほど走り、JR大森駅の近くの有料駐車場に入った。車を降りた根本は百メートルほど歩いて、小料理屋に入った。

二階堂はアテンザを小料理屋の数十メートル先の路肩《ろかた》に寄せ、すぐに運転席を離れた。小料理屋に歩《ほ》を進め、そっと店内をうかがう。

二階堂は危《あや》うく声をあげそうになった。

あろうことか、根本は『城南労働者ユニオン』の中尾事務局長とカウンターに並んでいた。二人は談笑していた。だいぶ親しげだ。

どういうことなのか。

二階堂は頭が混乱した。根本と中尾は共犯関係にあるのか。だとしたら、二人とも大阪の極道たちに何か弱みを押さえられ、協力を強《し》いられたのかもしれない。

二階堂は根本たち二人の動きを探ることにした。マイカーに戻り、ギアをR《リヴァース》レンジに入れる。

車を小料理屋の斜め前までバックさせ、ルームミラーの角度を調整した。二階堂は背凭《もた》れに上体を預け、あれこれ推理しはじめた。

4

携帯電話が着信音を奏《かな》でた。

張り込んで、ちょうど一時間後だった。二階堂は上着の内ポケットから携帯電話を取り出し、ディスプレイを見た。発信者はチャンタンソンだった。

「何か怕《こわ》い目に遭《あ》ったんだね？」

二階堂は先に口を切った。

「いいえ、そうじゃないんです。カンティラが生前に言ってたことを思い出したんです。そのことが事件に関係あるのかどうかわかりませんが、二階堂さんに話しておいたほうがいいと思ったものですから……」

「カンティラさんは、どんなことを言ってたんだい？」

「彼女が根本工場長にアジア人研修生や実習生たちを不当に差別しつづける気なら、セクシュアル・ハラスメントを受けたことを室井社長に直訴すると言ったらしいんです。そのとき、工場長は自分は先代社長の弱みを知ってるから、絶対に解雇されないんだと言い切ったというんですよ」

「だから、根本は好き放題やってるわけか」

「そうなんだと思います」

「少しそのあたりのことも調べてみよう」

「お願いします。その後、何かわかりました？」

チャンタンソンが問いかけてきた。二階堂は、工場長の根本が『城南労働者ユニオン』の中尾事務局長と小料理屋で親しげに酒を酌《く》み交わしていることを伝えた。

「どういうことなんでしょう⁉ その二人に何か繋がりがあったなんて、わたし、思ってもみませんでした」

「わたしも同じだよ。裏に何かありそうだね」

「中尾事務局長は『城南労働者ユニオン』にカンティラが来たことを根本工場長に告げ口して、お金を貰《もら》ったんでしょうか？　工場長は自分のしてる悪事が表沙汰になると困るんで、例の二人組にカンティラを殺させたのかしら？」

「そういう疑いもありそうだが、中尾事務局長が怪しいな。われわれが事務局を訪ねたとき、彼は立場の弱いアジア人研修生たちの味方のような口ぶりだった。しかし、裏で根本と会ってるんだから、どうも信用できない」

「ええ、そうですね」

「どちらが主犯なのかわからないが、カンティラさんの事件に深く関わってるんだろう。おそらく中尾事務局長が主犯格なんだと思う、まだ確証は得てないが」

「中尾事務局長のほうが主犯だとしたら、カンティラはかわいそうすぎます。事務局長に救いを求めたわけですからね」

「そうだな」

「二階堂さん、一日も早くカンティラの事件の犯人を突きとめてください。どうかお願いします」

チャンタンソンが電話を切った。

二階堂は終了キーを押した。その直後、加門刑事から電話がかかってきた。

「組対《そたい》四課の矢吹さんからの情報なんですが、浪友会の企業舎弟《フロント》は複数の仕手筋に『東陽フーズ』の株を三十数パーセント買い集めさせ、さらに室井社長に持ち株を譲れと迫ってるらしいんですよ」

「すでに取得した株を高値で買い戻させることが浪友興産の狙いではなく、『東陽フーズ』

の経営権を握りたいってわけか」

「そう考えてもいいと思います。企業舎弟が赤字会社の経営権を欲しがるなんて話は聞いたことがありません」

「そうだな。何か事情があるんだろう。悪いが、『東陽フーズ』の創業時のことをすぐに調べてみてくれないか」

二階堂はそう頼んで、通話を切り上げた。

それから三十分ほど経《た》ったころ、小料理屋の前に灰色のエスティマが横づけされた。ナンバーの頭に〝わ〟の文字が見える。レンタカーだ。運転席の男は堅気には見えない。浪友会の構成員なのではないか。

小料理屋から根本と中尾が現われ、レンタカーに乗り込んだ。エスティマはすぐに走りだした。

二階堂はレンタカーを追尾《ついび》しはじめた。

エスティマは数十分走り、横浜市鶴見《つるみ》区の工場街に入った。それから間もなく、鶴見川沿いにある工場の敷地内に吸い込まれた。

二階堂はアテンザを工場の数十メートル手前で停め、十分ほど時間を遣《や》り過ごした。そっと車を降り、レンタカーが消えた工場に接近する。正門の門柱には、清進《せいしん》化学薬品株式会社と書かれた看板が掲《かか》げられていた。

二階堂は左隣にある冶金《やきん》工場の敷地内に忍び込み、境界線の万年塀《まんねんべい》によじ登った。清進化学薬品の工場内を覗き込む。デパートの商品券、航空券、ビール券などが堆《うずたか》く積み上げられ、中央の作業台の周《まわ》りにはアジア系外国人の男女がいた。『東陽フーズ』で働いている研修生や実習生だろう。

彼らは、偽造されたと思われる商品券や航空券などを小分けにしていた。作業台の近くには、根本工場長と『城南労働者ユニオン』の中尾事務局長の姿があった。レンタカーを運転していた男は見当たらない。

根本と中尾は共謀して、商品券や航空券を偽造しているのだろう。そして、それを浪友会に流しているのではないか。

そう推測したが、根本も中尾も堅気だ。大阪の極道と接点があるとは考えにくい。遊び好きの室井社長が浪友会に女性関係の弱みを握られ、商品券や航空券の偽造を強要されたのか。

工場長の根本も同じ理由で、協力することを強《し》いられたのかもしれない。しかし、中尾事務局長にはそのような弱点はなさそうだ。それなのに、なぜ悪事に加担しているのか。何か裏事情がありそうだ。

万年塀から下《お》りたとき、加門刑事から電話連絡があった。

「二階堂さん、面白いことがわかりましたよ。『東陽フーズ』の初代社長の故室井信一《しんいち》には二人の共同出資者がいたんです。ひとりは中尾景虎《かげとら》、もうひとりは名村繁太郎《なむらしげたろう》という名です。その二人は『東陽フーズ』が設立された翌年の初夏、槍《やり》ケ岳《たけ》で滑落死してます。室井信一も二人と一緒に登山してたんですが、なぜだか彼だけ無事に下山してるんですよ」

「『城南労働者ユニオン』の中尾事務局長は、中尾景虎の息子なんじゃないのか？」

「ええ、その通りです。浪友興産の名村喬《たかし》、四十八歳は名村繁太郎の長男でした」

「それを聞いて、謎が解けたよ。中尾と名村はそれぞれの父親が『東陽フーズ』の初代社長の室井信一に登山中に故意に突き落とされたという確証を摑んで、親の仇《あだ》を討《う》つ気になったんだな。おそらく中尾と名村は『東陽フーズ』の経営権を得ることで、復讐を果たそうと考えたんだろう。そして、工場長の根本を抱き込んで好き勝手なことをやらせ、会社側に不利な不正を作らせたんだろうな」

「二階堂さんの筋読みは外れてないと思います。ただ、しっかりとした裏付《ウラ》けを取らないと、中尾と名村の身柄《ガラ》を押さえることはできません。カンティラ・サラサートを殺《や》った実行犯はまだ浮かび上がってませんからね」

「商品券や航空券の偽造物を押収する形で、すぐさま中尾や根本を緊急逮捕してくれないか。強行捜査ってことになるんだろうが、二人とも真っ白ってわけじゃないんだ」

　二階堂は言った。

「そうですが、強行に逮捕したら、後《あと》で面倒なことになるでしょう。ここは物証を固めてから、中尾、根本、名村を逮捕《パク》るべきだと思います」

「上司に迷惑をかけたくないってことなんだな。それとも、自分の失点を作りたくないってことなのか？」

「どちらでもありません。二階堂さんが私情を挟んで勇み足を踏むことになるのは避けたいと思っただけです」

「きれいごとに聞こえるな。カンティラ・サラサートは正義感を貫《つらぬ》こうとして、虫けらのように殺されてしまったんだ。中尾と名村が父親を『東陽フーズ』の初代社長に槍ヶ岳山中で崖下に突き落とされたんで仕返しをする気になったことは理解できる。しかし、タイから働きにきた若い女性が根本工場長の悪行《あくぎょう》を告発しただけで始末されるなんて冷酷すぎるよ。わたしひとりで、これから中尾や根本のいる工場に踏み込む」

「二階堂さん、冷静になってください。いま現在、どこにいるんです？」

加門が訊《き》いた。二階堂は曖昧《あいまい》に答えた。

すると、加門が同じ質問を繰り返した。二階堂は押し切られた恰好《かっこう》で、化学薬品工場のある場所を教えた。

「すぐにそちらに向かいます。それまで決して単独で踏み込まないでくださいね？」

「わかった」

「できるだけ早く行きます」

「わたしは自分の車の中で待ってる」

二階堂は通話を切り上げ、冶金工場から出た。アテンザの運転席に入り、加門たちの到着を待つ。

三台の捜査車輛が現場に着いたのは、およそ五十分後だった。

加門が先頭の覆面パトカーから降り、アテンザに走り寄ってきた。二階堂はマイカーのドアを開けた。

「約束を守ってくれましたね」

加門が笑顔で言うなり、二階堂の右手首に手錠の片輪を掛けた。もう片方はハンドルに嵌《は》められた。

「おい、何をする気なんだっ」

「無礼なことをして申し訳ありません。あなたが捜査に私情を挟んでる気がしたんで、勇み足を踏ませたくなかったんですよ」

「加門君……」

「少しの間、ここにいてくださいね」

「これじゃ、動きようがない」

二階堂は微苦笑《びくしょう》した。

加門が六人の捜査員を引き連れて、怪しい工場に向かった。押し問答があってから、捜査本部の刑事たちが工場の敷地になだれ込んだ。

　加門がアテンザに駆け寄ってきたのは、十四、五分後だった。

「中尾が浪友興産の名村社長とつるんで、やはり『東陽フーズ』を乗っ取る気でいたこと を吐きました。二人はそれぞれの父親が初代社長に山の中で崖下に突き落とされたと確信 を深め、室井一族を恨《うら》んでたそうです。工場長の根本は二代目社長に嫌われてたことで、 中尾や名村に協力する気になったと供述しました」

「被害者を殺害した実行犯は、浪友会の構成員なんだね？」

「そうです。四次組織に所属してる佐川大気《さがわだいき》と竹中公伸《たけなかきみのぶ》の二人です。中尾と名村は商品券 などの偽造で儲《もう》けた金で仕手筋に『東陽フーズ』の株を買い集めさせたようです。近々、 二人は室井一族に持ち株を超安値で譲渡させるつもりだったことも認めました」

「そうか。わかったから、早く手錠《ワッパ》を外してくれよ」

　二階堂は急《せ》かせた。

　加門が謝って、手早く手錠を外した。二階堂は加門にボディ・ブロウを放った。もちろ ん、手加減はした。

「仕返しですか？」

　加門が言った。怒った表情ではない。

「わたしを罪人扱いした仕返しだ」

「やっぱりね」

「加門君、ありがとう！　きみは侠気《おとこぎ》のあるいい刑事だな」

「二階堂さんこそ……」

「中尾に言ってやりたいことがあるんだ。非番だが、犯人《ホシ》と会わせてくれるよな？」

「断っても、二階堂さんは言う通りにはしてくれないでしょ？」

「読まれてるな。行こう」

二階堂は加門を目顔で促《うなが》し、勢いよく足を踏みだした。

謎の動機偽装

1

頭が蒸《む》れてきた。

五味純高《ごみすみたか》はハンチングの庇《ひさし》を浮かせ、額の汗をさりげなく手の甲で拭《ぬぐ》った。銀座六丁目にある創作和食処《どころ》『いそむら』の小上《こあ》がりだ。

七月中旬の夜である。八時を回っていた。

五味は赤漆《あかうるし》塗《ぬ》りの坐卓を挟んで娘夫婦と向かい合っていた。娘夫婦に食事に招かれたのだ。

五味は警視庁刑事部捜査三課の刑事だった。職階は警部補である。すでに五十八歳だから、出世は遅いほうだろう。しかし、妙な引け目は感じていなかった。

警察社会は階級が物を言うが、もともと五味は昇級そのものには関心がなかった。犯罪捜査に携《たずさ》わっていられれば、それで満足だった。

ひとり娘の梓《あずさ》は二カ月前に結婚した。二十七歳だが、晩婚化時代である。結婚が遅かったとは言えないだろう。

夫の井原薫《いはらかおる》はちょうど三十歳で、風鈴《ふうりん》職人だ。義理の息子は有名私大を卒業すると、システムエンジニアになった。

だが、労働の歓《よろこ》びを感じられなかったらしい。そんなわけで、転職したのである。井原は風鈴職人として生計を立てていたが、ガラス工芸家でもあった。何度も個展を開いている。

娘の梓は独身時代から幼稚園の先生をしていて、いまも勤め先は変わっていない。当分の間、共働きをする気でいるようだ。娘夫婦は江戸川《えどがわ》区内の賃貸マンションで生活をしている。間取りは2DKだ。

五味は板橋《いたばし》区内にある自宅で独り暮らしをしていた。妻の澄子《すみこ》は三年二カ月前に病死している。

「父さん、汗かいてるじゃないの？　冷房はかなり効いてるのに」

正面に坐った娘が言った。

「このハンチングは、新婚旅行のお土産《みやげ》に貰《もら》った帽子だからな。ちょっとパリジャンを気取りたいんだよ」

「愛用してくれるのは嬉しいけど、そのハンチングは夏季を除いたスリーシーズン用なの」

「えっ、そうなのか⁉」

「わたし、父さんにそう言ったはずだけどな」

「そう言われたような気もするが……」

「ハンチング、取っちゃえば？」

「梓は、この種の帽子は飲食店では脱がなくてもいいんだと言ったよな？」

「ええ。でも、生地が厚すぎるわ。あっ、そうか。ハンチングで薄毛を隠してたのに、いまさら脱げないわけね」

「父さんは女じゃないんだ。頭髪のことで、妙なコンプレックスなんか感じてないっ」

五味は憮然《ぶぜん》と言い返し、ビールで喉《のど》を潤《うるお》した。井原が控え目に笑った。

体毛の濃い五味は三十二、三歳から額が大きく後退し、いまではほとんど禿《は》げ上がっている。側頭部の髪は、ふさふさだ。

「父さん、暑苦しそうよ」

娘が言った。

五味は苦く笑って、ハンチングを外した。店内の涼気《りょうき》が頭頂部に心地よかった。ハンドタオルで頭を拭《ふ》き、穴子《あなご》の白焼《しらや》きを抓《つま》む。

「父と娘の仄々《ほのぼの》とした遣《や》り取り、いいですねえ」

井原が言った。

「薫君はお兄さんと二人だけの兄弟だからな」

「そうなんですよ。子供が男の場合、照れがあって、親父やおふくろとは長くお喋《しゃべ》りなんかしませんからね。特に男親との会話なんて、実に素《そ》っ気《け》ないものです」

「口数は少なくても、ちゃんと互いの心が通じてるんだろう。男同士の場合、それでいいんじゃないのかな」

「それにしても、高校生になってからは親父とはいつも二言三言しか喋ってないな」

「気さくなお父さんなんだがね」

「うちの親父は、外面《そとづら》がいいんですよ。家電メーカーで若いころから営業畑の仕事をしてきたんでね。そのせいか、家では無口なんですよ」

「お母さんとはよく喋ってるんだろう？」

「もっぱら聞き役ですね、こっちは。兄貴は要領がいいから、適当に相槌《あいづち》を打って、自分の部屋に逃げちゃうんです」

「薫君は、あまり生き方が器用じゃないからね。でも、そういう男はたいてい誠実なんだ。梓は、いい旦那《だんな》を見つけたよ」

「どうなんですかね。ぼくは、わがままな人間なんだと思います。たった一度の人生だから、好きなように生きたいんですよ。経済的な安定と引き換えに不本意な生き方をするなんて、なんかもったいない気がするんです」

「薫さんのそういう考え方がわたしは好きなの。男も女も思い通りに生きるべきよ。たとえ貧乏しても、そのほうが絶対に悔《く》いが残らないはずだわ」

　梓が夫の横顔を見ながら、熱っぽく語った。

「ぼくがこんなふうですから、多分、妻には一生、リッチな暮らしを味わわせてやることはできないと思います。しかし、わたしたちの価値観はほぼ一致してますから、梓を悲しませるようなことはしないつもりです」

「よろしく頼むよ。薫君は、いずれガラス工芸家になるつもりなんでしょ？」

「それが夢ですけど、当面は男として家庭を守り抜くことが何よりも大事だと考えてます。ですから、風鈴職人の仕事はできるだけ長くつづけるつもりです。ただ、年ごとに需要が減ってますから、勤め先がいつまで保《も》つかわからない状態なんですよね」

「そうだろうな。わたしの子供のころは夏が来れば、どの家の軒下《のきした》にも風鈴がぶら提《さ》げられたものだが、東京が過密都市になってからは……」

「ええ、マンションや団地といった集合住宅では風鈴の音さえうるさいと嫌われるようになりましたからね」

「風流なんだがな。確かに風の強い日は、少し耳に障《さわ》るがね」

「そんな日は住宅密集地帯では、風鈴を外すべきでしょう。それがマナーですよ」

「ああ、そうだね」

五味は同調し、娘の夫のビアグラスを満たした。井原が軽く頭を下げ、グラスを口に運んだ。

「この鮃《ひらめ》の昆布《こ ぶ》締め、とってもおいしいわ。母さんに食べさせたかったなあ」

娘がしみじみと言った。

五味は切ない気持ちになった。亡妻は心根《こころね》が優しく、常に自分のことより夫や娘のことを考えていた。おおらかな性格で、どんなときも愚痴《ぐち》はこぼさなかった。健康でもあった。

それで、つい本人も家族も油断してしまった。澄子はなんの前触《ぶ》れもなく、自宅で倒れた。心筋梗塞《しんきんこうそく》の発作に見舞われたのだ。

そのとき、五味は張り込み中だった。娘から電話で妻が倒れたことを知らされ、すぐに練馬区内にある救急病院に駆けつけた。澄子は集中治療室《I C U》のベッドに横たわっていた。

五味は娘と交互に妻に呼びかけた。だが、すでに昏睡《こんすい》状態に陥っていた。そのまま澄子は数時間後に息絶えた。

五味は妻の体を揺さぶりながら、声をあげて泣いた。澄子には苦労をかけっ放しだった。職業柄、非番の日や真夜中に駆り出されることは少なくなかった。そんなときも亡妻は必ず玄関先まで送ってくれた。

ひとり娘の幼稚園時代に一度だけ運動会に顔を出したが、小学校の授業参観や行事はすべて澄子任せだった。父親参観日にも、妻が代わりに出た。

警察官の俸給は決して高くない。新婚当時は民間マンションに住むだけの余裕がなかった。やむなく官舎に住んだ。間取りは３ＤＫだった。同じ官舎には、上司や同輩の家族が暮らしている。

澄子は気苦労の多い官舎暮らしに十数年も黙って耐えてくれた。そのおかげで、建売住宅の頭金を貯《たくわ》えることができた。ただ、住宅ローンは重かった。

亡妻は上手に遣《や》り繰《く》りをしてくれた。夫に尽《つ》くし、娘の梓に愛情を注いだ。

唯一《ゆいいつ》の息抜きが園芸だった。澄子は十五坪そこそこの庭に季節の草花を植え、わが子のように慈《いつく》しんだ。

妻が急死してから、五味は庭の草花の手入れに励んできた。何も女房孝行をしてやれなかった償《つぐな》いだ。澄子の遺産である花々は、たいてい毎年咲いてくれる。

心を込めて丹精しているつもりだが、肥料の配分を誤って花を枯らせてしまうこともある。野鳥に蕾《つぼみ》をついばまれたこともあった。

そんなときは五味は澄子の遺影に手を合わせ、胸の裡《うち》で許しを乞《こ》う。体が動く限り、植物の手入れはつづけるつもりだ。

「母さんは五十二年数カ月しかこの世にいられなかったわけだけど、父さんと一緒になって幸せだったと思うわ」

「そうだろうか。もっと世渡りの上手な男の奥さんになってたら、いろいろいいこともあったにちがいないがな」

「母さんは物質的な豊かさはほとんど求めてなかったわ。そういう物欲が強かったら、当然、父さんとは結婚してないでしょ？」

「そうかもしれないな」

「母さんは、目には見えないものを大切にする女性《ひと》だったからね。思い遣《や》りとか恩義とかを忘れないことが何よりも大事なんだと言ってた。形のある物は、それほど価値がないともね。父さんは、まっすぐに生きてきた。富とか名声を求めることもなく」

「求めたかったさ」

「そうだったの⁉ なんかがっかりだな」

「義父《とう》さんは照れてるんだよ、娘に真顔《まがお》で誉《ほ》められたんでさ」

井原が梓に言った。

「なあんだ、そうだったのか」

「二十七年も父娘《おやこ》でありながら、そんなこともわからないとはね」

「父さんは近すぎるから、かえって見えない面があるのよ」

「うまくごまかしたな」

「バレたか」

梓が夫とじゃれ合ってから、ふたたび父親に顔を向けた。

「父さんは時々、シャイなところを見せるわよね。死んだ母さんは、そういう面も好きだったんじゃないかな。多分、母性本能をくすぐられただろうね」

「父さんたちの話は、もういいって」

「また照れてる。父さん、かわいい！」

「親をからかう娘がどこにいる」

五味はことさら顔をしかめて、神戸牛の陶板《とうばん》焼きに箸《はし》を伸ばした。

「義父さん、もっと食べてください。コース料理で足りなかったら、単品でいくらでもオーダーできるんですから」

「充分にご馳走になってるよ。停年まで二年弱あるんだから、娘夫婦に散財《さんざい》させるのはどうもね」

「何をおっしゃるんです。結婚祝いにたくさんいただいたんですから、せめてささやかな返礼をしないと……」

「そんな他人行儀なことは言わないでほしいな。血の繋がりはなくても、われわれはもう親子なんだからさ」

「ええ、そうですね」

「何か困ったときは、いつでも相談に乗るよ」

「はい、頼りにしてます。でも、なるべく義父さんに迷惑をかけないよう頑張ります」

「あまり肩に力を入れすぎると、そのうちバテちゃうよ。人生は長丁場《ながちょうば》なんだから、マイペースで生きたほうがいい。何事も無理をすると、うまく事が運ばないことが多いからな」

「そうですね。失礼して、ちょっと手洗いに行ってきます」

井原が立ち上がって、小上がりから降りた。トイレは店の奥にある。

「食事に招《よ》ばれたことは嬉しかったが、あまり無理をするな。この店、かなり高そうじゃないか。三、四万、そっと梓に渡してやろう」

「怒るわよ、父さん！　わたしたちが感謝の気持ちを伝えたくて一席設けたのに。素直に奢《おご》られてよ」

「いいのかい？」

「いいんだって。そうしてもらわないと、薫さんが傷つくでしょ？」

「そうだな。それじゃ、今夜はご馳走になるか」

「ええ、そうして。お祝いに貰った三百万は大事に遣《つか》わせてもらうわ」

「もっとたくさん渡してあげたかったんだが、勘弁してくれな」

「何を言ってるのよ。充分すぎるわ。薫さんの銀行口座に入れてって言ったんだけど、それは駄目だって。だから、わたしの名義でそっくり預金してあるの。彼がガラス工芸家としてプロデビューするときにでも遣わせてもらうつもりよ。薫さんは、すんなりと甘えたりしないだろうけどね」

「好きなように遣えばいいさ」

五味は娘に言って、ビールを飲み干した。梓がすぐに酌《しゃく》をしてくれた。

生湯葉《なまゆば》を食べていると、上着の内ポケットで刑事用携帯電話が鳴った。

五味は周囲を見回した。近くに客の姿は見当たらない。

ポリスモードを取り出し、ディスプレイを見る。

発信者は捜査三課の人見高志《ひとみたかし》課長だった。五十一歳で、階級は警視だ。

「今夜は銀座で娘さん夫婦と食事をするとか言ってましたよね？」

「ええ。課長、敬語はやめてほしいな。そちらは、わたしの上司で職階もずっと上なんですから」

「しかし、五味さんよりも七つも年下ですんで、やっぱり対等な口を利くことなんかできませんよ。もちろん、命令口調で指示を与えることなんかとてもとても……」

「それが課長のお人柄なんでしょうが、もっと割り切って部下に接してください」

「それができないんですよ。それより、銀座三丁目にある『銀宝堂《ぎんぽうどう》』に十分ほど前に押し込み強盗と思われる男が入って、従業員たちを人質に取ったという入電があったんです」

「あの有名な宝飾店に押し入った奴がいるのか」

五味は驚いた。『銀宝堂』の店頭ショーウインドには三億五千万円の宝冠が飾られているが、これまで強盗に狙《ねら》われたことはない。窃盗事案は捜査三課の守備範囲だ。

「本庁機捜と築地《つきじ》署刑事課の面々が現場に向かってるんですが、五味さんにも臨場してほしいんですよ」

「わかりました」

「初動捜査の状況によっては、捜査三課《うち》の者を何人か送り込みます。とりあえず、五味さんは先に『銀宝堂』に向かってください」

「了解！　後《あと》で報告します」

「お願いします」

人見課長が電話を切った。五味は刑事用携帯電話を折り畳んだ。

「父さん、近くで事件が発生したみたいね？」

梓が言った。五味はうなずいた。

そのとき、井原が戻ってきた。

五味は娘夫婦に事情を話し、先に店を出た。酔いは醒《さ》めていた。

みゆき通りから中央通りに出て、銀座四丁目交差点方向に大股で歩く。四丁目交差点から先は、早くも車輛《しゃりょう》通行止めになっていた。

銀座の象徴として知られている和光《わこう》の横には、制服警官たちが立っていた。四丁目交差点から一丁目まで立入禁止ゾーンになっているのだろう。

五味は身分を明かし、黄色いテープの下を潜《くぐ》った。

山野《やまの》楽器店から先に一般通行人の姿は見えない。

道路の反対側の舗道は、野次馬で埋まっていた。三越と松屋銀座本店の間は黒山の人だ。

『銀宝堂』は松屋通りのそばにある。ほどなく五味は事件現場に達した。

有名な宝飾店のオフホワイトのシャッターは完全に下《お》ろされていた。店の前には、機動捜査隊員と築地署員たちが固まっている。どの顔にも緊張感が漲《みなぎ》っていた。

『銀宝堂』は八階建てだった。どの階の窓もブラインドかカーテンで閉ざされ、中の様子はうかがえない。

五味は本庁機動捜査隊の外山怜《とやまれい》主任に歩み寄った。

旧知の間柄だ。外山主任は四十一歳で、警部補だった。

「店に押し入った男のことを詳しく教えてくれないか」

「店からうまく逃げた客たちの証言によりますと、犯人は黒いスポーツキャップを目深《まぶか》に被《かぶ》って、色の濃いサングラスで目許を隠してたそうです」

「年恰好《としかっこう》は？」

「二十八、九歳で、身長百七十五センチ前後のようです。着衣は白いTシャツの上に柄物の開襟シャツを羽織《はお》ってたそうです」

「下は？」

「ジーンズだったそうです。靴は黒っぽいレザースニーカーだったらしいんですよ」

「凶器は刃物なのかな？」

「ナイフも所持してるかもしれませんが、犯人は密造銃っぽい拳銃で店内にいた六人の客を追い払って、一階にいた九人の店員を一カ所に集め、そのうちのひとりにシャッターを下ろせと命じたんだそうです」

「人質の男女比は？」

「男が三人に、女性が六人です。男性のうちのひとりは、店長の駒崎節夫《こまざきせつお》、四十七歳と思われます」

「一階にエレベーターホールがあるんだな？」

「はい、そうです。ですから、二階から八階にいる社員たちもビル内から出られなくなったわけです。その数は未確認ですが、三十七、八人と推定してます」

「『銀宝堂』の社長はビルの中にいるのか？」

「いいえ、社長と専務はベルギーに出張中だそうです。ダイヤやエメラルドの原石の買い付けに行ったとのことでした」

外山が答えた。

「犯行目的は、宝石の強奪なんだろうか。押し込み強盗なら、最も高そうな商品をかっぱらって、すぐに逃走を図るはずだ」

「ええ、そうですよね。店に入った奴は人質を押さえる役で、共犯者がこの近くに待機してて、何らかの方法で例の三億五千万円のピンクダイヤをあしらった宝冠を受け取ることになってるんじゃないですか」

「どんな手口が考えられる？」

「店に押し入った奴は人質のひとりを密造銃と思われる凶器で威嚇《いかく》して、三億五千万円の宝冠を八階まで運ばせ、何らかの方法で共犯者に渡させる気なのかもしれません」

「銀座のど真ん中で盗品を首尾よく仲間に引き渡すのは、たやすくはないと思うが……」

「共犯者はパラ・プレーンで『銀宝堂』の屋上か八階の窓に接近して、宝冠を受け取るのかもしれないな」

「パラ・プレーンは、パラシュートと小型エンジンを組み合わせた軽便飛行遊具だったね？」

「ええ、そうです。ひとり乗りですが、高度五、六百メートルまで上昇できるんですよ。もちろん、水平飛行もできます。狭い場所でも離着陸が可能ですから、上空に航空隊のへリを待機させてても、逃げられてしまうかもしれません」

「しかし、パラ・プレーンのエンジン音は消しようがない。空と地上の追っ手が逃亡ルートを伝え合えば、操縦者《パイロット》の身柄は確保できると思うんだ」

「ええ、五味さんのおっしゃる通りですね。侵入者の仲間は隣接してるビルの屋上から、『銀宝堂』の屋上に鉤《フック》付きのグラッピング・ロープで伝い下《お》りて、宝冠をリュックに入れ、元の場所に戻る気なんでしょうか？」

「そんなことは並の人間にはできない」

「でしょうね。でも、自衛隊のレンジャー部隊で特殊訓練を受けた奴とか警察の特殊チームにいたことのある者なら、やれるんじゃないですか？　まさか『ＳＡＴ《サット》』か『ＳＩＴ《シット》』の元メンバーじゃないだろうな」

「どちらのチームもエリート揃《ぞろ》いだ。いくらなんでも、宝石泥棒に堕《お》ちる元隊員はいないだろう」

五味は苦笑した。

「そうですね。わたしの発想は、ちょっと劇画チックでした」

「可能性がゼロとは言わないが、あまりリアリティーはないね」

「ええ」

「これまでに数多くの窃盗や強盗事件を扱ってきたが、犯人は一時的にコンビニの店員や銀行員たちを人質に取るだけで、長いこと押し入った先に留《とど》まるケースは稀《まれ》なんだ。逃げ場を失った銀行強盗が人質たちを楯《たて》にして、犯行現場に立てこもる場合はあるがね」

「ええ」

「そういう事例から判断して、今回の事件の犯人の狙いは宝石強奪じゃない気がするな。売上金目当ての犯行でもないだろう」

「そうなると、犯人は『銀宝堂』関係者に何か恨みがあって、捨て身で犯罪《ヤマ》を踏んだんだろうか」

「外山君、その筋読みは当たってるかもしれないぞ」

「そうですかね」

外山主任が子供のように顔を綻《ほころ》ばせた。

「その推測が正しかったとしたら、犯人は誰かに屈辱的な思いをさせられたんじゃないだろうか」

「たとえば、交際中の女性に誕生石の指輪をプレゼントしたくて、『銀宝堂』を訪れた。しかし、応対した店員は犯人の予算額を聞いて、つい冷笑してしまった。値段が一桁《ひとけた》も二桁も違ってたんでね」

「一流宝飾店の店員はそんな失礼な対応はしないと思うよ」

「ええ、そうでしょうね。もしかしたら、犯人は女性店員のひとりに一方的な想《おも》いを寄せてたんじゃありませんか。しかし、まったく相手にされなかった。それで、犯人は意中の女性に憎しみを覚えたんじゃないのかな。最近の若い男は、とにかくキレやすいですからね」

「キレやすい奴でも、そこまで短絡的な行動には走らないだろう。さっき言ったことと矛盾するが、犯人は特に『銀宝堂』関係者に悪感情を懐《いだ》いてるわけじゃないのかもしれない」

「つまり、押し入る先はどこでもよかったってことですね？」

外山が確かめた。

「そうなんだろうな。犯人は何か理由があって、何人かの人質を取りたかった。そして、なんとなく名の知れた宝飾店に入った。そういうことなのかもしれない」

「そうなんですかね？」

「狙いが高価な宝冠だったとしたら、それを鷲摑《わしづか》みにして、とっくに犯人は逃げてるだろう。また誰か店の関係者に恨みがあるんだとしたら、密造銃で相手を撃って、同じように逃亡《フケ》を図ったにちがいない」

「そうでしょうね」

「犯人は意図的に店内に立て籠《こも》る気らしいから、まず人質の救出を最優先しないとね。築地署の者に『銀宝堂』の見取り図を手に入れてもらおう。ありがとうな」

五味は礼を言って、外山主任から離れた。

2

ルームランプが灯《とも》された。

初動班の捜査車輛だ。車内には、外山、五味、築地署刑事課強行犯係の畔上謙次《あぜがみけんじ》警部補が乗り込んでいた。車は『銀宝堂』の斜め前に駐《と》められている。

畔上が有名宝飾店の見取り図を拡《ひろ》げた。

「わたしの部下が二階から八階にいる従業員の数を確認しました。男が十三人、女が二十五人の計三十八名です。一階エレベーター横にある階段の昇降口は、完全にスチール・ロッカーやキャビネットで塞《ふさ》がれてるそうです」

「そうか。その三十八人の社員を先に二階の非常口から救い出そう」

五味は言った。

「築地署《うち》の人間だけでは心許《こころもと》ないな。本庁の『SIT《シット》』に出動要請をしていただけないでしょうか？」

「わかった」

「すぐに手配をします」

機捜の外山がポリスモードを取り出した。

『SIT』は警視庁捜査一課に所属する特殊チームで、主に監禁事件の人質救出に当たっている。射撃の名手揃いだ。『SAT《サット》』ほど一般には知られていないが、頼りになるチームだった。

「『SIT』のメンバーがすぐ駆けつけてくれるそうです」

「きみら二人は、『SIT』の連中と三十八人の救出に当たってくれ。わたしは犯人と電話で接触してみる」

五味は警察車輛から出て、『銀宝堂』のシャッターに書かれた代表電話番号に目をやった。携帯電話の数字キーを押す。

十回以上コールサインを鳴らすと、ようやく受話器が外れた。

「お電話、ありがとうございます。『銀宝堂』でございます」

相手の中年男性が明るく応じたが、その声はかすかに震えていた。

「警視庁の五味という者です。店長の駒崎さんにごく自然に替わってください」

「わたしが本人です」

「犯人は近くにいるんですか?」

「少し離れた所にいます」

「それでしたら、顧客からの電話のように装って、わたしの質問に答えてください」

「は、はい。手違いがありまして、研磨《けんま》の仕上げ日が明後日《あさって》になってしまったんですよ。ええ、当方のミスです」

「その調子でお願いします。犯人は何かを要求しました？」

「いいえ」

「人質に乱暴なことは？」

「いまのところ、そういったことはありません」

「そうですか。犯人は密造銃を持ってるようですが、モデルガンじゃないんですね？」

「ええ、後者ではないと思います。多分、自分で……」

「ストップ！　それ以上のことは口にしないでください。犯人に気づかれる恐れがあるんでね。こちらの質問に短く答えてください」

「わかりました」

「銃身は金属でした？」

「ええ」

「重量はありそうでしたか？」

「はい」

「なら、密造銃なんでしょう。人質たちは縛《しば》られてるんですか？」

「いいえ」

「犯人の近くに坐らされてるのかな。それとも、床に伏せさせられてるんですか？」

「前者です。ええ、明後日には必ずお品をお渡しできます」

「犯人が携帯で共犯者と連絡を取ってる様子は？」

五味は質問を重ねた。

「それはありません」

「確認しますが、犯人は宝石や売上金にはまったく関心を示さないんですね？」

「はい。あっ！」

「どうされました？」

「………」

「犯人があなたに近づいてきたんですね？」

「そうです。いったん切らせてください」

駒崎店長が小声で言い、口の中で何か叫んだ。短い沈黙があって、別の声が流れてきた。

「あんた、警察の人間だな？」

「いや、わたしは客だよ」

「下手な芝居はよせって。わかるんだよ。おれは押し込み強盗なんかじゃない。人質を取る必要があったんで、『銀宝堂』に押し入っただけさ。あんた、築地署のお巡りか？」

「いや、警視庁捜査三課の五味純高だ。窃盗や強盗事件を主に捜査してる」

「やっぱり、刑事だったか。警察は姑息《こそく》な手ばかり使いやがる」

「警察アレルギーがあるようだな」

「大っ嫌いだよ、警察はな。全国に約二十七万人のお巡りがいるらしいが、全員ぶっ殺してやりたいね」

「検挙されたことがあるようだな」

「おれの名を教えてやろう。稲垣竜幸《いながきたつゆき》だよ。二十八だ」

「その名前には聞き覚えがあるな。冤罪《えんざい》で三年ほど服役させられた……」

「ああ、そうだよ。おれは四年前に大量の銅線をかっぱらった容疑で起訴され、刑務所にぶち込まれたんだ。しかし、無実だったんだよ。服役中にそのことが立証されて、即時釈放されたんだ。警察は捜査ミスがあったことを認め、七百三十万円の補償金を払ってくれた」

「確かそうだったな」

「ふざけてるとは思わないか。おれは窃盗犯扱いされ、マスコミに派手に報道されて、臭い飯を三年も喰《く》わされたんだぜ。人生を台なしにされたんだっ」

「申し訳ないことをしたと思ってる。弁解の余地はないね」

「あんた、少しはまともみたいだな。お巡りはたいてい身内を庇《かば》って、自分らの非を認めようとしない。だけど、あんたは素直に警察の非を認めた。よし、これからはあんたを交渉相手にしよう」

「きみが不当逮捕されて三年も服役させられたことには、一警察官として心から申し訳なかったと思ってる。わずか七百三十万円の詫び料で水に流してくれというのは、虫がよすぎる。客観的に言って、警察は反省が足りないね」

「あんたみたいな警官がいるとは思わなかったよ」

「きみが捜査関係者の対応に不満を持つ気持ちはわかる。しかし、一般市民を事件に巻き込むのは間違ってるな」

「それはわかってるよ。でも、仕方がなかったんだ」

「稲垣君、とりあえず二階から上にいる三十八人の従業員は解放してくれないか。二階の非常口から逃がしてやってくれ」

「そのとき、警察は強行突入する気なんだな。それで、一階にいるおれを取り押さえる気なんだろ？」

稲垣が言った。

「そんなことはさせない。きみは一階にいる九人を人質に取ってるんだ。強行突入したら、人質に危害が加えられる恐れがある。そんな無謀なことはしないよ。二階から八階にいる従業員たちを脱出させてやるだけだ」

「その約束を破ったら、おれは九人の人質を射殺するぞ！」

「一階には誰も突入させない」

「わかったよ。あんたの言葉を信じよう」

「稲垣君、きみは密造銃を持ってるようだが、自分で造《つく》ったのか？」

「密造マニアからコルト・ガバメントのコピー拳銃と銃弾二十発を買ったんだよ、八十万でな。出来は真正銃並《しんせいじゅう》だよ。山の中で、三発試《ため》し撃ちしてみたんだ」

「いま手許に十七発の実包があるのか？」

「ああ」

「きみの要求は何なんだ？　聞こうじゃないか」

「その前に二階から上のフロアにいる三十八人を救出してやってくれ。後《あと》でこっちから連絡するから、あんたの携帯のナンバーを教えてくれないか」

「いいだろう」

五味は言われた通りにして、いったん通話を切り上げた。機捜の外山警部補が駆け寄ってきた。

「『ＳＩＴ』のメンバーがすぐに駆けつけてくれることになりました。総勢二十人です」

「そうか」

五味は犯人の正体を教えた。

「その冤罪のことはよく憶《おぼ》えてますよ。別のチームが初動捜査に当たったんですが、目撃証言を鵜呑《うの》みにしたことが捜査ミスに繋がってしまったんでしょう。もちろん、所轄の池袋署と本庁にも責任はあると思います」

「そうだね。稲垣は、二階から八階にいる三十八人の従業員は解放してもいいと言ってる。気が変わる前に、築地署の連中と一緒に三十八人を保護してくれないか」

「わかりました」

外山が身を翻《ひるがえ》した。

そのすぐ後、オフブラックのティアナが近くに急停止した。覆面パトカーから降りたのは、五味の部下たちだった。

「臨場が遅くなって申し訳ありません」

小日向隆広《こひなたたかひろ》巡査部長が先に口を切った。三十四歳で、レスラー並の体格だった。かたわらの星賢作《ほしけんさく》巡査長も済まなそうな顔をしている。二十九歳の星刑事は交通機動隊出身の刑事で、童顔だった。角度によっては大学生に見える。

「人見課長から召集がかかったとき、二人で一杯飲《や》ってたんだろう？」

五味は二人の部下を等分《とうぶん》に見た。どちらも顔は赤くなかったが、少し酒臭い。

「ええ、星と軽く居酒屋で……」

小日向が答えた。

「こっちも娘夫婦と六丁目の創作和食処で飲み喰いしてたとき、課長から電話連絡が入ったんだ」

「それは、とんだ災難でしたね」

「災難は言い過ぎだろう。われわれは市民たちの用心棒なわけだから、職務を優先させないとな。というのは、建前だけどね」

五味は正直に言って、部下たちに事件の経過を伝えた。いつの間にか、立入禁止ゾーンの両側には報道関係者が集まっていた。

「稲垣のことは記憶に残ってます。人間は神じゃないわけですから、時にはミスもしますよね。それにしても、稲垣は気の毒でした。シロなのに、クロとして服役させられたんですから、怒りは死ぬまで消えないでしょう」

小日向が同情を表した。星は何も言わなかったが、同じ気持ちのようだ。

「稲垣は人質を取って、池袋署の担当取調官を呼びつける気でいるのかもしれない。場合によっては、当時の刑事課長、捜査本部長も務めた署長もね」

五味は言った。すると、星刑事が先に口を開いた。

「そうだとしたら、稲垣は何をする気でいるんでしょうか？　自分を真犯人《ホンボシ》と決めつけた捜査関係者の頭をコピー拳銃で撃つ気なんでしょうかね？」

「そこまではやらないと思うよ。おそらく何らかの形で、自分を窃盗犯と疑った警察関係者に仕返しをするつもりなんだろう」

「そうなんでしょうか」

「それはともかく、きみらも二階から八階にいる従業員の救出を手伝ってやってくれないか」

「了解！」

小日向が星と一緒に走りだした。

五味はポリスモードで、人見課長に経過報告をした。口を結ぶと、人見が沈んだ声を洩《も》らした。

「稲垣は警察首脳を記者会見の席に並ばせ、改めて冤罪の件を謝罪させる気なのかもしれないな。そんなことになったら、警察は威信《いしん》を失うことになってしまいます。五味さん、なんとかしませんとね」

「それを稲垣が望んでるんでしたら、謝罪の記者会見を開くべきでしょうね。事件の捜査にお偉方はタッチしたわけではありませんが、監督不行き届きということになります」

「そうなんですがね。警察の不祥事が後を絶ちませんから、イメージダウンになるようなことは極力《きよくりよく》、避けたいでしょう？」

「冤罪は、あってはならない致命的なミスです。ごく平凡に暮らしてた一市民の人生を暗転させてしまったわけですからね。七百三十万程度の詫び料で済まされたんでは、稲垣君

うかね？」

「狙いは金なんだろうか。立て籠り犯は、数億円の補償料を出せとでも要求するんでしょうかね？」

「いや、目的は金なんかじゃないでしょう。きっと彼は、ずさんな捜査のことを多くの人たちに知ってもらいたいと思ってるにちがいありません」

「どちらにしても、警察は昔の失態をもう一度、世間に晒《さら》さなければならないんですね」

「仕方がないでしょう。稲垣君は冤罪によって、人生をめちゃくちゃにされてしまったわけですから」

「そうなんですがね」

「彼は人質に危害を加える気はないようですから、『ＳＩＴ』を強行突入させることは避けるべきだと思います」

「しかし、犯人の言いなりになったら、警察の立場は悪くなります。刑事部長は、どういうご判断をされるのか……」

「個人的には、稲垣君の希望を受け入れるべきだと考えてます」

　五味は終了キーを押し、刑事用携帯電話を二つに折り畳んだ。

　ちょうどそのとき、『ＳＩＴ』の隊員たちが到着した。彼らは、すぐさま三十八人の従業員の保護に協力しはじめた。

やがて、三十八人が無事に救出された。

五味は、ひとまず安堵《あんど》した。だが、一階には九人の男女が監禁されている。事件はまだ終わってはいない。緩《ゆる》みかけた気持ちを引き締める。

五味は『銀宝堂』のシャッターに耳を押し当てた。人の話し声は伝わってこない。稲垣は人質たちを静かにさせ、一階の階段の昇降口の様子をうかがっているのだろうか。

シャッターから離れたとき、人見課長から電話がかかってきた。

「困ったことになりました。捜一の雨宮《あめみや》課長が石渡《いしわたり》刑事部長に呼ばれて、午後十一時までに片がつかなかったら、『SIT』のメンバーを一階フロアに強行突入させろと言われたらしいんですよ」

「で、捜一の雨宮課長はどんな反応をしたんです？」

「強行突入は明け方まで待つべきだと言ったようです。石渡刑事部長は雨宮課長の提案を呑《の》んだらしいんですが、相手は気が変わりやすい方だから……」

「課長、捜一の雨宮さんと一緒になんとか強行突入の時刻を引き延ばしてください。犯人を刺激したら、ろくな結果にはならないでしょう。おそらく稲垣君は自棄《やけ》になって、九人の人質に発砲すると思います」

「そうかもしれませんね。五味さん、一つだけ注文をつけさせてもらいます。犯人を君《くん》づけで呼ぶのはいかがなものでしょう？　稲垣は密造銃を持って、『銀宝堂』の従業員九人を人質に取ってるんです。れっきとした犯罪者でしょ？」

「ええ、そうですね」

「冤罪に泣いた稲垣を庇《かば》ってやりたいという気持ちがお強いんでしょうが、君づけはまずいですよ」

「そうですね。無意識に稲垣君と呼んでしまったが、確かに個人感情を挟むのはよくないことです。今後は気をつけます」

「そんなふうに言われると、わたし、困惑してしまいます。五味さんは罪を憎んでも、つまずいた人間に冷淡にはなりません。そういうスタンスは立派だと思います。ただ、稲垣に敬称は必要ないと感じたものですからね」

「課長、どうかお気遣いなく」

「しかし、五味さんはわたしよりも七年も早く生まれてるわけですから、いわば人生の先輩です」

「妙な遠慮は無用です。わたしは人見課長の部下なんですから、いつでも叱ってください」

「気分を害されたのかな？」

「それほど狭量ではないつもりです。とにかく、強行突入にはまだストップをかけてください。お願いします」

五味は電話を切った。数秒後、着信ランプが瞬《また》いた。発信者は稲垣だった。

「上のフロアにいた従業員たちは全員、外に出たようだな？」

「ああ」

「『SIT』のメンバーが支援に駆けつけたんだな？　ということは、一階に強行突入する気なんだろうな」

「強行突入はさせない」

「そんなふうに言い切っちゃってもいいのかい？　あんた、現場で指揮を執《と》ってるようだけど、上層部の命令に従ってるんだろ？」

「全権を握ってるわけじゃないが、きみとの約束は守る。そっちの要求を言ってくれ」

五味は本題に入った。

「四年前、おれを窃盗事件の犯人に仕立てた池袋署刑事課の安達晃《あだちあきら》刑事と御園郁夫《みそのいくお》課長の二人を午後十時までに『銀宝堂』の前に連れてこい。それからNHKを含めた全テレビ局のクルーを呼んでくれ」

「担当取調官と刑事課長の二人を呼んで、テレビカメラの前で謝罪させる気なんだな？」

「そうだよ」

「もう四年も経《た》ってるから、二人がいまも池袋署にいるかどうかはわからないぞ。ひょっとしたら、どちらも奥多摩あたりの所轄署に異動になってるかもしれない。もう少し時間をくれないか。十一時まで待ってもらえば、多分……」

「駄目だ。時間稼ぎをして、突入のチャンスをうかがう気なんだろうが、そうはいかないぞ」

「そうじゃないんだ。きみが人質に危害を加えない限り、『SIT』の隊員たちを一階フロアには突入させない」

「そうであっても、時間は延ばせないな。十時までに安達と御園を店の前に連れてきてくれ。時間切れになったら、人質を三十分置きに射殺する」

「きみは人質を傷つける気はないと言ったじゃないかっ」

「基本的には、そう思ってるさ。けど、おれは何がなんでも目的を果たしたいんだ。だから、事がスムーズに運ばない場合は強硬手段に出る。そういうことだ。早く言われた通りにしてくれ」

稲垣が興奮気味に喚《わめ》き、通話を打ち切った。

五味はリダイアルキーを押したが、すでに先方の電源は切られていた。

間に合った。

3

五味は、ひと安心した。安達と御園を乗せた捜査車輛が到着したのは、午後十時四分前だった。

五味は二人に身分を明かし、稲垣の携帯電話を鳴らした。電話はワンコールで通話可能状態になった。

「きみが指名した二人が着いた」

「そうか。二人とも、まだ池袋署にいたんだな？」

「いや、どちらも都内の別の所轄署に異動になってた。四年前、池袋署の刑事課長だった御園警部と替わろう」

「替わる必要はない。安達と御園を店の前で土下坐させ、拡声器を持たせろ。それで、おれを窃盗犯扱いしたことを謝罪させるんだ」

「本人たちは直《じか》にきみに謝りたいと考えてると思うがな」

「憎んでる奴らとダイレクトに話したくないんだよ。とにかく、そうしてくれ」

稲垣が言い放って、電話を切った。

五味は築地署の畔上に二基の拡声器《ラウドスピーカー》を用意してもらい、安達と御園に犯人の要求を伝えた。二人は顔を見合わせ、当惑顔になった。報道陣や野次馬たちの前で土下坐することにためらいを覚えたのだろう。

畔上が近づいてきて、安達と御園に拡声器を手渡した。

「土下坐なんかしたくないでしょうが、九人の命を救うと思って、犯人の要求に従ってもらえませんかね」

「わかりました。稲垣に大変な迷惑をかけてしまったわけですから、われわれはきちんと詫びます」

御園が言って、先に舗道に正坐した。かつての部下の安達が倣《なら》う。

テレビクルーのライトが一斉に点《つ》いた。『銀宝堂』の前は真昼のように明るくなった。

「稲垣、聞こえるか。わたしは御園だ。安達も一緒だよ。四年前、われわれは捜査ミスをして、きみを深く傷つけてしまった。心から申し訳ないことをしたと思ってる。どうか赦《ゆる》してほしい。この通りです」

元刑事課長はラウドスピーカーを横に置くと、深々と頭を垂れた。安達も同じように許しを乞い、額を舗道の石畳に触れさせた。

そのすぐ後、五味の携帯電話が鳴った。

コールしたのは稲垣だった。

「二人の声は耳に届いたね？」

五味は真っ先に訊《き》いた。

「ああ」

「気が済んだか？」

「まあね」

「だったら、九人の人質を解放してくれ」

「それは……」

稲垣が言い澱《よど》んだ。

そのとき、御園警部が立ち上がった。五味は携帯電話の送話孔《こう》を手で覆った。

「何か？」

「わたしと安達が人質の身替りになります。そのことを稲垣に伝えてほしいんですよ」

御園が言った。五味はうなずき、稲垣に御園の申し出を伝えた。

「あいつら二人とは顔を合わせたくないんだ。安達と御園の面《つら》を見たら、撃ち殺したくなるだろうからな」

「それなら、わたしが身替りの人質になろう。別に問題はないよな？」

「それも駄目だ。次の要求を言うぞ」

「稲垣、何を考えてるんだ⁉」

「いいから、こっちの話を聞けよ。安達と御園の二人を小菅《こすげ》の東京拘置所に行かせろ」

「東京拘置所に行かせろだって⁉」

「そうだ。拘置所には三人の死刑囚が収監されてる。彼らもおれと同じように無実なのに長いこと服役して、絞首台に送られる日を待たされてるのかもしれない。そんなことになったら、国が無実の市民を殺したことになるんだぞ」

「ちょっと待ってくれ。これまでに幾つかの冤罪があったことは素直に認めよう。しかし、死刑判決が最高裁や高裁で下《くだ》されるまでには検察側は充分な物証を固めたはずだよ」

「だから、判決にミスなんかなかったと言いたいわけかっ」

「判決は、ほぼ正しかったんだろう。百パーセント正しかったとは断言できないがね」

「そうだよな。それなのに、現法務大臣はためらうこともなく、何人もの死刑執行をさせてる。冤罪で死刑にされた者は、死んでも死にきれないだろうが！」

　稲垣が語気を強めた。

「無実ならば、そうだろうな」

「とにかく、御園たち二人を東京拘置所に行かせろ。そして、三人の死刑囚を安全圏まで誘導させるんだ。警察庁長官は法務大臣のとこに行って、超法規措置の許可を貰うんだっ。いいな？」

「稲垣、自分が何を言ってるのかわかってるのか？」

「おれは正気だよ。こっちの要求を無視したら、人質をひとりずつ撃ち殺すぞ」

「頼むから、少し冷静になってくれ」

五味は言った。数秒後、乾いた銃声が響いてきた。人質の悲鳴も耳に届いた。

「人質を撃ったのか？」

「焦《あせ》るな。天井を撃ったのさ。跳弾《ちょうだん》が人質の間に落ちただけだよ」

「ほんとだな？」

「ああ。三人の死刑囚が釈放されて安全圏に入ったことが確認できたら、九人の人質は自由にしてやる。でも、もたもたしてたら、何人かの人質を射殺することになるぞ」

稲垣が電話を切った。

五味は、御園と安達に稲垣の要求をそのまま伝えた。

「稲垣が三人の死刑囚を無条件で釈放させろと要求したなんて、とても信じられません。そんな戦闘的というか、荒々しい行動に走る男じゃないんですよ。気弱で、ちょっと大声を出すと、竦《すく》み上がるような奴でしたからね」

御園が言って、安達に同意を求めた。安達が大きくうなずいた。

立て籠り犯は、稲垣になりすました別人なのではないか。

五味は、ふと思った。よく考えてみれば、窃盗罪の濡衣《ぬれぎぬ》を着せられて三年も服役した男がこのような凶悪犯罪に及ぶはずがない。

「犯人は、稲垣本人じゃないのかもしれない。立て籠ってる男に電話をするんで、声をよく聴いてほしいんだ」

五味は稲垣と名乗っている犯人に電話をかけ、ポリスモードを御園に手渡した。御園が二言三言喋って、小さく舌打ちした。

「電話、切られてしまったようだな」

「そうなんですよ」

「犯人の声はどうでした？」

「断定はできませんが、稲垣の声とは違うようでした。稲垣の声はもっと高いですからね」

「それなら、犯人は稲垣になりすましてるんだろう」

「いったい何のために……」

「立て籠り犯の真の目的は、三人の死刑囚を釈放させることだったんだろうな。おそらく三人の死刑囚の中に犯人の血縁者がいるんだろう。父親、叔父、実兄、従兄とかがね」

「そうかもしれませんね。われわれ二人は稲垣の現住所を調べて、彼の交友関係を探《さぐ》ってみますよ。もしかしたら、立て籠り犯は稲垣の刑務所仲間なのかもしれない」

「その可能性はありそうだが、それはわたしの部下にやらせます。あなたたちは築地署の車輛で待機しててほしいんだ」

五味は言った。

御園が安達を伴って、警察車輛に足を向けた。五味は部下の小日向と星を呼び寄せた。手短に経緯《いきさつ》を話す。

「犯人は偽の稲垣の可能性があるんですって⁉」

小日向が目を丸くした。

「そうなんだ。きみら二人は運転免許証のデータベースから稲垣の現住所を割り出して、交友関係を徹底的に探《さぐ》り出してくれ。おそらく犯人は、稲垣の知り合いなんだろう」

「そうなんでしょうね」

「何かわかったら、すぐ報告してくれ」

五味は二人の部下に言った。

小日向と星が慌《あわ》ただしくアリオンに乗り込んだ。五味は初動班の外山主任に駆け寄って、犯人が偽の稲垣の可能性である疑いが濃いことを話した。

「『SIT』のメンバーに一階階段の昇降口のキャビネットの向こうにCCDカメラをこっそり投げ込ませましょう。うまくすれば、立て籠り犯の姿がモニターに映るかもしれませんからね」

「そうだな。そうしてもらおうか」

「了解！」

外山が『ＳＩＴ』の隊員たちがいる場所に走っていった。

五味は『銀宝堂』の前に戻って、立て籠り犯に電話をかけた。

「さっきは、どうして御園を電話口に出したんだっ。あんたは、おれを怒らせたいのか！」

犯人がまくし立てた。

「きみは誰なんだ？」

「な、何を言ってるんだ⁉　おれが稲垣竜幸であることはわかってるはずじゃねえか」

「四年前に池袋署で刑事課長をやってた御園警部は、きみの声を聞いて、稲垣とは別人のような気がすると言った」

「出所してから酒浸りだったんで、以前よりも声が嗄《しゃが》れちまったんだ。嘘じゃないって」

「そんなふうにむきになると、かえって怪しいな」

「そんなに疑ってるなら、おれが稲垣本人だってことを証明してやらあ」

「どうやって？」

「携帯のカメラで運転免許証を撮《と》って、すぐに写メールを送るよ。ちょっと待っててくれ」

「わかった」

五味は終了キーを押した。

二分ほど待つと、写真メールが送信されてきた。稲垣竜幸の運転免許証が鮮明に撮られている。犯人が追っつけ電話をかけてきた。

「これで、おれが当人だということがわかっただろうが！」

「いや、まだ信じることはできないな」

「なんでだよっ」

「そっちが稲垣の免許証を奪った可能性もあるからさ」

「だったら、おれの携帯のナンバーから登録者をＮＴＴで確認してくれ」

「稲垣の携帯をそっちが免許証と一緒に盗んだとも考えられる」

「疑り深いね、あんた」

「なんでも疑ってみることが刑事の習性なんだよ」

五味は一歩も引かなかった。

「それにしても、疑り深すぎる」

「そっちの顔を携帯のカメラで撮影して、写真メールを送信してくれないか。それで、稲垣本人かどうか確認させてくれ」

「そこまでつき合えるかっ」

「ま、いいさ。三人の死刑囚の誰と血縁関係があるんだ？」

「今度は何を疑ってるんだ⁉　三人の死刑囚は赤の他人だよ。でも、シロなのに絞首刑にされる奴がいたら、気の毒じゃねえか。だから、おれは三人とも自由の身にしてやりたいと思っただけさ。おかしな勘繰《かんぐ》りはやめてくれ」

犯人は平静さを努《つと》めて装っているが、狼狽《ろうばい》している様子だ。

「うろたえてるな。どうやら図星だったらしいね」

「勝手に決めつけんな。いい加減にしないと、店長の駒崎っておっさんを撃っちまうぞ」

「人質には手を出すな」

「あんた、何様のつもりなんだっ。おれに何か命令できる立場かよ。九人の人質なんかどうなってもいいと思いはじめてるのか？」

「つい命令口調になってしまったんだ。勘弁してくれ」

「二度と偉そうな口をきくなよ」

「わかった」

「安達と御園は東京拘置所に向かったんだな？」

「ああ。警察庁長官は、じきに法務大臣に会えるだろう」

五味は、もっともらしく言った。

「そうか。いまの法務大臣は、どういう神経をしてるんだい？　歴代の法務大臣は誰も死刑執行のサインはしたがらなかったよな？」

「そうだね。執行命令を下《くだ》すことは、なんとなく後味《あとあじ》が悪いだろうからな」

「現大臣は事務的に執行命令を何回も出してる。血も涙もない男なんじゃないのか。おれは、そう思うね」

「わたしには答えようがないな。現法務大臣とは一面識もないんでね」

「返事をうまくはぐらかしたな。いま思いついたんだが、現法務大臣を身替りの人質にしてもいいわけだ。死刑囚の命を軽く見てる政治家に死の恐怖を与えてやるか」

「本気なのか⁉」

「半分はな。しかし、危険な賭《か》けだよな。法務大臣をここに呼びつけたら、ＳＰにおれは狙撃されることになるだろうから。そうならなくても、『ＳＩＴ』の連中が強行突入するはずだ。銃撃戦になったら、おれは撃ち殺されちまうかもしれない。そうなったら、親代わりにおれを育ててくれた……」

犯人が焦《あせ》って語尾を呑《の》んだ。

「三人の死刑囚のひとりが、そっちを育ててくれたんだな？」

「………」

「それは誰なんだ？　血の繋がりのある者なんだろ？」

五味は問いかけた。犯人は無言のまま電話を切った。すぐにリダイアルキーを押したが、通話はできなかった。

五味は部下の小日向巡査部長に電話をかけ、稲垣の現住所が江東区富岡《とみおか》二丁目十×番地であることを告げた。すでに小日向は、そのことを知っていた。星刑事と稲垣の自宅アパートに向かっているらしい。

五味は三人の死刑囚の中に犯人の血縁者がいる可能性があることを告げ、携帯電話の終了キーを押した。

そのとき、誰かに軽く肩を叩《たた》かれた。

振り向くと、捜査一課の加門警部補が立っていた。

五味は十七年前、ある所轄署の刑事課で加門と一緒になった。加門は、まだ新米だった。五味は指導係を命じられ、加門に刑事の心得を惜《お》しみなく伝授した。ルーキーが好青年だったからだ。

加門は呑《の》み込みが早かった。わずか一年後には、頼もしい相棒に成長していた。同僚だったのは、三年そこそこだった。

その後、二人は何回か異動になった。それでも交友はつづいていた。加門は、周囲の者たちに五味のことを〝師匠〟だと公言しているようだ。少しこそばゆい感じだが、悪い気はしない。

「捜一の課長に様子を見てきてくれって言われたんだな?」

「ええ、そうです。しかし、出すぎた真似はしませんよ。『ＳＩＴ』の連中にも、捜三の面子《メンツ》を潰《つぶ》さないでくれと言ってあります」

「相変わらず神経が濃《こま》やかだね」

「それで、状況はどうなんです？」

加門が訊いた。五味はこれまでの経過を語り、自分の推測も付け加えた。

「犯人は稲垣の偽者でしょうね。それから犯行目的は、三人の死刑囚の釈放と考えてもいいと思います」

加門が言った。

「きみがそう言うんだから、わたしの筋読みは間違ってないんだろう」

「なんか責任が重いな」

「筋読みが外れても、加門君のせいにはしないさ」

「わかってますよ。犯人は三人の死刑囚が釈放されるまで『銀宝堂』に立て籠る気でいるんだろうが、どんな方法で脱出する気なんですかね？　包囲網を突破することは、かなり難しいはずです」

「何か脱出方法を考えてるにちがいない」

五味は低く呟《つぶや》き、老舗《しにせ》宝飾店の本社ビルを見上げた。

4

乾いた銃声が轟《とどろ》いた。

一発だった。十数分後である。

五味は犯人の携帯電話を鳴らした。じきに電話が繋がった。

「外まで銃声が響いてきたが、いったい何があったんだ？」

「暴発だよ。駒崎って店長がおれに急に組みついてきたんだ。そのとき、指が弾《はず》みで動いたってわけさ」

「弾《たま》は誰にも当たらなかったんだな？」

「いや、駒崎の左腕に当たったった。といっても、掠《かす》っただけだよ。筋肉が何ミリか抉《えぐ》られてるが、たいした出血量じゃない」

「店長だけでも解放してくれないか。すぐに救急病院に搬送《はんそう》してやりたいんだよ」

「それはノーだ」

「なら、駒崎店長と電話で喋らせてくれ」

「いいだろう、それなら」

犯人の声が途切れた。ほどなく店長の声が流れてきた。

「電話、替わりました」

「五味です。左腕を銃弾が掠めたそうですね？」

「はい、二《に》の腕のとこを。痛みはありますけど、部下が手早く止血をしてくれましたんで、もう大丈夫だと思います」

「駒崎さん、焦《あせ》らないでください。必ず警察が人質を救出しますから。いいですね？」

「は、はい」

「携帯を犯人に返してください」

五味は言って、大きく息を吸った。逸《はや》る気持ちを鎮《しず》めたのだ。

「安達と御園が東京拘置所に着いたら、おれの携帯に写メールを送らせろ」

犯人が言った。

「ああ、わかった」

「警察庁長官は、まだ法務大臣に会えないのか？」

「もう間もなく会えるはずだよ。もう少し待ってくれ」

「もたもたしやがって。三人の死刑囚の釈放準備は完了してるんだろうな？」

「もちろんだ」

五味は言い繕《つくろ》った。

「それじゃ、拘置所の職員に三人の姿を携帯のカメラで撮影させて、すぐに写メールを送信させろ」

「そこまでやらなくてもいいだろうが。そっちの要求通りに三人の死刑囚は釈放されるんだから」

「そう言われても、それだけじゃ信用できない。だから、三人の写メールを送らせろと言ってるんだっ。何か都合の悪いことでもあるのか？」

「そういうわけじゃない」

「だったら、言われた通りにしろ！」

犯人が通話を打ち切った。

五味は携帯電話を懐《ふところ》に突っ込むと、『銀宝堂』の非常階段に足を向けた。一階の非常扉はロックされていた。

抜き足で二階の踊り場まで上がる。非常扉は半分ほど開いていた。五味は身を滑り込ませ、すぐに屈《かが》んだ。

モニターの前には、機捜の外山、築地署の畔上、御園、安達の四人がうずくまっていた。ＣＣＤカメラは一階のエレベーターホールの端に落とされたはずだが、店内の一部を映し出しているだけだ。

「『ＳＩＴ』のメンバーがもう少し店に近い場所にＣＣＤカメラを落としてくれれば、店内の様子がもっとわかるんでしょうけどね」

外山が五味に言った。

「モニターに犯人や人質の姿は一度も映らなかったのかな?」

「一度だけ女性店員の姿が一瞬、映し出されました。その彼女は犯人に命じられて、何かを店内の隅に取りに行ったようです」

「そう。少し前に銃声がしたが、どうも暴発だったようだ」

五味は犯人と電話で喋った内容を伝えた。

「被弾したのが店長であることは、人質たちと犯人の会話でわかりました。しかし、駒崎店長と犯人が揉《も》み合った弾みで暴発したのかどうかまでは……」

「犯人は、三人の死刑囚は間もなく釈放されるものと信じてるようだ。しかし、ちょっと困ったことになった」

「それはどんなことなんです?」

「犯人は少し前の電話で、御園さんたち二人が東京拘置所に着いたら、その証拠の写真メールを自分の携帯に送信しろと命じたんだ。それから、三人の死刑囚の写メールも送らせろと言ったんだよ」

「犯人は、われわれの引き延ばし作戦に薄々、気づきはじめてるんじゃありませんか?」

「そんなふうには感じられなかったが、少しは警察を疑ってるのかもしれない」

「われわれが三人の死刑囚の釈放準備なんかしてないと知ったら、犯人は怒《いか》り狂うでしょうね。最悪の場合、九人の人質は皆殺しにされるんじゃないのかな?」

「そんなことはさせない。犯意を持って人質をひとりでも撃ったら、そのときは『SIT』に強行突入してもらおう」

「ええ、やむを得ないですよね」

外山が同調した。

数秒後、御園がモニターを急に指さした。画面にはスポーツキャップを被った男が映っていた。サングラスはかけていないが、犯人だろう。

「違う! こいつは稲垣竜幸じゃない」

「ええ、別人ですね」

御園と安達が相前後して言った。画面から犯人の姿が消え、壁と陳列台の一部しか見えなくなった。

「やっぱり、偽者だったか。真犯人は稲垣と面識がある奴と考えてもいいだろう。さらに、三人の死刑囚のうちの誰かと血縁関係があると思われる」

五味は誰にともなく言った。最初に口を切ったのは、築地署の畔上だった。

「部下に三人の死刑囚に関する資料を急いで集めさせましょう」

「お願いします」

五味は頭を下げた。外山が五味に倣《なら》った。

畔上が大きくうなずき、非常口に向かった。

「ここはよろしく！」

五味は畔上たちに言って、中腰で非常口に足を向けた。

一階に下《くだ》って間もなく、部下の小日向から電話がかかってきた。

「稲垣は自宅アパートにいましたよ。口に粘着テープを貼られて、ロープで手足を縛られてね。部屋のドアをノックしたら、かすかな唸《うな》り声がしたんです。それで家主からマスターキーを借りて、部屋に入ったんですよ」

「真犯人が稲垣の自由を奪って、運転免許証や携帯電話を奪ったんだろう。それで稲垣になりすまし、『銀宝堂』に押し入ったにちがいない。そいつは何者だったんだ？」

五味は早口で訊いた。

「片岡恒栄《かたおかこうえい》、二十九歳です。稲垣の刑務所仲間だそうです。片岡は傷害罪で府中刑務所にぶち込まれ、一年数カ月前に仮出所してます。稲垣は、同じ雑居房にいた片岡に自分は無実だと訴えたらしいんですよ。片岡は稲垣に人権派弁護士に相談してみろとアドバイスしてくれたそうです。稲垣は片岡が人権派弁護士に橋渡ししてくれたんで、身の潔白を晴らすことができたという感謝の気持ちから出所後も交友を重ねてたらしいんですよ」

「そうか」

「稲垣の話によると、片岡の両親はデパートの屋上から飛び降り自殺したＯＬの巻き添えで死んでしまったらしいんですよ。片岡が小三のときにね。妹は小一だったそうです。そんなことで、片岡兄妹《きょうだい》は母方の叔父に成人するまで育てられたという話でした。その叔父は婚約者がいたらしいんですが、結婚を諦《あきら》めて甥と姪を育て上げたんだそうです」

「そうか。三人の死刑囚の中に片岡の叔父がいるな」

「あっ、そうか。片岡の叔父の姓は江間《えま》だそうです」

「その死刑囚のことは憶《おぼ》えてる。江間護《まもる》、五十八歳だよ。江間は七年前にヤミ金業者の一家四人を惨殺して、二年前に最高裁で死刑判決を受けてる」

「わたしも思い出しました。『銀宝堂』に押し入った片岡恒栄は自分と妹を育ててくれた死刑囚の叔父を自由の身にしてやりたくて、手の込んだ方法で九人の人質を取ったんですね？」

「そうにちがいない。恩返しのつもりだったんだろうが、考え方が間違ってるな」

「ええ、そうですね」

「星と一緒に現場に戻ってくれ」

五味は終了キーを押した。すると、畔上が駆け寄ってきた。

「三人の死刑囚の氏名がわかりました。相沢太一《あいざわたいち》、江間護、吉松也寸志《よしまつやすし》の三人です」

「犯人が会いたがってるのは江間護だよ。稲垣になりすましてたのは、江間の実姉の息子の片岡恒栄って男だ」

五味は部下の報告をそのまま畔上に語った。

「そういうことなら、犯人は片岡に間違いないでしょう。『SIT』に強行突入してもらいましょうよ」

「その前に片岡を説得してみる」

「説得に応じるとは思えませんがね。しかし、五味さんがそうおっしゃるなら、反対はしません」

畔上がそう言い、ゆっくりと遠ざかっていった。

五味は犯人の携帯電話を鳴らした。スリーコールで、通話が可能になった。

「きみは片岡恒栄という名だな？　稲垣とは刑務所仲間だった。そうだね？」

「何を言ってんだ⁉　寝ぼけたことを言うな。おれは稲垣だぜ。写メールを送信したろうが、免許証のさ」

「わたしの部下が自宅アパートで稲垣君を保護したんだよ」

「えっ⁉」

相手が絶句した。

「死刑囚の江間護は、きみの母方の叔父だな？　きみと二つ違いの妹を小学生のころから育ててくれた恩人だね？　恩義に報《むく》いたいという気持ちはわかるが、きみの叔父は四人も殺害してるんだ」

「叔父貴はヤミ金業者に借りた金の何百倍も払わされてたんだ。被害者一家は貧しい人たちの生き血を吸って、ぬくぬくと暮らしてたんだよ。どいつも害虫みたいなもんじゃないか。叔父は耐えに耐えた末、怒りを爆発させたんだ」

「きみの叔父さんはカモにされたんだろうな。そのことには同情を禁じ得ない。しかしね、どんな理由があっても、人殺しは許されることじゃないんだよ」

「死んだヤミ金業者は人間とは呼べない奴だったんだ」

「恩のある叔父さんを庇いたい気持ちは理解できなくはないが、片岡君、よく考えるんだ。妹さんがどこでどう暮らしてるか知らないが、きみが人質を射殺したりしたら、世間から白眼視されることになるだろう」

「妹のことは言うな。睦美《むつみ》のことを考えたら、叔父貴を見殺しにしなくちゃならなくなるからな」

「江間護は逃亡することを望んでるだろうか。被害者に人間的な温かみがないとしても、一家四人を惨殺してしまったんだ。死を以《もっ》て償いたいと考えてると思うんだ」

「おれは叔父貴が生きてるうちに、恩を返したいんだよ」

「自分の気持ちが済めば、それでいいのか？」

「…………」

「妹さんが生きづらくなっても、それでいいのかっ。片岡、目を覚ませよ。まず駒崎店長を解放して、残りの八人も外に出してやれ。投降すれば、きみの罪も少しは軽くなる。まだ若いんだから、捨て鉢になるな」

「少し考えさせてくれ」

「わかった」

五味は電話を切った。

いつの間にか、加門が近くに立っていた。五味は加門に近づき、捜査に進展があったことを話した。

「真犯人は稲垣の刑務所仲間だったのか。片岡って男は、なかなか悪知恵が発達してますね。叔父の江間護が釈放されたら、自分も『銀宝堂』から何かトリックを使って、逃げる気だったんでしょう」

「そうなんだろうか」

「こっちの出番はなさそうだな。先に引き揚げます」

加門が体を反転させ、銀座四丁目交差点に向かって歩きだした。五味は引き留《と》めなかった。

片岡から電話がかかってきたのは、十数分後だった。

「店長の駒崎は自分は後回《あと》しでいいから、まず四人の女性店員を解放してくれと言ってる。だから、先に四人の人質を店から出す。テレビカメラに撮られたくないだろうから、四人には引き千切《ちぎ》ったカーテンを頭からすっぽりと被せる。警察車輌に収容するまで、その覆《おお》いは絶対に剝《は》がさないでくれ」

「わかった」

「それから警察関係者は、『銀宝堂』から百メートルほど退《さ》がってほしいな」

「なぜ、そんなことを言う?」

「店のシャッターを上げたとき、『SIT』の隊員に狙撃されたくないからさ」

「そんなことはさせない」

五味は言った。

「あんたはそう言っても、おれはコルト・ガバメントのコピー拳銃を持ってるんだ。狙撃されないとは限らないじゃないか。とにかく、あんたを含めて警察の人間は百メートルほど後退してくれ。いいな?」

「指示に従おう」

「おれは九人が保護されたら、武器を捨てて投降する。だから、『SIT』のメンバーをできるだけ店から遠のかせてくれ」

「いいだろう」

「それじゃ、五分以内に店のシャッターを開けるよ」

片岡が通話を切り上げた。

五味は『SIT』の指揮官に声をかけ、全捜査員を事件現場から遠ざけさせた。自分は『銀宝堂』の斜め前に駐めてある警察車輌の陰に身を潜《ひそ》めた。

店のシャッターが巻き揚げられたのは、数分後だった。

頭からカーテンを被った四人の人質が姿を見せた。三人の背丈はほぼ同じだった。だが、ひとりだけ背が高い。

五味は上背のある人質を仔細《しさい》に観察した。肩幅が広く、骨格も太い。男のような体型だ。足許を見ると、パンプスの踵《かかと》の部分を踏み潰《つぶ》している。

犯人の片岡なのかもしれない。

そう思ったとき、三人の人質が舗道にへなへなと坐り込んだ。緊張感から解放され、全身の力が抜けてしまったのだろう。

背の高い人質がパンプスを脱ぎ、慌《あわ》てて走りだした。

一丁目方向だった。カーテンの裾《すそ》から、捲《まく》り上げたジーンズが覗《のぞ》いている。男の脚《あし》だった。

「片岡、待てーっ」

五味は舗道に上がり、すぐさま追った。

逃げる男は数十メートル先の脇道に走り入った。五味は疾駆《しっく》した。脇道に入ると、カーテンを抱えた男が裸足《はだし》で走っていた。

「もう観念しろ！」

五味は追跡しながら、大声を張り上げた。

すると、裸足の男が立ち止まった。

「片岡だなっ」

「そうだよ。おれは逃げ切ってみせる」

片岡がベルトの下からコピー拳銃を引き抜いた。五味は身構えた。丸腰だった。

目で、間合いを測《はか》る。二十数メートルしか離れていない。危険だ。肩で息を継《つ》ぎながら、相手の出方を待つ。

片岡が密造拳銃のスライドを引き、銃把《グリップ》に両手を添えた。

次の瞬間、銃口炎《マズル・フラッシュ》が瞬《また》いた。

五味は横に跳《と》んだ。放たれた銃弾は、数十センチ横を駆け抜けていった。

片岡が二弾目を放ちかけたとき、背後で人影が動いた。

加門だった。彼は特殊警棒を長く伸ばすなり、片岡の後頭部を強打した。

片岡が呻《うめ》いて、片膝をついた。五味は走り寄って、頭から突進した。コピー拳銃を叩き落とし、片岡を組み敷く。

「これを使ってください」

加門が自分の手錠を差し出した。

五味は無言で受け取り、片岡に前手錠を打った。手早く凶器を押収する。銃身は少し熱かった。

「くそっ」

「往生際が悪い奴だ。六十近いわたしにあんまり激しい運動をさせないでくれ。さ、立つんだっ」

「わかったよ」

片岡が不貞腐《ふてくさ》れた顔で言い、右肘《みぎひじ》を支点にした。しかし、自力では起き上がれない。

「世話を焼かせる男だ」

五味は片岡を引き起こし、あたりを見回した。加門の姿は掻《か》き消えていた。エース刑事の好漢ぶりが清々《すがすが》しい。

「大きいサイズのパンプスがなくて、残念だったな」

五味は片岡の右腕をむんずと摑《つか》んだ。片岡が獣《けもの》のように吼《ほ》え、何か毒づいた。その声は弱々しかった。

前方から十数人の人影が走ってくる。いずれも捜査員たちだった。

五味は無言で片手を高く掲《かか》げた。犯人確保のサインだ。

著者注・この作品はフィクションであり、登場する人物および団体名は、実在するものといっさい関係ありません。

注・本作品は、平成二十年七月、徳間書店より刊行された、
『刑事稼業　強行逮捕』を、著者が大幅に加筆・修正したものです。

一〇〇字書評

切り取り線

購買動機（新聞、雑誌名を記入するか、あるいは○をつけてください）	
□（　　　　　　　　　　）の広告を見て	
□（　　　　　　　　　　）の書評を見て	
□ 知人のすすめで	□ タイトルに惹かれて
□ カバーが良かったから	□ 内容が面白そうだから
□ 好きな作家だから	□ 好きな分野の本だから

・最近、最も感銘を受けた作品名をお書き下さい

・あなたのお好きな作家名をお書き下さい

・その他、ご要望がありましたらお書き下さい

住所	〒				
氏名		職業		年齢	
Eメール	※携帯には配信できません	新刊情報等のメール配信を 希望する・しない			

この本の感想を、編集部までお寄せいただけたらありがたく存じます。今後の企画の参考にさせていただきます。Eメールでも結構です。

いただいた「一〇〇字書評」は、新聞・雑誌等に紹介させていただくことがあります。その場合はお礼として特製図書カードを差し上げます。

前ページの原稿用紙に書評をお書きの上、切り取り、左記までお送り下さい。宛先の住所は不要です。

なお、ご記入いただいたお名前、ご住所等は、書評紹介の事前了解、謝礼のお届けのためだけに利用し、そのほかの目的のために利用することはありません。

〒一〇一－八七〇一
祥伝社文庫編集長　坂口芳和
電話　〇三（三二六五）二〇八〇

祥伝社ホームページの「ブックレビュー」からも、書き込めます。
http://www.shodensha.co.jp/bookreview/

祥伝社文庫

刑事《けいじ》稼業《かぎょう》　強行《きょうこう》逮捕《たいほ》

平成28年3月20日　初版第1刷発行

著　者　南《みなみ》　英男《ひでお》
発行者　辻　浩明
発行所　祥伝社《しょうでんしゃ》
東京都千代田区神田神保町3-3
〒101-8701
電話　03（3265）2081（販売部）
電話　03（3265）2080（編集部）
電話　03（3265）3622（業務部）
http://www.shodensha.co.jp/

印刷所　堀内印刷
製本所　ナショナル製本
カバーフォーマットデザイン　芥　陽子

本書の無断複写は著作権法上での例外を除き禁じられています。また、代行業者など購入者以外の第三者による電子データ化及び電子書籍化は、たとえ個人や家庭内での利用でも著作権法違反です。
造本には十分注意しておりますが、万一、落丁・乱丁などの不良品がありましたら、「業務部」あてにお送り下さい。送料小社負担にてお取り替えいたします。ただし、古書店で購入されたものについてはお取り替え出来ません。

Printed in Japan ©2016, Hideo Minami　ISBN978-4-396-34188-6 C0193

祥伝社文庫の好評既刊

南　英男
三年目の被疑者
元検察事務官刺殺事件。殉職した夫の敵を狙う女刑事の前に現われたのは、予想外の男だった……。

南　英男
異常手口
シングルマザー刑事・保科《ほしな》志保《しほ》と殉職した夫の同僚・有働《うどう》警部補が、化粧を施された猟奇死体の謎に挑む！

南　英男
嵌《は》められた警部補
麻酔注射を打たれた有働警部補。目を覚ますとそこに女の死体が…。誰が何の目的で罠に嵌めたのか？

南　英男
立件不能
少年係の元刑事が殺された。少年院帰りの若者たちに、いまだに慕われていた男がなぜ、誰に？

南　英男
警視庁特命遊撃班
ごく平凡な中年男が殺された。ところが男の貸金庫から極秘ファイルと数千万円の現金が見つかって……。

南　英男
はぐれ捜査　警視庁特命遊撃班
謎だらけの偽装心中事件。殺された男と女の「接点」とは？　風見《かざみ》竜次《りゅうじ》警部補らは違法すれすれの捜査を開始！

祥伝社文庫の好評既刊

南 英男
暴れ捜査官 警視庁特命遊撃班
善人にこそ、本当の〝ワル〟がいる！ ジャーナリストの殺人事件を追ううちに現代社会の〝闇〟が顔を覗かせ……。

南 英男
偽証（ガセネタ） 警視庁特命遊撃班
元刑事・日暮《ひぐれ》が射殺された。真相に風見たちが挑む！ 刑事を辞めざるを得なかった日暮の無念さを知った風見は……。

南 英男
裏支配 警視庁特命遊撃班
連続する現金輸送車襲撃事件。大胆で残忍な犯行に、外国人の影が⁉ 背後の黒幕に、遊撃班が食らいつく。

南 英男
犯行現場 警視庁特命遊撃班
テレビの人気コメンテーター殺害と、改革派の元キャリア官僚失踪との接点は？ はみ出し刑事の執念の捜査行！

南 英男
悪女の貌《かお》 警視庁特命遊撃班
容疑者の捜査で、闇経済の組織を洗いはじめた風見たち特命遊撃班の面々。だが、その矢先に……‼

南 英男
危険な絆 警視庁特命遊撃班
劇団復興を夢見た映画スターが殺される。その理想の裏にあったものとは……。遊撃班・風見たちが暴き出す！

祥伝社文庫の好評既刊

南　英男　**雇われ刑事**

撲殺された同期の刑事。犯人確保のため、脅す、殴る、刺すは当たり前――警視庁捜査一課の元刑事・津上《つがみ》の執念！

南　英男　**密告者**　雇われ刑事

警視庁刑事部長から津上に下った極秘指令。警察の目をかいくぐりながら、〈禁じ手なし〉のエグい捜査が始まった。

南　英男　**暴発**　警視庁迷宮捜査班

違法捜査を厭わない尾津《おづ》と、見た目も態度もヤクザの元マル暴白戸《しらと》。この二人の「やばい」刑事が相棒になった！

南　英男　**組長殺し**　警視庁迷宮捜査班

ヤクザ、高級官僚をものともしない尾津と白戸に迷宮事件の再捜査の指令が。容疑者はなんと警察内部にまで……!!

南　英男　**内偵**　警視庁迷宮捜査班

美人検事殺人事件の真相を追う尾津&白戸。検事が探っていた〝現代の裏ビジネス〟とは？　禍々《まがまが》しき影が迫る！

南　英男　**毒殺**　警視庁迷宮捜査班

強引な捜査と逮捕が、新たな殺しに繋がったのか？　猛毒で殺された男の背後に、怪しい警察関係者の影が……。

祥伝社文庫の好評既刊

南 英男　特捜指令

警務局局長が殺された。摘発されたことへの復讐か？　暴走する巨悪に、腐れ縁のキャリアコンビが立ち向かう！

南 英男　特捜指令　動機不明

悪人には容赦は無用。キャリア刑事のコンビが、未解決の有名人一家殺人事件の真実に迫る！

南 英男　特捜指令　射殺回路

対照的な二人のキャリア刑事が受けた特命、人権派弁護士射殺事件の背後には……。超法規捜査、始動！

南 英男　手錠

弟をやくざに殺された須賀《すが》警部は、志願してマル暴に移る。鮮やかな手口、容赦なき口封じ。恐るべき犯行に挑む！

南 英男　怨恨　遊軍刑事《デカ》・三上謙《みかみけん》

渋谷署生活安全課の三上謙は、署長の神谷《かみや》からの特命捜査を密かに行なう、タフな隠れ遊軍刑事だった——。

南 英男　死角捜査　遊軍刑事・三上謙

狙われた公安調査庁。調査官の撲殺事件の背後には、邪悪教団の利権に蠢く者が!?　単独で挑む三上の運命は!?

祥伝社文庫　今月の新刊

安東能明
限界捜査
『撃てない警官』の著者が赤羽中央署の面々の奮闘を描く。

石持浅海
わたしたちが少女と呼ばれていた頃
青春の謎を解く名探偵は最強の女子高生。碓氷優佳の原点。

西村京太郎
伊良湖岬《いらご》　プラスワンの犯罪
姿なきスナイパーの標的は？　南紀白浜へ、十津川追跡行！

南　英男
刑事稼業　強行逮捕
食らいついたら離さない、刑事たちの飽くなき執念！

草凪　優
元彼女《モトカノ》…
ふいに甦った熱烈な恋。あの日の彼女が今の僕を翻弄する。

森村誠一
星の陣（上・下）
老いた元陸軍兵士たちが、凶悪な暴力団に宣戦布告！

鳥羽　亮
はみだし御庭番《おにわばん》無頼旅
曲者三人衆、見参。遠国御用道中に迫り来る刺客を斬る！

いずみ光
桜流し　ぶらり笙太郎《しょうたろう》江戸綴《つづ》り
名君が堕ちた罠。権力者と商人の非道に正義の剣を振るえ。

佐伯泰英
完本　密命　巻之十一　残夢　熊野秘法剣
記憶を失った娘。その身柄を、惣三郎らが引き受ける。

井川香四郎　小杉健治　佐々木裕一
競作時代アンソロジー
欣喜《きんき》の風
時代小説の名手が一堂に。濃厚な人間ドラマを描く短編集。

鳥羽　亮　野口　卓　藤井邦夫
競作時代アンソロジー
怒髪《どはつ》の雷
ときに人を救う力となる、滾る〝怒り〟を三人の名手が活写。